AF138101

Florian Wacker
Weiße Finsternis

Florian Wacker

Weiße Finsternis

Roman

BERLIN VERLAG

Mehr über unsere Autorinnen, Autoren und Bücher:
www.berlinverlag.de

ISBN 978-3-8270-1434-4
3. Auflage 2022
© Berlin Verlag in der Piper Verlag GmbH, Berlin/München 2021
Satz: Tobias Wantzen, Bremen
Gesetzt aus der Minion Pro
Druck und Bindung: GGP Media GmbH, Pößneck
Printed in Germany

Die *Maud* überwintert bei Aion Island,
300 Meilen östlich des Kolyma in Sibirien und
500 Meilen westlich von East Lake in der
Beringstraße. Alle wohlauf. Tessem und Knutsen
verließen den ersten Überwinterungsort
in der Nähe von Kap Tscheljuskin östlich
der Karasee in der ersten Oktoberhälfte 1919.
Sind sie sicher nach Hause gekommen?

Roald Amundsen in einem Telegramm
an seinen Bruder Leon, März 1920

73° 30′ N, 80° 32′ O

Der Sommer des Jahres 1920 war einer der wärmsten, an die sich die Bewohner Dudinkas erinnerten. Im Juli und August stiegen die Temperaturen im Mittel auf zwanzig Grad Celsius, und manchmal zeigten die Thermometer beinahe fünfundzwanzig Grad an, eine Hitze, die den Alten zu schaffen machte und die Jungen aus den Häusern ins Freie lockte, hinunter an den Fluss, wo Nacht für Nacht die Lagerfeuer brannten; Kinder tollten im flachen Wasser, warfen sich juchzend in die Wellen, und über dem Ufer tanzten die Mückenschwärme; in den Gärten wuchsen prächtige Kürbisse heran, der Boden spie Kartoffeln und Rüben aus, man kam mit dem Ernten und Verarbeiten kaum nach. Selbst Anfang September herrschten noch ungewöhnlich milde Temperaturen, wenngleich bereits die ersten Winde vom Nordmeer herunterkamen und die Menschen daran erinnerten, in welchen Verhältnissen sie eigentlich lebten in ihrer Stadt am großen Jenissei. Die Sonne wurde zur Zuschauerin, wenn Eis und Schnee sich wieder um die Häuser legten; Wärme war ein Wort, das man nur selten mit zufriedenem Lächeln aussprach, der tiefgefrorene Boden knirschte wie selbstverständlich unter den Sohlen.

Am 5. September 1920 machte die *Iney* im Hafen von Dudinka fest, ein rostiger Dampfer zwar, aber dennoch der Stolz des Russischen Hydrographischen Dienstes. Die Menschen kamen am Ufer zusammen und wussten nicht recht, was sie von den fremden Leuten halten sollten, die sich als Offizielle der siegreichen Bolschewiken vorstellten, siegreich, obgleich einige gehört haben wollten, dass der Krieg noch in vollem Gange war und dass er sich nun westlich ausdehne, hinüber ins benachbarte Polen. Mit an Bord der *Iney* war auch Fjodor Anatol Troitski, der schlanke, hoch aufgeschossene stellvertretende Vorsitzende des Komitees der Nordseeroute, der sich auf einer Inspektionstour befand, die ihn noch weiter nördlich bis in die Karasee bringen sollte. Jetzt und hier aber plagte ihn ein böser Schnupfen. Er schnäuzte sich mehrfach, bevor er den schmalen Bohlenweg hinauf vom Hafen nahm. Ein Hund beschnupperte ihn, Kinder glotzten. Er hatte Hunger und hoffte auf etwas Wodka und gebratenen Fisch. Als ihm ein Vertreter der Stadt entgegentrat, in seinem Schlepptau ein feister Pope und mehrere alte Weiber, musste sich Troitski erneut heftig schnäuzen, bevor er ohne Umschweife nach dem Aufenthaltsort des Genossen Nikifor Begitschew fragte. Man habe ihm versichert, ihn hier zu finden, er müsse in einer Angelegenheit von nationaler Bedeutung mit ihm sprechen.

Also brachte man Troitski an den Stadtrand und bis vor eine Hütte am Ufer des Flusses. Da er nach der Anstrengung des Weges nur schwer durch die verstopfte Nase atmen konnte, besah er sich für einen Augenblick den angrenzenden Gemüsegarten und den direkt an die Hütte gesetzten Räucherofen. Schließlich klopfte er. Begitschew war ihm empfohlen worden als jemand, der sich wie kein Zweiter in dieser Gegend auskenne, der bereits oben bei Kap Vilda gewesen sei, so hatte man ihm berichtet, und gute Kontakte zu den hiesigen Nganasanenstämmen pflege. Er sei durch die einsamen Monate in der Tundra zwar etwas wortkarg geworden, stehe aber treu hinter der Sache und sei nicht zuletzt mit einigen Rubeln rasch zu gewinnen.

Begitschew schien ihn erwartet zu haben, hatte Wodka und Gläser bereitgestellt, dazu saure Gurken und Brot, sodass Troitski sich fragte, ob dieser Mann wirklich so eigenbrötlerisch sein konnte – die Gurken in einer Schale, das Brot aufgeschnitten, Salz daneben. Sie gaben einander die Hand, und Troitski stellte sich vor, mit vollem Titel. Begitschew überragte ihn um einen halben Kopf, er war schmal, das Gesicht bartlos und ernst, einer, das war Troitski sofort klar, dem man nichts vormachen konnte; der Händedruck fest, der Blick konzentriert. Begitschew bat ihn, Platz zu nehmen, und goss Wodka in die Gläser. Schweigend tranken sie.

Troitski nickte dem Mann zu. »Sie haben von den Schwierigkeiten der Norweger gehört«, begann er ansatzlos. »Das Volkskommissariat für Auswärtige Angelegenheiten hat Kontakt zum norwegischen Außenminister aufgenommen, die Sache ist in den höchsten Kreisen angelangt. Es ist nach all den Wirren und schlechten Nachrichten der letzten Monate ein Zeichen, das wir aussenden wollen, Genosse Begitschew. Ein Zeichen des Wohlwollens und der Hilfsbereitschaft.«

Ein mattes Licht lag über dem Tisch, es roch nach Holzkohle und vergorener Milch. Troitski fragte sich, ob sein Gegenüber wirklich so fest und aufrichtig hinter der großen Sache stand oder ob er hier draußen in der Wildnis möglicherweise ganz anderen Dingen nachhing. Er rief sich in Erinnerung, dass es Nikifor Begitschew gewesen war, der einst Alexander Wassiljewitsch Koltschak vor dem Kältetod gerettet hatte, und dass nun ebendieser Koltschak – Kommandant der Weißen Armee, Rädelsführer, Aufständler – im Februar in einem Eisloch des Angara-Stroms versenkt worden war, was Troitski zwei Dinge verdeutlichte: Erstens konnte man seinem Schicksal nicht entgehen, und zweitens musste man Genosse Begitschew im Auge behalten; ein Mensch, still und einsam, der hier draußen nicht mehr zu fürchten hatte als seinen eigenen Schatten.

»Ich habe davon gehört«, sagte Begitschew. »Ich habe mit den Nganasanen darüber gesprochen. Sie sind sicher, dass beide längst nicht mehr leben.«

»Darauf kommt es nicht an«, sagte Troitski, richtete sich auf und nahm eine Gurke. »Entscheidend ist das Zeichen, das wir aussenden. Die Norweger planen eine Suchexpedition zu Land, und es gibt keinen Besseren als Sie, der diese nach Kräften unterstützen könnte. Wir brauchen Sie, Genosse!«

»Ich habe geahnt, dass Sie kommen und mich fragen werden«, sagte Begitschew und lehnte sich nach vorn.

»Dann nehme ich das als Ihre Zusage«, schob Troitski schnell hinterher. »Man wird Ihnen die entsprechenden Mittel großzügig zur Verfügung stellen. Brauchen Sie etwas, dann werden Sie es bekommen. Und wenn Sie erfolgreich sind, wird das nicht zu Ihrem Nachteil sein. Sie kennen Nikolai Timofeyevskiy, den Stationsleiter in Dikson?«

»Wir sind einander begegnet, ja.«

»Wunderbar. Er wird an Sie telegrafieren. Sorgen Sie für ausreichend Mensch und Material, ihre Nganasanenfreunde sollten unbedingt dabei sein.« Zufrieden und erleichtert darüber, die Angelegenheit so rasch geklärt zu haben, erhob er sich, stolperte, fing sich aber sogleich und lächelte.

Ohne ein weiteres Wort begleitete Begitschew ihn zur Tür, blieb auf der Schwelle stehen, und erst da fiel Fjodor Anatol Troitski auf, dass der Genosse die ganze Zeit über barfuß gewesen war: zwei bleiche Füße, lang und knochig mit Nägeln so dunkel wie bei einem Raubtier.

In der Folge dieses Treffens verbrachte Nikifor Begitschew den Herbst und Winter 1920 damit, zwischen Dudinka und Avam, dem Hauptort der örtlichen Nganasanen, hin- und herzureisen, Versprechungen zu machen, kleine Geschenke zu verteilen und auf die Bereitstellung von Schlitten und Rentieren hinzuwirken. Kachdo, das Nganasanenoberhaupt, war misstrauisch; er hatte von den Umwälzungen in Moskau und Sankt Petersburg gehört, wusste, dass es zu einem blutigen Krieg gekommen war, dass es Hungersnöte und Brände gab, und er ließ durchblicken, dass er den Bolschewiken nicht traue. Begitschew aber sprach immer wieder von der Großzügigkeit der Regierung und brachte ihm gegen Ende des Jahres ein offizielles Schreiben aus Moskau. Kachdo, eine schmale Brille auf der Nase, sagte nun endlich seine Hilfe zu, alles sei bereits arrangiert, er werde Konde, seinen Sohn, sowie ausreichend Rentiere und Schlitten mit auf die Reise in den Norden schicken.

Doch die Vorbereitungen dauerten noch das ganze Frühjahr an. Der Nganasanenführer weigerte sich beharrlich, Leute und Material vor April loszuschicken, da das Wetter in dieser Zeit launisch und unbeständig war und tagelange Schneestürme drohten. Begitschew blieb nur, sich zu fügen und die Karten zu studieren. Mit dem jungen Konde machte er Ausfahrten in die Umgebung, um zu jagen und die Schlitten zu testen. Dabei erzählte der ihm einmal von einem Mann namens Tubiaku, der vor drei Wintern an der Pjassina zwei Norwegern begegnet sein wollte, doch als Begitschew ihn fragte, wo er diesen Mann finden könne, zuckte Konde nur mit den Schultern. Keiner wisse, wo Tubiaku sich aufhalte, mit Frau und Kindern habe er sich im letzten Sommer in den Norden aufgemacht und sei nie wieder gesehen worden; ein seltsamer Mensch sei das, er spreche mit den Geistern und habe es nie lange mit anderen ausgehalten. Wahrscheinlich, so Konde, seien auch die Norweger nur Einbildung gewesen.

Nikolai Timofeyevskiy, Leiter der Wetterstation von Dikson, telegrafierte Begitschew, dass seit dem Anbruch des Winters der norwegische Schoner *Heimen* mit Motorschaden in Dikson vor Anker liege. Kapitän Lars Jakobsen plane nun eine Landmission und sei dankbar für jedwede Unterstützung.

Endlich, am 3. Mai 1921, brachen Begitschew, Konde und zwei weitere Nganasanen von Dudinka aus auf. Sie fuhren mit acht Schlitten, bepackt mit Zelten, Schlafsäcken, Winterkleidung, Verpflegung und Waffen, und erreichten einen Monat später die Wetterstation am Nordmeer.

Lars Jakobsen und Alfred Karlsen wären Begitschew beinahe um den Hals gefallen, als er endlich ihre Hütte betrat. Dem jungen Karlsen standen Tränen in den Augen, die er sich mit einer beiläufigen Bewegung fortwischte, während der Kapitän nur dastand und leicht zu zittern schien. Begitschew wusste, was es hieß, einen langen Winter in solch einer kargen Behausung auszuharren. Sie setzten sich an den Tisch, Timofeyevskiy schenkte Wodka aus, und Jakobsen berichtete.

Im letzten Herbst noch hätten sie versucht, mit der *Heimen* bis Kap Vilda vorzustoßen, dichtes Eis aber habe jede Fahrrinne versperrt, und so sei man zur Umkehr gezwungen gewesen. Nun säße man also aufgrund des Wetters und eines Maschinenschadens seit nunmehr einem halben Jahr tatenlos hier fest, man habe sich vergeblich um Ausrüstung für eine Landmission bemüht und sei daher hocherfreut und dankbar über die Unterstützung durch die russische Regierung und Genosse Begitschew.

Die beiden Norweger waren blass, vor allem Karlsen, dessen roter Bart und Haarschopf umso deutlicher hervorstachen. Der junge Mann übersetzte für seinen Kapitän, was dessen Russisch-Kenntnisse überstieg. Jakobsen entfaltete eine Karte der Taimyr-Halbinsel und berichtete von Amundsens Expedition, wie die *Maud* ein Jahr lang bei Kap Tscheljuskin festgelegen und der große

Polarforscher sich dann entschieden hatte, Peter Tessem und Paul Knutsen durch das Eis nach Dikson zu schicken. Im Oktober 1919 seien die beiden aufgebrochen, seitdem habe man nichts mehr von ihnen gehört. Auf das eintretende Schweigen holte er ein eng verschnürtes Bündel Papiere herbei und legte es vor Begitschew auf den Tisch.

»Die Aufzeichnungen Paul Knutsens von der *Maud*«, übersetzte Karlsen. »Sie fanden sich bei den Sachen, die er auf dem Schiff zurücklassen musste. Amundsen hat sie zusammen mit Kisten voller Pelze und gefrorener Enten nach Norwegen geschickt mit der Bitte, sich des Falles anzunehmen. Man hat uns diese Papiere zur Verfügung gestellt in der Hoffnung, sie würden uns weiterhelfen.«

»Man hat nichts Gutes von der *Maud* gehört«, sagte Begitschew.

»Eine Unglücksfahrt«, murmelte Jakobsen, »von Anfang an. Erst das verlorene Jahr auf Kap Tscheljuskin, dann ein zweites, in dem sie auch nicht merklich weiterkamen. Letzten Sommer erreichte Amundsen dann Nome, die halbe Mannschaft wurde abgemustert, er aber fuhr wieder hinaus. Die *Maud* steckt jetzt irgendwo vor der Tschuktschen-Halbinsel im Eis.«

Gemeinsam überflogen sie die Papiere. Kurze Tagebucheinträge von Knutsen, meist über das Wetter, und immer wieder erwähnte er Peter Tessem. Außerdem führte er eine Inventarliste auf. Begitschew las:

1 Zelt
1 leichter Schlitten
5 norwegische Schlittenhunde

Kerosin
Primuskocher
Kompass
Theodolit
Proviant
Gewehre
Munition
Skier

Dann noch ein Eintrag über das letzte Abendessen auf der *Maud*, womit die Aufzeichnungen endeten.

»Amundsen hatte ihnen geraten, Kap Vilda anzusteuern«, sagte Jakobsen und deutete auf die Karte. »Dort gab es von Sverdrup angelegte Proviantdepots. Wir vermuten, dass Tessem und Knutsen an diesem Ort vorbeikamen. Hier sollten wir also mit der Suche beginnen.«

Begitschew rieb sich das Kinn und dachte nach. Er blickte dabei zu Konde, der schweigend dahockte und an seiner Pfeife zog. Bis nach Kap Vilda waren es über vierhundert Werst durch eine von Tümpeln, Wasserläufen und Schlammlachen durchsetzte Tundra, keine Bäume, kaum Futter für die Rentiere. Er lehnte sich zurück. Aber es war der große Amundsen, der um Hilfe gebeten hatte, und es war das eben erst aufblühende Reich der Bolschewiken, das ihm diese Hilfe nicht verwehren würde.

»Also auf nach Kap Vilda«, sagte er schließlich.

Am 8. Juni 1921 verließ die Gruppe unter den Rufen Nikolai Timofeyevskiys und dessen Adjutanten das kleine Dikson westwärts. Sechs Wochen lang zogen sie durch die Weite des Taimyrlandes, ohne auf eine weitere Menschenseele zu stoßen. Schwärme von Gänsen und Enten überflogen sie, und Konde und Jakobsen gelang es, eine ausreichende Menge davon zu jagen. Karlsen erlegte sogar einen Eisfuchs. Sie trieben die Rentiere voran, mühten sich mit den Schlitten über verharschtes Eis, nur um kurz darauf die Tiere durch knöcheltiefen Morast zu führen. Das Wetter blieb unbeständig. Morgens lag zäher Nebel über der Tundra, manchmal war die Sonne blass hinter den Wolken zu erkennen, und ein beinah weißes Licht schärfte kleinste Unebenheiten. Regen und Schneefall wechselten sich ab, gegen Mittag gingen die Flocken in feinen Niesel über, und ihre Mäntel glänzten, als bestünden sie aus Schuppen. Meist fuhr Konde auf seinem Schlitten voraus; er war es auch, der die besten Lagerplätze fand, vor dem Wind geschützt und von Kräutern und Flechten bewachsen, die die Tiere fressen konnten. Vor Anbruch der Nacht und nach einer dürftigen Mahlzeit saßen sie dann müde beieinander, tranken Kaffee und rauchten. Begitschew studierte aufmerksam die Aufzeichnungen von Paul Knutsen.

»Peter Tessem war krank«, sprach er eines Abends vor sich hin und runzelte die Stirn.

»Migräne, ja. Deswegen schickte ihn Amundsen zurück nach Dikson«, erklärte Jakobsen. »Er glaubte, der Mann würde einen weiteren Winter im Eis nicht überstehen.«

Begitschew nickte nachdenklich. Zwei Männer auf einem einfachen Schlitten, einer davon von heftigem Kopfschmerz geplagt, ständige Dunkelheit und Temperaturen um minus zwanzig Grad Celsius, dazu der

Wind, unberechenbare Pressrücken im Eis und weder Gänse noch Enten, die es zu jagen gab. »Warum haben sie nicht bis zum Frühjahr gewartet?«, sagte er, wieder mehr zu sich selbst als in die Runde.

»Wir können nur Vermutungen anstellen«, sagte Jakobsen, »Tessems Zustand muss sich stark verschlechtert haben, er wollte wohl selbst nicht mehr warten. Amundsen dürfte das recht gewesen sein, konnte er doch so den beiden seine Post mitgeben.«

»Knutsen schreibt oft über Tessem«, sagte Begitschew.

»Sie waren Jugendfreunde«, Jakobsen trank einen Schluck Kaffee. »Er meldete sich freiwillig bei Amundsen, um Tessem durchs Eis zu begleiten.«

Begitschew nickte wieder. Trotzdem blieben die Motive vage. War Peter Tessem wirklich so krank gewesen? Oder hatte Amundsen ihn vielmehr gedrängt, die *Maud* zu verlassen? Wollte er nach einem Jahr im Eis ein Lebenszeichen senden, etwas, womit er Förderer wie Kritiker in Norwegen gleichermaßen besänftigen konnte? Jakobsen hatte von den Unstimmigkeiten an Bord der *Maud* erzählt, vom jungen Tønnesen, der Amundsen auf die Nerven ging, von den Unfällen Amundsens. War es zu einem Aufstand gekommen, in den auch Tessem und Knutsen verwickelt gewesen waren?

»Amundsen wird seine Gründe gehabt haben«, sagte Begitschew, um sich und seine kreisenden Gedanken zu beruhigen. Sie waren nicht hier, um über den Norweger zu urteilen, sondern um Spuren zweier Vermisster zu finden.

»Ein großer Mann soll er ja sein, dieser Amundsen«, Konde lehnte sich nach vorn, der Feuerschein erhellte sein jungenhaft glattes Gesicht. »Ich aber sehe da bloß einen Narren.«

»Narr oder Genie«, Karlsen streckte die Beine aus, »ein großer Eisfahrer muss beides sein.«

Begitschew sah den jungen Norweger von der Seite an. Karlsen starrte in die Flammen. Er erkannte sich in ihm wieder, ein junger Mann, hungrig nach der Welt, nach Taten, die bestehen bleiben würden; nein, Karlsen wusste noch nichts von den Wetterumschwüngen und Launen dieser Landschaft, von den Eisfeldern und trüben Tagen, aber vielleicht, dachte Begitschew, vielleicht würde ein günstiger Wind Alfred Karlsen eines Tages doch dahin bringen, wohin er so sehnlichst wollte.

schlimmer wind aus no, die ganze nacht. gegen 5:30
heftige eisbewegungen und getöse, das uns aus den
kojen jagt. Amundsen ruhig. Sverdrup mit gerun-
zelter stirn. Hanssen fluchend. kaum in der karasee,
stockt unsere reise schon.

    mir macht das wenig. die Maud *ist wirklich*
ein vorzügliches schiff. es ist warm, und wir haben
elektrisches licht. Tønnesen kocht auch vortreff-
lich. morgens gibt es ~~warme~~ brötchen & kaffee, zum
tee kuchen. dagegen sind die walfänger olle fracht-
kähne, voller flöhe, ratten. hier haben wir ein gutes
leben, nur das eis macht sorgen.

    Peter, ~~kränklich~~ blass, fragt, wann wir in Dikson
sind. keine genaue auskunft möglich. ich ~~glaube,~~
~~dass er~~ mache ihm mut. er grübelt viel, denkt wohl
an Liv und die kinder. ~~ich denke auch an~~ wie kleine
splitter   die Maud *ist mein zuhause. am nach-*
mittag schleppen wir uns mühevoll über 77° länge.
riesige raubmöwen hocken in der takelage. ~~Tønne-~~
~~sen~~ Sundbeck schießt zwei für Sverdrups sammlung.
am abend alle recht vergnügt zusammen. musik &
zigaretten. auch Peter geht es besser.

Paul Knutsen, 23. August 1918

Liv

Wenn Du sie sehen könntest, die beiden, Thore und Solveig, Du würdest sie nicht gleich wiedererkennen, und das meine ich nicht böse, ich meine es liebevoll. Du würdest sie anschauen und nicht glauben können, wie groß die beiden geworden sind. Das Kindliche, das vor allem bei Solveig lange noch zu sehen war, es ist verschwunden, ihre Wangen haben sich gestrafft, oft blickt sie nun voller Ernst in die Welt und stellt Fragen: Woher kommen wir, was bedeutet es, wenn wir sterben?, und ich sehe ihr an, dass ihr meine Antworten nicht genügen, sie nickt, doch dann geht sie kopfschüttelnd davon.

Thore ist so groß geworden und so mutig, ich bekomme ihn kaum noch zu sehen. Nach der Schule macht er sich mit Freunden auf, sie gehen schwimmen, angeln. Ich frage ihn auch nicht zu genau, denn ich merke, dass es ihm wichtig ist, Geheimnisse zu haben. Er fragt oft nach Dir: *Min far*, sagt er und erwartet eine Erklärung. Dass Du auf dem Nordmeer mit dem Herrn Amundsen bist, sage ich ihm dann, dass ihr wichtige Entdeckungen zu machen habt, dort, wo es bitterkalt ist, noch kälter und dunkler als bei uns in Tromsø. Und dann sagt Thore, dass er das alles schon weiß, er will wissen, warum Du hinausgefahren bist, was so wichtig ist da draußen im Eis, und ich weiß nicht, was ich ihm antworten soll. Warum bist Du hinausgefahren? Was hat Dich weggetrieben von den Kindern und mir? Hattest Du hier nicht alles, eine warme Stube, ein gutes Auskommen? Dich hat es nie hinausgezogen wie die anderen, und manchmal frage ich mich, ob ihr immer noch spielt, ob es immer noch dasselbe Wettrennen ist wie früher, als wir Kinder waren, die Straße runter bis zur Kreuzung und zurück. Dann sehe ich Dich wieder auf dem Drachenfels kauern, draußen im Sund, ihr seid rausgeschwommen, Du klammerst Dich an einen Stein. Schwimm doch einfach zu uns, schwimm, rufe ich. Willst du denn unbedingt ein Held sein? Ich mache mir aber nichts aus Helden, verstehst Du, wie oft habe ich's zu Dir gesagt, und dann habe ich Dich gehen lassen. Was hätte ich auch tun sollen? Stumm hast Du mich angeblickt und gesagt, Du wirst zurückkommen und dann wird alles gut und friedlich sein. Friedlich, hast Du gesagt, und jeden Abend sitze ich am Tisch und lausche dem Wind und warte.

Für die anderen bist Du längst tot. Sie sagen es nicht, doch ihre Blicke verraten es, denn in Tromsø kennt man Geschichten wie die unsere: Die arme Frau, die beiden Kinder, ganz allein hockt sie in der Stube und wartet und weint sich die Augen aus. Sie ist darüber wohl ein bisschen seltsam geworden, denn loslassen will sie nicht, spricht leise mit ihm in der Dämmerung, alle wissen, dass er längst zurück sein sollte. Im Eis suchen sie jetzt nach ihm. Für sie bist Du längst tot, und ich bin

verloren, eine Witwe mit dem Makel der Zurückgelasse-
nen.

Thore wird mehr und mehr zum Mann, Solveig entwickelt einen starken Willen, und ich schlafe wieder,
ohne hochzuschrecken. Der Garten blüht schöner als
in den Jahren zuvor, hier herrscht Frieden. Manchmal
schäme ich mich für die Ruhe und Behaglichkeit, schäme mich für meinen Schlaf, der ohne Schreckensbilder
ist. Ich lege mich hin, ich träume und vergesse die Bilder
sofort nach dem Erwachen. Ich verrichte die Dinge, die
unser Leben erfordert. Denn es muss weitergehen, wir
müssen weiterleben mit Deiner Abwesenheit, den un-
ausgesprochenen Worten. Ich erzähle den Kindern von
Dir, wir schauen uns Dein Bild an, so stolz und zuversichtlich blickst Du zu uns. Mit ernster Miene betrachtet Solveig Dein Gesicht, als versuche sie, diesem er-
starrten Abbild eine Stimme zuzuordnen, Bewegungen,
Atemzüge. Ich sage, schau, das ist dein Vater, und sie
runzelt die Stirn, weil das Wort für sie keine Bedeutung
hat, es gibt nur Thore und mich, sie ist so, wie ich gern
wär, ohne jede Erinnerung. Thore dagegen wird beim
Betrachten des Fotos unruhig, dann stürmt er wütend
hinaus, ruft, warum kommt er nicht wieder. Trotzdem
vergesse ich nicht, jeden Tag Deinen Namen zu nennen, bei Tisch, vor dem Zubettgehen. Da gibt es einen
Menschen, der zu euch gehört, Kinder, der ein Teil von
euch ist. Es lässt sie beruhigt einschlafen, wenn ich ihnen sage, dass Du bei ihnen bist, Tag für Tag, auch wenn
sie Dich nicht hören und sehen.

Wir essen Blaubeeren. Vater war bei uns und hat ge-
räucherten Lachs gebracht, Mutter hat Brot gebacken, es

war ein vergnügter Nachmittag, wir hatten sogar etwas Sonne, und im Hafen ging's zu wie auf dem Jahrmarkt. Vater hat Thore ein Schnitzmesser geschenkt, Du hättest den Jungen sehen sollen! Vater ist so gut zu ihm. Solveig hat Schnupfen, aber es sollte sich bald wieder legen, sie bekommt Tee und etwas von dem Pulver, das Mutter mir mitgegeben hat. So reiht sich Tag an Tag. Es wird Sommer, dann zieht der Herbst heran, der Garten blüht und trotzt der Kälte, ich backe und bereite die Dinge für den Winter vor. Manchmal blicke ich mitten in der Arbeit auf und starre zur Tür, dahinter ein Geräusch, vielleicht Thore, und ich stelle mir vor, sie ginge auf, und Du stündest vor mir. Ich bin wieder da, sagst Du und rührst Dich nicht vom Fleck, bin wieder bei euch. Auch ich stehe still, denn den Mann dort in der Tür kenne ich nicht, ein fremdes Gesicht, fremde Augen, die Hände weiß und knochig, die Wangen eingefallen. Du bist nicht der, den ich habe gehen lassen, sage ich, Du bist ein Geist, ein Windzug aus dem Eis, vielleicht der eine aus meinen Träumen, den ich jeden Morgen wieder vergesse. Geh, flüstere ich, geh wieder hinaus, dorthin, wo Du herkommst. Ich flüstere: Was willst Du hier?

75° 38′ N, 91° 10′ O

Der 27. Juli 1921 sollte Alfred Karlsens großer Tag werden. Er sollte das Ende des Seemanns und der Beginn des Entdeckers Karlsen werden. Es sollte der Tag werden, den er später den Journalisten in die Notizblöcke diktieren würde als den Beginn seiner großen Zeit als Eisfahrer, eine Art Wiedergeburt da draußen im nasskalten nordsibirischen Sommer 1921.

Karlsen richtete sich vom Schlitten auf. Er hörte die Rufe der anderen, Begitschew brüllte geradezu. »Kap Vilda«, brüllte er da vor ihnen halb im Nebel, und auch Kapitän Jakobsen neben ihm brüllte: »Sverdrups Steinhaufen!« Karlsen knirschte mit den Zähnen und sah auf seine Uhr. Es war zehn Minuten nach acht, sie waren seit drei Stunden unterwegs. Ein großer Tag muss es werden, dachte er und griff nach dem Gewehr, während Jakobsen mit Schnalzlauten und Rufen versuchte, die Rentiere zum Stehen zu bringen. Karlsen sprang ab und lief ein Stück nebenher. Jakobsen hatte dunkel gerötete Wangen.

»Mensch, Alfred«, sagte er, und das war alles, was Kapitän Jakobsen in der nächsten halben Stunde sagte.

Kap Vilda. Über vierhundert Werst waren sie von Dikson aus gereist durch eine Landschaft, die trostloser nicht sein konnte und nichts fürs Auge bot, weshalb sich Karlsen immer wieder kurzen Tagträumen hingab: eine Parade, der Hafen von Tromsø überfüllt von Booten und Schaluppen, Einladungen zu Vorträgen und Versammlungen; er, Alfred Karlsen, noch so jung und schon mit einem Wagemut ausgestattet, den man nur von den ganz Großen kannte; er, Alfred Karlsen, zwischen Amundsen und Nansen, sie schauen zuversichtlich in die Kamera, schütteln einander die Hand wie alte Freunde.

Er hatte Begitschew eingeholt, sie gingen schweigend und rasch nebeneinanderher. Er war ungeduldig, wollte er doch der Erste sein, der auf eine Spur stieß. Keuchend erreichten sie den Steinhaufen. Die rechte Seite war abgesackt, Steine waren herausgebrochen. Um das Lager verstreut lagen Überreste von zerhauenen Kisten. Karlsen schnappte nach Luft, Begitschew murmelte: »Bären!«

»Ist das Sverdrups Hügel?«, Jakobsen trat atemlos dazu, nahm die Mütze ab.

»Das, was davon übrig ist«, sagte Begitschew.

»Himmel noch mal«, sagte Jakobsen.

Sie verteilten sich. Karlsen und Begitschew begannen mit der Untersuchung des Hügels, während Jakobsen zwischen den Überresten der Kisten hin und her ging, sich nach etwas bückte, es zur Seite warf. Einzig Konde stand rauchend abseits, sah zum Meer, dieser aufgerauten grauen Fläche, und blinzelte gegen den Wind.

Karlsen trug Steine ab, fuhr mit der Hand in Zwischenräume, half Begitschew dabei, noch unversehrte Kisten aus dem Innern zu zerren. Der Name *Eclipse* war auf den Deckeln zu lesen, Sverdrups Schiff. Jakobsen kam zu ihnen. Er habe nichts Brauchbares finden können, nur aufgebrochene Konserven, verfaultes Holz.

»Sie waren hier«, sagte Karlsen und sah auf.

»Sie werden eine Nachricht hinterlassen haben, irgendwo hier«, murmelte Begitschew. »Wir müssen sie finden.«

Den Nachmittag über suchten sie bei Nieselregen auf der Landzunge nach Hinweisen. Karlsen hob Treibholz an und scharrte mit den Stiefeln zwischen den Kieseln, während Jakobsen bei trüber Sicht das Ende des Kaps erreichte und aufs Meer hinausblickte. Das Eis hatte sich zurückgezogen, schwer rollten die Wellen ans Ufer. Zwei Jahre waren vergangen, seit Tessem und Knutsen die *Maud* verlassen hatten, zwei volle Jahre ohne ein Lebenszeichen. Wenn Jakobsen daran dachte, wurde ihm übel. Tessem und Knutsen waren Geister, und im Halbschlaf sah er die beiden manchmal vor sich, obwohl er keinem von ihnen jemals begegnet war. Trotzdem verspürte er einen schwermütigen Schmerz, als seien es seine Söhne, und er empfand es noch immer als persönliches Versagen, dass er mit der *Heimen* im letzten Sommer im Eis stecken geblieben war und so womöglich die letzte Möglichkeit vergeben hatte, die beiden lebend zu finden. Denn auf was konnten sie jetzt noch hoffen? Was würden sie mehr in Händen halten als die Reste verwehter Leben?

Der Regen ließ nicht nach. Sie bauten die Zelte auf und versuchten, an einem Feuer, das Konde und Karlsen errichtet hatten, wieder trocken zu werden.

»Ich fürchte, unsere Suche ist vergeblich«, sagte Jakobsen. »Ich hatte gehofft, hier etwas zu finden, irgendeine Spur, die wir mit nach Norwegen bringen können. Wo, wenn nicht hier?«, er musste niesen, und Karlsen übersetzte den letzten Satz noch einmal für Begitschew. Der stopfte schweigend seine Pfeife.

»Geister hinterlassen keine Spuren«, sagte Konde leise.

»Knutsen schreibt doch, dass das Ziel ihrer ersten Etappe Kap Vilda sein sollte«, sagte Karlsen missmutig. »Noch im Oktober, kurz vor ihrem Aufbruch, berichtet er davon. Amundsen empfiehlt ihnen ja ausdrücklich, über Kap Vilda zu reisen und dort den Proviant von Sverdrup zu nutzen. Ich halte die beiden nicht für so dumm, dass sie diesem Ratschlag nicht gefolgt sind.«

»Alfred hat recht«, sagte Begitschew. »Ich bin sicher, wir werden etwas finden, wenn auch nicht hier.«

»Dann sollen wir also weiter hinauf bis Kap Tscheljuskin?«, fragte Jakobsen.

»Das würden die Tiere nicht überleben. Und wir auch nicht«, warf Konde ein.

»Nein, wir kehren um.« Begitschew nahm einen Zug aus der Pfeife. »Wir folgen dem Küstenverlauf, so wie es die Norweger getan haben müssen. Machen wir uns eins klar: Sie reisten im November, da gab es keine Buchten, keine Inseln, nur Eisflächen. Sie werden den direkten Weg übers Eis genommen haben. Wir werden uns aufteilen müssen, zwei suchen an der Küste, die beiden anderen weiter landeinwärts.«

Die Übrigen nickten schweigend und krochen schließlich in die Zelte. Jakobsen hatte es sich zur Gewohnheit gemacht, abends Russisch zu lernen. Karlsen hatte dafür eine Originalausgabe von Gogols *Die Nase* eingepackt und seinem Kapitän auf festem Papier das kyrillische Alphabet aufgeschrieben und neben jeden Buchstaben dessen lateinisches Pendant. So arbeitete sich Jakobsen murmelnd, immer einen Finger auf der Zeile, durch das Buch, fragte Karlsen nach Bedeutungen und Zusammenhängen, schüttelte den Kopf, manchmal lächelte er auch, wenn ihm die Dinge plötzlich klar wurden und er die absurde Geschichte rund um den Kollegienassessor Kowaljow, dessen Nase sich eines morgens selbstständig macht, begriff.

In den frühen Morgenstunden des 28. Juli kroch Begitschew aus dem schmalen Zelt ins Freie. Er richtete den Blick zum Horizont, einer eisgrauen, kaum wahrnehmbaren Linie, darüber tief hängende Wolken und dann nichts mehr, nur Himmel. Er ging auf den Hügel zu, blieb stehen und legte eine Hand auf die glatten Steine. Er glaubte nicht an Zufälle, und die Tatsache, dass er Jahre zuvor an fast gleicher Stelle mit dem Seemann Paul Knutsen in der Messe der *Eclipse* angestoßen hatte, auf Glück, auf ein langes Leben, erschien ihm jetzt wie eine dunkle Vorsehung.

Er marschierte weiter, wollte pragmatisch denken, an die nächsten Schritte, an das Geld, das er mit dieser Unternehmung verdienen würde. Es würde ausreichen, um sich für längere Zeit die Genossen aus Moskau und Sankt Petersburg vom Leib zu halten, eine beruhigende Aussicht auf einen einsamen Winter und einen ruhigen Sommer.

Die Steine unter seinen Stiefeln knackten wie dürres Holz. Und dann sah er es. Er huschte mit einem Blick darüber und wusste sofort, dass es etwas war, etwas sein musste, das nicht hierhergehörte. Er ging in die Hocke. Zwischen zwei Steinen steckte eine Dose, und darin flatterte es. Ein Stück Papier, vom Wind bewegt. Begitschew zog es heraus, faltete es mit wachsender Aufregung auseinander und begann zu lesen:

Zwei Männer der Maud-*Expedition kamen hier am 10. November 1919 an. Wir fanden die gelagerten Vorräte in sehr schlechtem Zustand vor, alles Brot war verdorben. Wir haben unseren Proviant für weitere 20 Tage mit den hiesigen Vorräten aufgestockt. Wir sind in guter Verfassung und werden noch heute nach Port Dikson aufbrechen.*
15. November 1919, Peter L. Tessem, Paul Knutsen.

Begitschew sah auf. Der Wind war kalt und schneidend, doch er spürte ihn kaum. Er hielt den Brief in der Hand und musste lächeln über das Glück, den dummen Zufall, der ihm diesen Papierfetzen in die Hände gespielt hatte. Entgegen Knutsens Aufzeichnungen schien es Tessem gut gegangen zu sein, vielleicht war es die Aussicht gewesen, bald wieder in Norwegen zu sein, vielleicht hatte Knutsen auch einfach übertrieben und hielt seinen Freund für schwächer, als er tatsächlich war. Warum Knutsen neben dem Wetter und den täglichen Vorgängen auf der *Maud* so oft über Tessem und dessen Zustand geschrieben hatte, wollte Begitschew nicht einleuchten.

Er hörte Schritte und wandte sich um. Konde trug einen abgetragenen Mantel aus dunklem Loden, der ihm irgendwann einmal geschenkt worden war; er behauptete, von einem sehr weisen und sehr tapferen Krieger aus dem Westen, und weiter sagte er dazu nichts.

»Papier«, sagte Konde.

»Es ist von Tessem«, sagte Begitschew.

Konde murmelte etwas, ging neben ihm in die Knie und kramte aus seiner Tasche den Beutel mit dem Tabak.

»Es ist nur Papier, was soll das schon bedeuten.«

»Es ist ein Beweis«, sagte Begitschew. »Sie waren hier.«

»Ist es das, was sie sehen wollen, die Norweger? Dieses Papier? Dann sollen sie es sehen und es mitnehmen in ihre Heimat und uns neuen Tabak schicken«, Konde lächelte, sein bartloses Gesicht erstarrte für einen Moment im Wind, während er, ohne hinzusehen, seine Pfeife stopfte.

»Alle warten auf ein Zeichen«, sagte Begitschew.

Konde sah übers Geröll zum Meer.

»Was tun sie hier?«, sagte er. »Die Leute aus dem Westen und Süden. Sie haben keine Ahnung von den Rentieren, sie können nicht jagen und wissen auch mit der Kälte nichts anzufangen. Aber sie kommen trotzdem und beschweren sich und schimpfen über das Eis, und dann sterben sie. So ist es immer. Dann werden wir losgeschickt, um ihre Knochen zu finden. Die beiden sind längst tot.«

Begitschew richtete sich auf. Er kannte Konde seit einigen Jahren, wusste, dass er intelligent war bis zur

Schlitzohrigkeit. Immer wieder hatte der junge Nganasane versucht, seinen Vater dazu zu drängen, in geschäftliche Beziehung mit der zaristischen Regierung zu treten, aber Kachdo blieb misstrauisch, und die Entwicklungen der letzten Jahre hatten ihm recht gegeben. Konde langweilte sich in Avam, ihn langweilten die Riten und das Gefasel der Alten, und ihn langweilte auch das stumpfsinnige Trinken der Jungen, und so hatte Begitschews Erscheinen schnell seine Aufmerksamkeit erregt, nicht deshalb, weil der einen Soldatenmantel trug und Tabak in der Tasche hatte, sondern weil Begitschew die Aura von Weltläufigkeit verströmte, etwas, das nach der Ferne roch, nach Benzin und den Wartesälen großer Bahnhöfe. Für die Suche nach den beiden Vermissten interessierte sich Konde nur am Rande, er wollte reisen, sich fortbewegen, und vielleicht, so sagte er sich, vielleicht war es da gut, einen Russen und zwei Norweger zu kennen.

»Behalte deine Gedanken für dich«, sagte Begitschew, »solange wir auf dieser Expedition sind, behältst du deine Gedanken für dich. Tot oder nicht, das hier«, er hielt das Papier hoch, »ist alles, was zählt.«

Begitschew zeigte den Brief Jakobsen und Karlsen. Der junge Norweger riss die Augen auf und las die Zeilen mehrfach laut, erst ungläubig, dann mit wachsender Zufriedenheit.

»Ich hatte recht«, sagte er. »Von Anfang an hatte ich das. Tessem und Knutsen haben genau hier gestanden und auf den Hügel geblickt, so wie wir.«

Jakobsen fuhr sich über den Mund. »Von wann ist Knutsens letzter Eintrag?«

»Oktober«, sagte Begitschew. »Anfang Oktober, als es ein großes Abendessen auf der *Maud* gab und man auf die beiden anstieß.«

»Unmittelbar danach sind sie aufgebrochen«, Jakobsen runzelte die Stirn. »Sie benötigten also für die Strecke von Kap Tscheljuskin bis hierher über einen Monat.«

»Vielleicht hat sie ein Sturm überrascht«, mutmaßte Begitschew, »oder das Eis war zu unruhig, und sie mussten Umwege machen.«

»Erscheint mir trotzdem sehr lange.«

»Sie sind nicht ehrlich«, sagte Konde. »Sie schreiben, was sie sich wünschen, aber nicht, was sie sehen und was sie sind.«

»Du meinst, es ging ihnen schon hier nicht gut?«, Begitschew sah zum Meer hin.

»Ich meine, dass sie nicht ehrlich sind.«

»Was spielt denn das jetzt für eine Rolle«, Karlsen, der nachdenklich geschwiegen hatte, deutete nach Westen. »Dahin sind sie verschwunden, und ich bin sicher, dass wir noch mehr finden.«

»Wir brauchen gute Augen und Glück«, sagte Begitschew.

»Das eine fehlt mir aufgrund des Alters, das andere schon seit der Jugend«, Jakobsen lächelte zaghaft und wandte sich ab.

Sie beluden die Schlitten, schirrten die Tiere ein. Bald waren sie reisefertig. Sie blickten ein letztes Mal hinüber zur grauen Landzunge, zum schweren Himmel darüber. Es war der 28. Juli 1921, als sich die Gruppe auf den Weg westlich nach Dikson machte, und ihre einzige Hoffnung war ein Stück Papier.

Schwarze Steine
Kap Vilda, 1919

Hinter ihm, über ihm und um ihn immer dasselbe Geräusch, das eintönig dumme Brausen des Windes, ein Schrappen über Eisbrüche und Kanten, unter seinen Füßen ebenfalls, schrapp, schrapp, das Gleiten der Skier, das Knacken winziger Eiskristalle. In Momenten, in denen der Schmerz stärker wird und sich ihm pochend die Schläfen entlang bis in die Stirn schiebt, glaubt er, auf Myriaden von Insekten dahinzugleiten; plötzlich steht da dieses Bild grell vor ihm in der Arktisnacht, und er sieht winzige Fliegen um sich tanzen, hat den salzigen Geschmack eines warmen Sommertages auf den Lippen. Er hält inne und fährt sich mit dem Fäustling übers Gesicht. Der Schmerz nimmt ab, die Bilder verschwinden. Im Osten reißt über dem Meer der Himmel auf, und Sterne sind zu sehen. Die Luft ist klar. Das Eis bewegt sich träge, weit draußen glaubt er einen dunklen Streifen zu erkennen, offenes Wasser.

»Hoiho!«

Pauls Stimme ist ein dumpfes Echo. Jeden Moment wird er hinter ihm mit dem Schlitten auftauchen.

»Hoiho!«, hört er ihn wieder rufen.

Er zieht die Uhr aus der Tasche seines Overalls und öffnet den Verschluss: Vier Uhr dreißig am Nachmittag, es ist der 13. November 1919. Seit dreißig Tagen sind sie unterwegs, dreißig Tage, seit die Masten der *Maud* in der Dunkelheit verschwanden, seit ihr schwaches Licht verglomm und die Rufe der Männer verhallten. Dreißig Tage auf dem Eis, mit fünf Hunden und dem Auftrag, sicher nach Dikson zu gelangen.

Vom Schlitten ist nichts zu sehen, also stößt er sich wieder ab und gleitet in die Senke. Der einunddreißigste Tag in Dunkelheit. Hin und wieder schimmert das Eis bläulich oder in unruhigen Grüntönen auf, über den Himmel ziehen Wolken, leichter Schneefall, dichter Schneefall. Er wischt sich übers Gesicht. Wieder ist das »Hoiho« zu hören, jetzt rechts von ihm.

Er blickt nach Norden. Irgendwo da muss es liegen, denkt er, Kap Vilda. Es sei nicht zu übersehen, hieß es, trotz dieser ewigen Nacht. Aber da ist nichts, nur stumpfes Eis. Er kann die Hunde hören, aber er sieht sie nicht. Er wirft einen Blick auf den Kompass, kann das Ding kaum in den tauben Fingern halten. Dann schiebt er sich weiter. Das Eis ist vom Wind poliert, er kommt jetzt schneller voran. Wieder setzt der Schmerz in den Schläfen ein. Vor ihm erhebt sich plötzlich eine Gestalt gegen das Aschgrau des Himmels, ein buckliger Schemen. Das Gewehr hängt über seiner Schulter, die Gefahr, auf einen Bären zu treffen, ist allgegenwärtig und die Vorsicht mittlerweile Routine. In den Wochen vor ihrem Aufbruch hat er sich zu einem leidlich guten Schützen entwickelt, sodass selbst Amundsen anerkennend nickte, als er über die Entfernung von fünfhundert Fuß eine Konservendose von einem Schneehügel schoss.

Er stoppt. Die Gestalt bewegt sich nicht. Es ist nicht lebendig. Er dreht sich um und brüllt aus Leibeskräften:

»Paul! Hierher, Paul! Da ist der Hügel!«

Die Hunde jaulen auf.

»Paul! Hierher!«

Durch die Senke nähert sich der Schlitten, die Hunde sind flinke Schatten. Paul brüllt: »Venstre!«, und das Gefährt lenkt nach links, er wirft den Anker, springt ab und läuft nebenher. Der Schlitten kommt zum Stehen. Die Hunde schnappen nach den Leinen, Paul zerrt sie auseinander.

»Was ist los?«

Er deutet vor sich. »Da drüben, siehst du, da.«

»Sverdrups Hügel, endlich!«, Paul flüstert es nur.

»Ja, Kap Vilda.«

Sie sehen einander an, dann schlingt Paul die Arme um ihn und drückt ihn an sich. Einen Augenblick lang stehen sie so, das Gesicht im Kragen des anderen vergraben, und plötzlich duftet es nach einem Leben jenseits der Kälte, nach einem Ort, den er nie vergessen wird: Tromsø. Der gewundene Pfad hinunter zum Sund, der Weg entlang der Wiesen und Gatter hinaus zum Prestvannet. Es ist, als würden sie einander festhalten und daran erinnern, woher sie kommen und wohin sie zurückkehren werden.

»Bald sind wir zu Hause, Peter«, sagt Paul.

Der Steinhaufen ist in tadellosem Zustand, sorgfältig aufgeschichtet gegen die tobenden Winde.

Paul schiebt sich die Mütze aus der Stirn, schüttelt einen Fäustling ab, legt die Hand auf einen Stein. »Hätte nicht gedacht, noch einmal hierher zu kommen.«

Im Winter 1915 lag die *Eclipse* unter dem Kommando von Otto Sverdrup vor Kap Vilda, als sie ein Funkspruch der beiden eingeschlossenen russischen Eisbrecher *Taimyr* und *Waigatsch* erreichte, die westlich von Kap Tscheljuskin im Eis feststeckten. An Bord war Skorbut ausgebrochen, und der Kapitän erbat schnelle Hilfe. Sverdrup selbst stellte sich an die Spitze eines Schlittenteams, zu dem auch Paul gehörte. Sie erreichten glücklich die eingeschlossenen Schiffe und evakuierten neununddreißig Männer zur *Eclipse*, wo bereits Nikifor Begitschew mit einer Rentierkarawane eingetroffen war, um die Seeleute sicher nach Goltschicha zu bringen. Vier Jahre, kaum mehr als ein Seufzer des Eises.

Sie räumen die aufgeschichteten Steine vom Zugang und zerren zwei dunkel verfärbte Kisten heraus, auf deren Deckel das Emblem der *Eclipse* prangt. Paul hebelt mit dem Jagdmesser einen Deckel auf. Der Hunger, der ihnen seit dem frühen Morgen in den Eingeweiden rumort, macht seine Bewegungen fahrig, er flucht leise. Schwarzschimmeliges Brot liegt zusammengefallen darin, völlig unnütz, nicht mal für die Hunde zu gebrauchen. Peter sticht der Schmerz hinter das rechte Auge, er blinzelt vergeblich dagegen an. Paul öffnet die zweite Kiste und bringt eine Konserve zum Vorschein, dann noch eine und noch eine: Kalbsragout mit Kartoffeln, Hühnersuppe, eingelegte Pfirsiche und Pflaumen.

»Auf Sverdrup ist Verlass«, sagt er und lächelt.

Sie hocken sich hin und öffnen die Dose mit den Pfirsichen sofort. Paul fischt nach den grauen Früchten, reicht Peter eine. Sie zerdrücken das Obst mit der Zunge am Gaumen und schlingen es hinunter. Peter schießt die Süße ins Zahnfleisch, ihm wird schwindlig vom Geschmack. Schon ist die Dose leer, und sie vertilgen gleich noch die mit den sauren Pflaumen. Ihre Finger und Lippen glänzen.

»Wenn Liv uns jetzt sehen würde«, sagt Paul, »hier hocken wir und verschlingen altes Obst.«

»Sie würde auch etwas davon wollen.«

»Ganz sicher würde sie das.«

Sie holen zwei weitere Kisten aus dem Lager, stemmen die Deckel auf. Auch diese sind randvoll mit Konserven.

»Das sollte bis Dikson reichen«, sagt Paul.

Sie errichten das Zelt direkt neben dem Hügel. Peter kocht Tee und bereitet das Kalbsragout vor, während Paul die Hunde mit Robbenfleisch versorgt. Den Tieren gilt seit dem Aufbruch von der *Maud* ihre ganze Sorge, denn ohne sie wäre alles verloren. Es sind ihre letzten Reste, ranziges Fett und Innereien.

Peter hockt neben dem fauchenden Primus und rührt im Ragout. Von draußen ist Gewinsel zu hören. Die Wärme lässt seine Finger und Wangen kribbeln. Er fühlt sich etwas wohler, weiß, dass es nicht nur das Eis gibt, nicht nur Finsternis und Wind, sondern auch Ragout und Suppe, einen Hafen, Liv und die Kinder.

»Es riecht wie zu Hause«, Paul kriecht ins Zelt und

hockt sich neben ihn. »Wenn ich die Augen schließe, dann denke ich, ich würde bei uns in der Küche sitzen.«

Peter reicht ihm einen Becher Tee, sie trinken, dann löffeln sie das Ragout aus ihren Schüsseln. Sie schweigen dabei, schlürfen die heiße Brühe, kauen auf sehnigem Fleisch.

»Das ist gut«, sagt Peter schmatzend. »Ich dachte schon, wir würden den Hügel nie finden.«

»Auf den alten Sverdrup ist eben Verlass. Und auf das hier«, Paul tippt sich an die Stirn. »Möchte die Gegend hier nicht gerade meine Wohnstube nennen, aber dort, wo ich mal war, erinnere ich mich meistens gut an die Umstände.«

Er lächelt. Es ist Pauls einnehmendes Lächeln, breit, selbstbewusst, eines, das Peter nur zu gut kennt und das ihm, seit er denken kann, immer auch wie eine Aufforderung erscheint, nur weiß er nie, zu was. Er nickt und blickt in seine Schüssel.

»Was hältst du davon«, Paul teil den Rest der Mahlzeit zwischen ihnen auf, »wir bleiben für ein oder zwei Tage hier, schlafen uns aus und kommen zu Kräften. Auch die Hunde haben Ruhe nötig. Und außerdem müssen wir jagen.«

Peter nickt (an Weihnachten werden wir wieder in Tromsø sein, wir werden es warm haben). Die letzten Tage im Eis waren so unendlich düster und von der Sorge erfüllt, den Hügel mit den lebensrettenden Vorräten zu verpassen.

Wie jeden Abend spielen sie eine Runde Schach auf Pauls kleinem Brett, dessen Figuren er teilweise selbst geschnitzt hat; das Kästchen, auf dessen Außenseite das

Schachbrett gemalt ist, hat seinem Großvater gehört, Jakob Knutsen, und dann seinem Vater, Kristian. Als Paul es bekam, fehlten zwei Springer, vier Bauern und ein Turm, und eine Königin war geköpft worden. Also hatte Paul während seiner Ausfahrten auf den Walfängern mit der Herstellung neuer Figuren begonnen, hatte sie aus hartem Holz geschnitzt und einiges Geschick dabei bewiesen. Im Spiel selbst zeigt er sich dagegen weniger talentiert, und so setzt ihn Peter auch an diesem Abend nach nicht mal einer halben Stunde ins Matt. Beide gähnen, trinken Tee.

»In was für einer Welt möchtest du leben, wenn wir zurückkehren?«, Peter hat sich in seinen Schlafsack eingerollt, der Schmerz zieht ihm wieder in die Schläfen.

»Was meinst du?«, Paul sieht ihn fragend an.

»Wie sollte die Welt aussehen, wenn du es entscheiden könntest? Tromsø, Norwegen?«

»Himmel, Peter, was fragst du mich? Wie soll die Welt schon aussehen?«

»Die vielen Toten«, sagt Peter.

»Der Krieg ist vorbei. Das Leben kehrt zurück. So ist es immer, und wenn du mich fragst, ich lasse mich gleich nach der Rückkehr wieder anheuern. Diesmal Südamerika.«

»Südamerika?«

»Da ist es warm und hell. Ich habe genug vom Eis.«

»Es ist weit weg.« Südamerika, denkt Peter. Liv hat immer von Alexander von Humboldt gesprochen.

»Ich will die Sonne jeden Tag auf- und wieder untergehen sehen. In so einer Welt will ich leben, in einer Welt mit Licht und Wärme.«

Paul blickt auf das Schachbrett. Peter versucht, in seinem Gesicht zu lesen; Paul, der immer schon hinauswollte, seit ihm der alte Taelbret das erste Mal vom Land hinter dem Eis erzählte, von Bäumen so hoch wie Schiffsmasten, von warmen Quellen und dampfenden Höhlen.

»Erst mal müssen wir nach Dikson kommen«, Paul rafft sich auf und schlüpft in seinen Overall. »Ich sehe noch mal nach den Hunden.«

Ein eisiger Wind fährt ins Zelt. Peter versucht, ein paar Zeilen in sein Tagebuch zu schreiben, doch seine Hand zittert, und seine Gedanken sind nur eine Wolke aus Schmerz. Er legt den Stift aus der Hand, die Augen wollen ihm zufallen, aber er kämpft dagegen an, er kann jetzt nicht schlafen, nicht, solange Paul da draußen ist. Er richtet sich auf, räumt das Schachspiel zusammen, reibt ihre Schalen mit Schnee aus. Die Zeltplane gerät in Bewegung, Paul kommt zurück.

»Hast du wieder Schmerzen?«

Peter sagt nichts.

»Willst du eine Aspirin?«

Er schüttelt den Kopf. »Ich muss nur schlafen.«

Paul nickt, greift nach dem Gewehr und überprüft, ob es geladen ist. Dann kriecht er in seinen Schlafsack, sie versuchen zu schlafen.

Peter schreckt auf. Leise schnaufend liegt Paul neben ihm. Er berührt die Zeltinnenwand, die mit Reif überzogen ist. Er starrt in die Dunkelheit. Der Wind ist ein gleichbleibend öder Singsang. Er kann das Ziehen unter der Schädeldecke spüren; es ist noch kein Schmerz, vielmehr ein eigentümliches Empfinden, als zöge ihn etwas langsam in den riesigen Raum über ihm.

Er nickt wieder ein. In seinen Träumen sind schwarze Steine, Basalt, überspült von Wasser. Keuchend erreicht er die Steine und zieht sich aus dem Wasser. Paul kann er nirgends entdecken. Da sind nur die Wellen und der schwarze Drachenfels, an den er sich klammert. Sein Atmen ist ein heiseres Keuchen. Paul, ruft er, Paul! Doch niemand antwortet.

Ein neuer Morgen zieht herauf, dunkel, leichter Schneefall. Sie haben Pfirsiche gegessen, etwas Zwieback, dazu Schwarztee. Von den Pfirsichen bekommt Peter Durchfall, Paul dagegen drückt sich fast die Augen aus dem Kopf. Sie haben sich, nur in ihren Jaeger-Unterhosen, prustend Arme und Beine mit Schnee abgerieben, sind dann wieder in Pelzhosen und Pullover geschlüpft, es ist ihnen leidlich warm an diesem Morgen, und sie sind zum ersten Mal seit der *Maud* wieder richtig satt.

»Wenn's nur das Scheißen ist«, sagt Paul und schultert das Gewehr, zählt Patronen in seine Hand. Er will hinaus, ein Stück das Kap hoch, dorthin, wo das Eis scharrt und summt und ständig in Bewegung ist. Peter wird bei den Hunden bleiben. Der Schnee ist feucht und schwer, es ist ungewöhnlich warm für diese Jahreszeit, nur minus fünf Grad Celsius. Die Hunde schnappen nach den Flocken. Peter kriecht zurück ins Zelt, nachdem Paul nicht mehr zu sehen ist, kontrolliert die in festen Stoff gewickelten Pakete mit Amundsens Briefen und Aufzeichnungen. Dann beginnt er, seine rechte Socke an der Ferse zu stopfen, sticht sich zwei Mal mit

der Nadel, macht weiter im trüben Licht der Petroleumlampe und beißt schließlich den Faden durch. Prüfend
schiebt er eine Hand in die Socke, drückt gegen das
eben Vernähte, nickt zufrieden. (Kannst du dich an den
Duft von Brot erinnern, weißt du noch, wie es ist, am
warmen Ofen zu sitzen?)

Müdigkeit senkt sich über ihn, drückt ihn nieder. Er
kriecht in den Schlafsack, dreht sich auf die Seite, versucht zu schlafen. Doch die Krämpfe im Unterleib lassen
ihn nicht zur Ruhe kommen, er schleppt sich vors Zelt
und erleichtert sich. Er sieht nach den Hunden, die die
Köpfe heben. Er blickt gen Norden, dann nach Osten,
aber da ist nur ewig gleiches Eis.

War da etwas, ein helles Pfeifen? Er fährt dem Leithund Aiko durchs frostige Fell. Von Paul keine Spur,
doch es ist nicht ungewöhnlich, dass die Jagd nach einer
Robbe sich über Stunden hinzieht. Plötzlich ein Schuss.
Die Hunde springen auf, kläffen, zerren am Geschirr.
Noch einer. Peter stolpert ins Zelt, schultert den Karabiner. Er steigt auf den Schlitten, ruft laut: »Hoiho!« Die
Hunde ziehen los. Er fährt in Richtung der Schüsse, Paul
entgegen.

Der Schlitten schlingert und springt, er weiß nicht
genau, welche Richtung er nehmen soll, hält Kurs Nord.
Zu dieser Jahreszeit ziehen Bären über die weiten Flächen, rastlos, hungrig und angriffslustig. Ein Mensch ist
für sie nichts andres als eine Robbe, ein Hieb mit der
Pranke, und die Beute liegt blutend im Schnee.

»Paul!«, brüllt er. Unvermittelt taucht er da vor ihm
auf, vorgebeugt, zusammengekrümmt. Peter bringt den
Schlitten zum Stehen, springt ab. Die Hunde wittern das

tote Tier und winseln. Paul rührt sich nicht, hockt regungslos im Schnee.

»Geht's dir gut?«

Paul schiebt sich die Kapuze aus der Stirn und sieht ihn mit einem schmalen Lächeln an. Seine Wangen sind verfärbt.

»Mit nur zwei Schüssen«, sagt er und richtet sich auf.

Vor ihnen liegt die Robbe, fett und glänzend. Paul hat ein Seil um ihren Schwanz gebunden, das andere Ende um seinen Leib geschlungen.

»Ich dachte, ein Bär sei hinter dir her … aber du bist es.« Peter hilft ihm auf die Beine.

»Er ist hier irgendwo«, sagt Paul und sieht in die Ferne. »Irgendwo da draußen ist er.«

Für einen Moment sehen beide in die dunkle Weite.

»Wir müssen sie rasch ausnehmen.«

Sie schleifen die Robbe zum Schlitten hinüber. Schwer ist sie, voller Fett und Blut, ein junges Tier, kleiner als die, die sie auf der *Maud* geschossen haben. Gemeinsam wuchten sie den Körper auf den Schlitten. Paul setzt sich daneben, Peter steigt hinten auf, es geht zum Steinhügel zurück.

Sofort machen sie sich an die Arbeit: Paul trennt die Schwanzflosse ab, dann den Kopf, den sollen die Hunde bekommen. Das warme Blut lässt ihre Finger kribbeln. Paul zieht der Robbe mit dem Jagdmesser die Haut mitsamt dem Fett herunter, schneidet davon dünne Streifen, von denen sie sich einige roh in den Mund schieben. Eine volle, geschmacklose Masse, sie kauen, schlucken. Paul öffnet die Bauchhöhle und wühlt das Gekröse heraus.

»Hab sie auf dem Meereis erwischt, als sie den Kopf aus dem Loch streckte«, sagt er, die Hände blutig und dampfend. »Sie sind zu neugierig, das ist unsere Chance.«

Die Hunde bellen in die Dunkelheit hinaus, etwas ist da draußen. Peter steht auf, greift nach dem Gewehr, Paul steht neben ihm. Sie gehen zu den Tieren, fassen nach dem Geschirr. Ein fahles Licht über dem Horizont. Da draußen geht er, langsam die Blutspur verfolgend, die sie ausgelegt haben.

»Glaubst du, er ist noch da?«

»Ganz sicher.«

»Ich halte die erste Wache.«

»Soll er's versuchen«, Paul wendet sich dem Zelt zu. »Soll er mal versuchen, Paul Knutsen und Peter Tessem hier zu überraschen.«

Das Bellen der Hunde geht wieder in hungriges Gejammer über. Peter schmilzt Eis auf dem Primus und beginnt damit, Fleischstücke auszukochen, tut etwas vom Salz hinein, das sie noch haben, während Paul die Tiere versorgt.

Zum Essen gibt es neben Schwarztee auch zwei Fingerbreit Akevitt aus der Flasche, die Amundsen ihnen beim letzten gemeinsamen Essen an Bord überreicht hat, ein wenig Heimat da draußen könne nicht schaden.

»Glaubst du, sie verleihen uns – wenn wir nach Tromsø kommen …«, Peter stockt, schnuppert am Akevitt. »Glaubst du, sie werden uns einen Orden verleihen, was meinst du?«

»Möglich«, sagt Paul.

»Die Fram-Medaille?«

»Wenn wir's schnell und ordentlich hinter uns bringen.«

»Dann Skål!«, sagt Peter.

»Skål! Auf uns!«

»Ja, auf uns!«

Am nächsten Mittag Schneefall, dann harte Graupel. Das Thermometer zeigt am Mittag minus sieben Grad Celsius. Sie schwitzen beim Packen des Schlittens, arbeiten ohne die Overalls weiter, beginnen zu frieren, also wieder hinein, die Fäustlinge aber brauchen sie nicht. Sie wollen rasch weiter, gestärkt und zuversichtlich, wie sie sind. Peter schreibt, neben dem Steinhaufen hockend, eine kurze Nachricht. Es ist der 15. November 1919. Er steckt den Zettel in eine Konservendose und schiebt sie zwischen die Steine.

Sie verlassen Kap Vilda und sehen schon bald den Steinhügel nicht mehr, als hätte es dieses aufgeschichtete Zeichen nie gegeben. Für ein paar Stunden zieht eine scheue Dämmerung herauf, ein klein wenig Hoffnung auf mehr Licht, bevor es wieder finster wird.

Er folgt auf Skiern der Spur, die Paul mit dem Schlitten furcht. Er kann die Umrisse des Gefährts vor sich sehen, er kann Paul hören, wie er die Hunde antreibt durch den schweren, matschigen Schnee. Irgendwann verstummt seine Stimme, und die Hunde beginnen kurz und heftig zu kläffen. Peter schiebt sich einen Hang hinauf, ein Brennen hinter den Augen. Da unten steht der Schlitten, und einige Fußbreit davon entfernt ist eine Lache, wahrscheinlich Blut. Keuchend hält er. Paul drängt die Hunde zurück, berührt das verfärbte Eis mit der Hand, riecht und schmeckt.

»Er war hier«, sagt er.

»Der Bär?«, Peter spürt ein Kribbeln unter der Zunge, als würde dort etwas aufgehen und schmelzen, süß und gallig zugleich. Er blinzelt.

»Hier hat er die Beute hergeschleppt und einen Teil davon gefressen.«

Sie sehen sich um.

»Lass uns weiter«, sagt Paul.

Die immer gleichen eintönigen Geräusche, das Scharren der Skier auf dem Eis, der Wind, das Glucksen im Magen. Er starrt auf die Spur vor sich, sonst sieht er nichts, der Blick hat sich verengt auf die zwei Kufenbahnen. Der Wind kommt schräg von der Seite, dann von vorn, wirbelt die obere Firnschicht auf, hart wie Kiesel und scharf wie Nadeln; trotz der Schneebrille brennen ihm die Augen.

Obwohl die Landschaft flach erscheint, ist sie es nicht; Schneewehen bilden sanfte Kuppen, dann plötzlich reißt die Fläche auf, und bläulich schimmernde Kanten ragen hervor; hier muss Paul vom Schlitten, schiebt, brüllt die Hunde an. Peter schnallt die Skier ab und zerrt mit an der Leine, sie überqueren keuchend den Pressrücken.

Im Windschatten des Pressrückens kochen sie Tee, hocken mit steinernen Mienen da. Paul öffnet eine Dose Pfirsiche, sie lutschen die matschigen Früchte aus, bevor sie sie schlucken. Paul lächelt, nippt am Tee, auch Peter lächelt (ich werde zuerst ein heißes Bad nehmen, so lange, bis mir Schwimmhäute wachsen). Sie kontrollieren die Ladung auf dem Schlitten, zerren die Plane zurecht. Paul bestimmt mit dem Theodolit ihre Position und trägt sie ins Notizbuch ein.

»Kurs West«, sagt er.

Für einige Zeit geht es über flache Eisfelder. Peter hat sich vorn auf den Schlitten gesetzt, Paul gibt hinten die Befehle, seine Stimme ist wie Gesang überm Eis. Dann wieder müssen sie absteigen, vorne führt Peter die Hunde, hinten schiebt Paul. Es geht zwischen zerklüfteten Eisbarrieren hindurch, einmal versinkt Paul bis zu den Knien im Eisschlamm, sie zerren den Schlitten zurück und machen einen weiten Bogen um die brüchige Stelle.

Der Abend im Zelt, alles ist zur Routine geworden, das Teekochen, etwas Robbenfleisch und heiße Brühe, dann ein Blick auf die Karte. Paul fährt mit dem Finger die Küstenlinie nach, die jetzt unter Eis liegt. Sie haben seit ihrem Aufbruch von Kap Vilda etwa fünfzig Werst zurückgelegt, vor ihnen liegen Kap Sterlegowa und die Halbinsel Mikhaylowa, dann haben sie annähernd die halbe Strecke hinter sich. Peter folgt Pauls Finger auf der Karte, aber was dort steht, hat nichts mit dem zu tun, was um sie ist; keine Karte dieser Welt weiß von der Dunkelheit, von den Geräuschen, in keiner ist die Müdigkeit verzeichnet, das Brennen in den Lungen, das Zucken der nervösen Lider.

Er erwacht, richtet sich auf. Es ist eiskalt. Paul atmet gleichmäßig, schräg hingesunken gegen eine Kiste. Peter betrachtet den Schlafenden, befühlt seine aufgesprungene Lippe. Ich habe nie hinausgewollt in die Dunkelheit, denkt er und sieht zu seinem Gefährten. Aber was für eine Wahl hatte ich denn, was hätt ich tun sollen, um sie nicht zu verlieren?

Er kriecht zum Zelteingang, hockt sich hin und sieht hinaus. Die Hunde wenden den Kopf. Über ihm tiefste Nacht, keine Sterne, nichts.

Tromsø
1897

Sommer in Tromsø, helle Tage, die nicht enden wollten. In den Wiesen summte es tausendfach, am Hafen saßen die Alten in der Sonne, und vor dem hölzernen Schulgebäude sammelten sich an diesem Vormittag die neuen Schüler. Alle waren aufgeregt, plapperten, stolperten, wollten auf sich aufmerksam machen. Die Lehrerin, eine energische Frau mit kräftiger Stimme und freundlichem Lächeln, rief die Schar zusammen, sie sollten sich auf der Treppe zum Foto aufstellen. Peter, sechs Jahre alt, kratzte sich vor Aufregung einen Mückenstich am Schienbein blutig, immer wieder bückte er sich, dann sah er auf zur Mutter und zum Vater; keiner seiner Brüder war mitgekommen, alle hatten sie zu tun. Aber heute fühlte er sich ihnen endlich ebenbürtig. Mit diesem Tag war er nicht mehr der kleine Peter, würden sie ihn nicht mehr mit mitleidigem Lächeln stehen lassen können: Du bist noch zu klein, das ist nichts für dich! Ab heute würde er dazugehören, würde mit ihnen leuchtenden Abenteuern entgegengehen.

Er trug ein weißes Hemd, dunkle Hose, Jacke und saubere Schuhe, die Riemen des Tornisters schnitten in seine Schultern, aber was machte schon das bisschen Schmerz, wenn ein neues Leben begann. Er hatte sich sogar bereitwillig die Haare aus der Stirn kämmen lassen und ohne Murren Gesicht und Hände gewaschen. In diesem Aufzug stand er auf der Treppe zum Schulgebäude zwischen den anderen Schülern, aufrecht und mit einem Lächeln.

Der Himmel war ohne jede Wolke, und die Erwachsenen, Mütter und Väter, Großväter und Großmütter, Tanten und Onkel, kniffen die Augen zusammen, fächerten sich Luft zu, zogen den Hut vom Kopf. Der Mann hinter dem Gestell des Fotoapparats gab nun endlich zu verstehen, dass er fertig sei, und die Lehrerin forderte alle Kinder auf, zu lächeln und freundlich zu schauen. Peter gab sich alle Mühe. Seine Beine zitterten vor Aufregung und Ungeduld, und er spürte auch das Zittern des Jungen neben sich, der unruhig von der Sohle auf die Zehen wippte und wieder zurück. Seine Hände nestelten am Saum des Mantels. Vor ihnen blitzte es. Sie rissen die Augen auf. Der neben ihm sah ihn an und grinste, die blonden Haare standen ihm in die Stirn, und Peter fühlte ein Kribbeln in Armen und Beinen, als könne er sie keinen Moment länger stillhalten, als müsse er losrennen und all das an einem Tag erleben, was ihm bislang verwehrt geblieben war.

»Ich heiße Paul«, sagte der andere und strich sich die Haare aus der Stirn.

»Peter!«

Sie gaben einander die Hand wie Erwachsene und sahen sich verschwörerisch an. Der Handschlag besiegelte ihre Aufnahme in den Kreis der Großen. Peter fühlte, wie er in diesem Augenblick wuchs, einen Zentimeter, zwei Zentimeter, wie ihm das Hemd zu klein wurde, die Schuhe zu drücken begannen.

In einiger Entfernung stand ein Mädchen, die Arme vor der Brust verschränkt, im hellen Sommerkleid, die geflochtenen Zöpfe fielen ihr über die Schultern. Paul sagte leise, die sei auch in ihrer Klasse, sie heiße Liv und sei, das könne er sicher sagen, eine dumme Kuh.

Peter war viel zu warm in seinem Anzug, und die Blicke des Mädchens schienen die Luft noch weiter zu erwärmen. Er fühlte sich unwohl und wollte weg. Aus den Augenwinkeln sah er, wie Paul dem Mädchen die Zunge rausstreckte, dann schoben sich die Eltern dazwischen, es ging in die Gärten zum Kaffee.

Bereits am nächsten Tag waren sie die besten Freunde. Sie vertrödelten die Zeit nach der Schule am Hafen, sahen zu, wie die Fracht der Segler und Dampfschiffe gelöscht wurde, malten sich aus, wie es wäre, auf einem der Schiffe selbst auszufahren, so wie der große Nansen. Paul beschrieb ihm das Eis, die Walrosse und Eisbären, von denen ihm sein Vater erzählt hatte, und sie gaben sich die Hand darauf, das alles eines Tages selbst mit eigenen Augen zu sehen.

An einem warmen Nachmittag streiften sie durch Birkenwälder entlang der Wiesen und Gatter; da gab es lauernde Tiger im hohen Gras, Eisbären auf den Felsen und unheimliche Schatten zwischen den Stämmen; und es gab den alten Taelbret, den auf einer Bank vor seiner Hütte hockenden dahinbrabbelnden Alten, zu dem sich Paul dazusetzte, während Peter lieber Abstand hielt, weil er nicht wusste, was er von dem dürren Seemann halten sollte. Doch Paul lächelte und schlenkerte mit den Beinen, und wenn sein Freund keine Angst hatte, dann musste auch er sich nicht fürchten. Der alte Seemann erzählte von den Fahrten der Eisfahrer, die gegen den dichten Packeisgürtel angefahren und immer wieder gescheitert waren. Da hörte Peter zum ersten Mal vom unentdeckten Land jenseits des Eises, von fremden Menschen, die dort in Höhlen leben sollten; aus Erdspalten steige heißer Dampf, und es wüchsen dort die höchsten und ältesten Bäume in den Himmel. Er saß jetzt neben Paul auf der Bank, und ein Schauder durchfuhr ihn. Tromsø war nur der Anfang, aber nicht das Ende. Taelbret murmelte vor sich hin, und als die beiden Jungen längst auf dem Weg nach Hause waren, spürte Peter wieder dieses eigentümliche Kribbeln in Armen und Beinen; Paul redete davon, sich ein Schiff zu beschaffen und herauszufinden, ob Taelbret recht hatte.

Die Mutter schimpfte mit Peter, weil er zu spät kam, sie beklagte seinen Schlendrian, doch er hörte gar nicht richtig hin. Die Luft war erfüllt vom Gebrumm der Insekten, und darüber lag, schwach, aber klar, ein Summen, als würde weit draußen jemand sitzen und leise seinen Namen singen, immer und immer wieder.

»Komm mit, ich muss dir was zeigen«, sagte Paul. Er führte ihn durch den Birkenwald dorthin, wo die Landschaft felsiger wurde und anstieg. Die Luft war drückend. Peter wurde es eng in der Brust, aber er folgte dem Freund immer weiter, stieg einen Hang hinauf, riss sich ein Loch in die Hose. Paul schob Äste zur Seite. Sie standen vor einer Höhle, ein dunkles Loch im Fels, das in dampfende Abgründe führte.

»Wenn wir rausfinden, dass es da unten andere Menschen gibt, wird man uns feiern«, sagte Paul.

»Da ist aber nichts«, sagte Peter und ging in die Hocke.

»Woher willst du das wissen?«

»Ich weiß es eben.«

Paul hockte sich vor den Eingang, spielte mit einem Stein. »Wir gehen rein und sehen nach.«

Die Vorstellung, in dieses Loch zu kriechen, ließ in Peter Übelkeit aufsteigen. Er sagte nichts, schüttelte den Kopf.

»Du hast Angst.«

Wieder schüttelte er nur den Kopf und spürte gleichzeitig die Hitze in seine Wangen schießen; er wollte Paul am Hemd packen, ihn anbrüllen: Nein, hab ich nicht, hab ich gar nicht! Aber da begann der schon, in das Loch zu krabbeln, und sah sich nach ihm um.

»Was ist?«

Peter presste die Lippen aufeinander, und dann, als hätte ihm jemand eine Ohrfeige verpasst, sprang er auf, rutschte den Abhang hinab und rannte zurück in die Stadt. Er rannte und sah sich nicht um. In Zukunft würde er in jede Höhle kriechen und jeden Baum besteigen, in Zukunft würde ihn niemand mehr fragen, ob er Angst habe.

Er erreichte die ersten Häuser und erkannte vor sich auf dem Weg Liv. Sie hockte da und spielte mit Glasmurmeln, die in der Sonne glitzerten. Sie sahen einander an.

»Willst du mitspielen?«, fragte sie.

Er rieb sich den Nacken und sah sich um. Von Paul keine Spur. Bisher hatte er kaum mit Liv gesprochen; sie war wie die anderen Mädchen in der Klasse ein unbekanntes Wesen für ihn, deren Sprache er nicht verstand und deren Verhalten ihm fremd war; jetzt aber beugte er sich zu ihr.

»Pass auf«, sagte sie, nahm die Murmeln und stand auf. »Wir stellen uns da hin, jeder bekommt eine, und wer es schafft, sie näher an die Wand zu werfen, hat gewonnen.«

Sie machte es ihm vor. Die Murmel fiel vor die Bretterwand der Scheune und blieb liegen.

»Und jetzt du.«

Sie reichte ihm eine der Kugeln, und Peter versuchte es. Er warf mit zu viel Wucht, seine Murmel prallte ab und rollte zurück.

»Ich heiße Liv«, sagte sie, während sie ihre Glasschätze aufsammelte.

»Ich weiß«, sagte er. »Ich bin Peter.«

»Wo ist der andere?«

»Der sucht in einer Höhle nach Menschen.«

»Oh«, sagte Liv.

Sie spielten noch zwei Runden, und beide Male verlor Peter, doch es machte ihm nichts aus. Liv fragte, ob er Alexander von Humboldt kenne, aber den kannte er nicht. Liv erklärte ihm, dass dieser wohl einer der klügsten Männer der Welt gewesen sei; überall sei er herumgereist, habe Tiere und Pflanzen erforscht und gemalt, und das wolle sie auch einmal tun, auf die Berge steigen und auf einem Fluss durch den dichten Urwald fahren. Als Peter ihr sagte, dass er lieber ins Eis wolle, so wie Nansen, sagte Liv, das Eis sei langweilig, es sei immer nur dumm und kalt.

Kurz darauf erschien Paul an der Wegbiegung. Er näherte sich langsam, blieb vor ihnen stehen. Seine Hände waren schmutzig, er lächelte, und Liv fragte ihn, ob er auch eine Runde mitspielen wolle. Paul nickte. Peter hockte sich hin und sah den beiden zu. Zwei Mal gab Liv ein »Oh« von sich, auch wenn Paul noch miserabler spielte und die Murmeln gegen die Wand schleuderte, als wolle er sie zerschmettern. Liv fragte Paul, was er in der Höhle gefunden habe. Er sah sich um. Seine Augen nahmen einen besonderen Glanz an, so als kehre er noch einmal in die Dunkelheit der Felsen zurück.

»Knochen«, murmelte er.

Peter hielt das für eine Lüge. Und auch Liv schien ihm nicht zu trauen, sie legte den Kopf schräg und betrachtete ihn.

»Willst du sie sehen?«, fragte Paul.

Liv wollte nicht. Sie sagte, sie habe schon oft genug Knochen gesehen, Hühnerknochen, das Gerippe eines kleinen Wals, und außerdem würde ihr Vater zu Weihnachten immer ein Schwein schlachten.

»Du hast bloß Angst.«

»Und wennschon, auch Alexander von Humboldt hatte manchmal Angst. Weißt du denn überhaupt, wer das war?«

»Ist das wichtig?«

»Alexander von Humboldt wusste alles und fuhr einmal um die ganze Welt«, sagte Liv und begann, die Murmeln einzusammeln. »Ich werde irgendwann auch um die Welt fahren und eine Menge wissen.«

»Das kannst du nicht«, sagte Paul, »du hast ja Zöpfe.«

»Was weißt du schon.«

Wieder blitzten die Glaskugeln in ihrer Hand so, dass Peter die Augen zusammenkniff.

»Ich muss jetzt gehen«, sagte Liv und lief davon.

Paul zuckte mit den Schultern und schob die Hände in die Hosentaschen. Peter sah dem Mädchen hinterher, bis es verschwunden war.

»Sag ich ja«, Paul kam auf ihn zu, »ist auch nur eine blöde Kuh, wie die anderen.«

Peter sah ihn an.

»Wer ist dieser Alexander von Humboldt?«, fragte er.

Liv

Manchmal bleibt mir die Luft weg. Ich stehe am Tisch vor dem Fenster, ich bin mit den Kindern am Strand, und plötzlich stockt es. Solveig sieht mich an und runzelt die Stirn. Ich kann nicht mal mehr lächeln. In diesen kurzen Augenblicken muss ich aussehen wie eine Fremde, ein Geist. Alles um mich herum wird weiß und weit, und die Geräusche nehmen ab, wohingegen die Gerüche zunehmen, nach Erde, Holz und dem Meer. Aber ich komme wieder zu Atem, jedes Mal komme ich wieder zu Atem. Ich kann nicht auch noch verschwinden, einfach hinauslaufen und nicht wiederkommen. Manchmal fürchte ich mich davor, dass auch ich abhandenkommen könnte, obwohl ich doch da bin, bei den Kindern, ich fürchte, ich könnte mich auflösen bis zur Unkenntlichkeit, die beiden würden mich nicht mehr erkennen, würden durch mich hindurchschauen und meinen Namen rufen, und ich rufe ihre Namen, aber es ist, als wären wir in verschiedenen Welten, zugleich da und doch voneinander getrennt.

Ich rufe Deinen Namen, brülle ihn aufs Wasser hinaus. Warum hast Du mich zurückgelassen, warum musstest

Du in Deinem Stolz da hinausfahren? All diese sinnlosen Expeditionen und großen Fahrten, das dumme Gerede von Großtaten, Entdeckungen, und dann sind sie alle jämmerlich in ihren Kojen erfroren oder im Eis verhungert. Ich brülle Deinen Namen, bis ich heiser bin, und ich stelle mir vor, meine Stimme fliegt durch Täler und über Berge, und Du hörst ein schwaches Echo davon, Du erwachst in Deinem Zelt und fragst Dich, ob Du das alles nur geträumt hast.

Ich habe mich entschlossen, weder verrückt noch eigenbrötlerisch zu werden. Ich laufe nicht vor den Erinnerungen davon. Wenn sie kommen, bleibe ich stehen und denke, an dieser Hausecke da, vor dieser Bank ... Alles ist so unendlich weit weg, und doch umgibt mich das alles täglich, die Häuser und Straßen, der Blick hinunter auf den Sund. Ich flüstere nicht mehr vor mich hin, ich muss mir nicht mehr vorsagen, was die Hände als Nächstes tun sollen. Andere verlieren den Verstand oder tragen für immer Schwarz. Ich werde das nicht tun. Als Du hinausfuhrst, hast Du auch mein Leben mitgenommen, aber gefragt hast Du nicht, ob ich das will, gefragt hast Du nicht: Willst du mit mir kommen, Liv, hinaus ins Eis? Schon immer entscheiden Männer diese Dinge für sich, und wir Frauen sitzen da und warten. Geduld sollen wir haben, die Betten sollen wir aufschütteln und den Platz am Tisch frei halten, Jahr für Jahr. Als Du sagtest, Du würdest mit Amundsen fahren, als Du sagtest, ihr würdet beide hinausfahren, zwei Jahre, drei Jahre, keiner könne es voraussagen, da wusste ich nicht, welche Worte Dich hätten zurückhalten sollen. Von diesem Moment an war unsere Kindheit vorbei, unsere Jugend. Nichts mehr ist übrig von der alten Zeit, als wir uns durch die Straßen jagten und in den Wäldern nach Beeren suchten. Unsere Namen spielten damals keine Rolle, wir waren drei. Doch als ich die *Maud* am Horizont verschwinden sah, hörten wir auf, das zu sein, was wir waren, und wurden zu Geistern, ein jeder in den Erinnerungen des anderen, da wurden wir zu einem Gedanken, da wurden wir Mann und Frau, Du auf Abenteuerfahrt und ich im Haus, Du im Kampf mit Packeis und Bären und ich in Stille und Staub. Atemlos stehe ich am Strand und versuche, mich nicht hinausziehen zu lassen. Nein, ich werde nicht verschwinden, ich gehe nicht mit Dir!

Es gibt auch die guten Tage, du kennst sie, wenn die Sonne über dem Wasser steht. Dann geht Thore zum Angeln, Solveig ist draußen im Garten, und ich tue, was getan werden muss, backe oder nähe, lasse meine Hände die Arbeit verrichten, und dann kommt der Abend über den Sund gezogen, es wird rasch kühler, die Nacht mit ihren Lichtern und Spiegelungen. An den guten Tagen bin ich ruhig und gelassen, ich sitze vor der Werkstatt in der Sonne und weiß plötzlich, dass ich hier nicht bleiben muss, dass es keinen Grund mehr gibt zu warten, dass es tausend Orte gibt, an denen ich nicht Liv Tessem bin, Frau eines Verschollenen, nicht die bin, für die ihr mich haltet, dass es Orte gibt, an denen mich niemand kennt, und dann werde ich ruhig und schließe die Augen.

Ich lese erneut Deinen letzten Brief, *29. August 1918*, aufgegeben in Dikson:

*Alle wohlauf, ungewöhnlich dichtes Eis schon um
diese Jahreszeit, kaum Wind in den letzten Tagen.
Wir steuern Port Dikson an, unsere letzte Station
vor der Passage. Ich denke an die Kinder und an
Dich und soll Dich von Paul grüßen, Peter*

Ich antworte Dir, Tromsø im Herbst: Alle wohlauf, Nebel und Regen, wie Du es nicht anders kennst, den Kindern geht es gut, Gruß und Kuss. Unsere Namen werden
zu Treibholz, ich stehe am Ufer und schaue auf das bleiche, von den Wellen angespülte Stück, will wissen, woher es stammt: von einem einstmals blühenden Baum
oder von einem Menschen?

nun sitzen wir also endgültig fest. kein durchkom-
men mehr. unser standort: 77° breite, 105° länge,
30 meilen östlich von Kap Tscheljuskin, am nörd-
lichsten zipfel des Taimyr. hier werden wir über-
wintern müssen. Wir nennen diesen ort Maudhavn.
alte erinnerungen. vor drei jahren mit Otto Sverdrup
und der Eclipse ganz in der Nähe festgesteckt,
aber immerhin retten wir ~~Villki~~ Wilkizki & seinen
leuten die verfrorenen ärsche. hoffe auf einen ruhi-
gen winter.

wir richten uns ein. Sverdrup, Olonkin und
Sundbeck sind am morgen mit den hunden los.
Peter & ich bauen ein schneehaus für die wissen-
schaftlichen messungen & himmelsbeobachtungen.
die arbeit tut gut. Peter erzählt von Thore, die
beiden haben auch mal ein schneehaus gebaut,
nur nicht so groß. ich hätte den jungen nicht Thore
genannt, sondern ~~Fridtjof~~ Roald. aber nun stehen
die dinge anders.

konzentriere mich auf die arbeit, aber trotzdem
denke ich an Liv, an ihre   ich sehe Peter an.
dann fühle ich mich wie ein ~~idiot~~ dieb. sehe sie vor
mir, schön ist sie, ~~bring ihn mir zurück~~ pass auf
ihn auf, sagte sie zu mir. soll ich amme spielen,
soll ich ihn   abends liegt er wieder mit schwerer
migräne in der koje. schon der ~~dritte~~ vierte anfall.
isst nichts, rührt sich nicht. Sverdrup spricht von
melancholie.

Amundsen in schweigsamer laune, schlimmer,
als wenn er aufbraust. er hatte nicht damit ge-
rechnet, dass wir so früh schon festsitzen würden.

Sverdrup gelassener, will den gesamten Taimyr erforschen. bin müde. auf deck jaulen die hunde den mond an.

Paul Knutsen, 20. September 1918

75° 23′ N, 88° 47′ O

Seit ihrem Aufbruch von Kap Vilda hatte die Gruppe um Begitschew rund neunzig Werst entlang der Küste in südwestlicher Richtung zurückgelegt, ohne auf eine Spur der Vermissten zu stoßen. Der Juli ging in den August über, es regnete, schwer lag der Nebel um sie. Abends saßen sie in ihren klammen Overalls im Zelt und tranken Kaffee, die Stimmung schwankte zwischen Resignation und trübsinniger Verbissenheit.

Karlsen wollte sich mit den Tatsachen nicht abfinden, nicht mit dem tief hängenden Himmel, dem unablässigen Regen, der den Boden aufweichte und auf weiten Flächen den Schnee schmelzen ließ, nicht mit dem Nebel am Morgen und der Kälte am Abend; fluchend trieb er die Tiere an, reagierte gereizt, dann wieder stand er minutenlang da und starrte aufs Meer hinaus, als hoffe er irgendwo dort draußen ein Zeichen zu erkennen. Der gefundene Brief hatte ihm recht gegeben: Sie waren auf der richtigen Spur; jetzt galt es, sich nicht von Regen und Nebel irremachen zu lassen, vorwärts musste er und dabei jeden Kiesel, jedes Stück Treibholz in Augenschein nehmen; nichts durfte seinem Blick entgehen!

Kapitän Jakobsen dagegen saß mit hochgeschlagenem Kragen und weit in der Stirn sitzender Mütze auf dem Schlitten und sprach kaum; er sprang ab, schob und zerrte, wenn das Gefährt im Schlamm stecken blieb, führte die Rene sicher und geschickt und erwies sich außerdem als ausgezeichneter Schütze, der in der Tundra Ringelgänse und Eiderenten erlegte; aber zuweilen schien er abwesend, so als träume er, als habe er sich längst mit den Gegebenheiten abgefunden, der Leere, der Kälte.

Begitschew notierte jeden Abend ihre genaue Position, machte Angaben zu Wetter und Wind und legte die Route für den nächsten Tag fest: Meist schickte er Jakobsen und Karlsen die Küste entlang, während Konde und er weiter landeinwärts fuhren und in den Senken und Mulden nach Hinweisen suchten. Seit dem Fund auf Kap Vilda war Begitschew davon überzeugt, dass die beiden Vermissten noch mehr Spuren hinterlassen haben mussten; vielleicht hatten sie einen Steinhügel errichtet oder Hinweise im Eis verscharrt, die jetzt freiliegen würden. Doch er war auch erfahren genug, um zu wissen, dass ihre Suche weniger von ihrem Können abhing, als vielmehr vom Zufall bestimmt wurde. Nur wenige Saschen von ihren Schlitten entfernt konnte sich zwischen Geröll eine alte Feuerstelle befinden, Reste eines Lagers, und sie fuhren daran vorbei, ohne auch nur die geringste Ahnung davon zu haben. Begitschew wusste, dass Konde recht hatte: Die beiden Männer waren längst tot. Sie suchten nach zwei Schatten in der Tundra und konnten sich glücklich schätzen, wenn sie überhaupt noch irgendein Zeichen der beiden Norweger finden würden; andererseits kannte auch Begitschew jenes unheimliche Ziehen, ein eigentümliches Gefühl der Entrücktheit, als stünde er eine Handbreit neben sich, ein Flüstern und Zischeln in den Ohren; Tod und Leben tauschten ihre Rollen, das Offensichtliche war nur eine Spiegelung, und die vermeintlich Toten lebten unter anderen Namen weiter.

Konde las in der Landschaft, sie hatte ihm aber kaum etwas Neues zu erzählen. Wie Begitschew ihm geraten hatte, hielt er seine Gedanken vor Jakobsen und Karlsen zurück; er zeigte ihnen, wie sie die Rene führen mussten, auf welche Rufe die Tiere hörten und welche sie ignorierten, wo man gutes Futter fand; er kümmerte sich ums Feuer, kochte nach Art der Nganasanen Fleisch und fing, wenn sie am Rand einer Bucht lagerten, manchmal sogar Fische, die er in der Nacht über der Glut räucherte. Abends lauschte er den Gesprächen der anderen und döste dabei; er sah sich auf einem der großen Schiffe an der Seite eines Kapitäns, sah sich in Amerika von Bord gehen, wo er ein anderes Leben beginnen würde; er sah sich weiter als je ein anderer Nganasane vor ihm in die Welt vordringen, sah sich in den Straßen von London, von Paris. Er würde sein Volk überall in der Welt bekannt machen.

Den 3. August über hatte die Sonne geschienen und den Renen zu schaffen gemacht. Jakobsen und Karlsen zerrten den Schlitten über Geröll, Overalls und Mützen hatten sie längst abgelegt, das Licht ließ ihre Haut jucken. Karlsen ging dem Schlitten voran, hatte das Leittier am Riemen gepackt und führte den Zug auf eine verschmutzte Schneefläche. Jakobsen hustete, und Karlsen wollte sich gerade zu ihm hindrehen, als er vor sich etwas Dunkles aufragen sah; er glaubte zuerst an die verkrüppelte Wurzel eines toten Baums. Doch es war von Menschen gemacht. Er ließ den Riemen los und stürzte hin, ging in die Knie. Zersplittertes Holz, rot verfärbte Kupferdrähte.

»Jakobsen!«, rief er, obwohl er wusste, dass der Kapitän nur wenige Meter hinter ihm war. »Jakobsen!«

Vor ihm ragten die Überreste eines Schlittens aus dem Schnee. Eine kindliche Aufregung durchfuhr ihn: Er war auf eine weitere Spur gestoßen, und diesmal war es kein Papier, sondern etwas Handfestes, Großes, ein ganzer Schlitten, der Schlitten von Tessem und Knutsen, den das Eis jetzt, im arktischen Sommer, freigegeben hatte. Er fuhr sich über den Mund und sah zu seinem Kapitän. Der stand mit gerunzelter Stirn da und schien zu grübeln. Karlsen aber wollte ihm zurufen: Was gibt's da noch zu grübeln, wir haben es doch, da haben wir's!

»Wir müssen Begitschew und Konde Bescheid geben«, hörte er Jakobsen sagen, und dann entfernte er sich ein paar Schritte.

Karlsen betastete ein Teil, das eine Kufe gewesen sein musste, ja, ganz sicher: eine Kufe. Das alte Holz war rau und faserig, die Zersetzung hatte bereits begonnen, aber deutlich waren noch die Arbeitsspuren zu erkennen, gebogener Draht, geschliffene Kanten. Jakobsen feuerte sein Gewehr ab, das Zeichen für Begitschew und Konde. Er ließ die Waffe sinken und trat hinter seinen Begleiter.

»Und, was sagst du?«, Karlsen sah zu ihm auf.

»Es kann alles Mögliche sein.«

Karlsen überschlug: Sie mussten eine genaue Ortsbe-
stimmung vornehmen, Breiten- und Längengrad, er
würde eine Zeichnung anfertigen, würde Schlitten und
Fundort detailliert beschreiben. Hinter sich hörte er
Stimmen, er richtete sich auf. Begitschew kam rasch auf
ihn zu, kauerte sich neben ihn in den Schnee und besah
sich das Fundstück.

»Das ist ihr Schlitten«, sagte Karlsen.

»Er könnte auch Trappern gehört haben, die hier im
Sommer auf Jagd waren, oder es sind die Reste irgendeiner Expedition«, Begitschew fuhr sich mit dem Ärmel
über die Stirn, »jedes Jahr kommen mehr Leute aus dem
Süden herauf.« Er zog das Kufenstück aus dem Schnee.

Konde stand hinter Begitschew und betrachtete alles
mit ungerührter Selbstverständlichkeit, gerade so, als
habe er Langeweile. Karlsen biss sich auf die Unterlippe.
Es waren seine Landsleute, von denen es seit zwei Jahren keine Spur mehr gab, die weiß Gott welchem Unglück zum Opfer gefallen waren – oder vielleicht doch
noch lebten?

Begitschew schüttelte den Kopf.

»Das ist nicht ihr Schlitten«, er ließ das Stück Holz
fallen und stand auf.

Begitschew schätzte die aufbrausende Kraft des jungen Karlsen, eine Kraft, die er früher selbst verspürt
hatte, die mit der Zeit jedoch weniger geworden war, je
länger er die Tundra durchstreifte. Er wandte sich dem
Meer zu, kramte nach dem Tabakbeutel. Er konnte es
Karlsen nicht verübeln: Der Junge war nicht hier, um
fauliges Holz und Papierfetzen aufzuspüren, er wollte
Geschichte schreiben, als Held zurückkehren mit den

beiden Vermissten, die er eigenhändig in einer Höhle aufgespürt hatte. Er will das Leben, dachte Begitschew, und ich kann ihm nur den Tod bieten.

Sie errichteten ihr Lager in der Nähe des Fundorts. Jakobsen kochte Tee, Konde bereitete das Essen vor. Begitschew notierte den Fund, bestimmte den Ort und übertrug die Daten in sein Notizbuch. Sie befanden sich rund einhundert Werst östlich von Kap Vilda auf einer schmalen Landzunge, die in der Karte mit Kap Sterlegowa verzeichnet war. Während Begitschew schrieb, sah er immer wieder zu Karlsen, der neben seinem Landsmann kauerte, die Arme um die Knie geschlungen, und in die Flammen starrte. Die Sommernacht war klar und kalt.

»Der Schlitten ist schlampig gebaut«, begann Begitschew und fasste dabei Karlsen fester ins Auge. Er wusste, dass er ihm eine Erklärung schuldig war. »Das Metall, das für den Bau verwendet wurde, die Stahlseile, die Kupferrohre am Bug des Schlittens, das macht alles einen ziemlich dilettantischen Eindruck. Was meinst du, Konde?«

Der junge Nganasane hockte rauchend am Feuer, hielt die Handflächen vor die Flammen und summte von Zeit zu Zeit. Er sah jetzt auf.

»Das Ding taugt nicht mal als Spielzeug für unsere Kinder«, sagte er, »es würde sofort auseinanderfallen. Ein Wunder, dass es überhaupt gefahren ist. Und selbst wenn der Schlitten von ihnen wäre, was würde das ändern?«

»Dann wüssten wir, dass sie es bis hierher geschafft haben«, sagte Karlsen. »Vielleicht hatten sie einen Unfall, vielleicht wurden sie von einem Bären angegriffen.«

»Knutsen hat ihren Schlitten selbst gebaut«, sagte Begitschew und blätterte durch das Papierbündel. »Hier, am 7. September 1919 schreibt er: *Erste Fahrt mit dem Schlitten, er gleitet wunderbar leicht übers Eis. Er würde uns nach Dikson und sogar wieder zurück zur* Maud *bringen.*« Begitschew sah auf. »Die beiden waren erfahren, sie hätten den Schlitten nie wegen einer gebrochenen Kufe zurückgelassen. Sie hätten ihn repariert.«

Jakobsen nickte. Karlsen schwieg, noch immer schien er zu zweifeln.

»Außerdem hätte Amundsen sie nie auf einem solch armseligen Gefährt wie diesem hier fahren lassen«, fuhr Begitschew fort. »Metallverschlüsse haben einen viel zu großen Verschleiß. Das hier war allenfalls ein einfacher Lastenschlitten.«

»Und trotzdem«, Karlsen blickte auf. »Trotzdem könnten sie genau hier vorbeigekommen sein.«

»Morgen früh suchen wir am Strand und entlang der Felsen weiter«, sagte Begitschew.

Konde war vor den anderen wach. Leise schlüpfte er in seinen Mantel und verließ das Zelt, sah nach den Tieren, die ruhig beieinanderstanden und Flechten fraßen. Er ging ein Stück aufs Meer zu. Er mochte es, hier draußen zu sein; und noch mehr schätzte er es, wenn er etwas Tabak in der Tasche hatte und Rubel dafür bekam, dass er auf einem Schlitten saß und die Küste entlangfuhr. Er stopfte seine Pfeife, paffte einige Züge und sah die Karasee gegen das Land rollen. Ginge es nach ihm, könnten sie auf dem schnellsten Weg nach Avam zurückfahren. Er wusste, dass die Suche nichts weiter einbringen würde, hatte aber auch verstanden, dass die beiden Norweger es nicht dabei belassen konnten, sich an die Verschwundenen durch Geschichten zu erinnern; sie brauchten etwas zum Anfassen, den Fetzen einer Jacke, ein paar Zähne, eine verrostete Blechbüchse. Vor allem Karlsen stemmte sich mit solcher Gewalt gegen den Lauf der Dinge, dass es ihn manchmal amüsierte, seine närrische Verbissenheit, sein dummer Wagemut, und doch hatte er Respekt vor ihm. Weder er noch Jakobsen beklagten sich, sie konnten gut mit den Tieren umgehen, und mit ihren Waffen schossen sie genügend Gänse, sodass sie nicht hungern mussten. Er würde sich an Karlsen halten, der war jung, er würde eines Tages Kapitän sein und sich dann an ihn erinnern. Karlsen wäre es, der ihm die Tür zur Welt aufstoßen würde.

Karlsen kroch aus dem Zelt. Er zog den Mantel enger und ging zu Konde.

»Hast du noch Tabak?«, fragte er.

Konde reichte ihm die Pfeife, Karlsen nickte und zog daran. Sie sahen aufs Wasser.

»Begitschew glaubt auch, dass sie längst tot sind«, sagte der Norweger. »Ich bin doch nicht blöde. Ich weiß, wie sehr unsere Suche mit der großen Politik zusammenhängt: Die Bolschewiken zeigen guten Willen, unsere Regierung erhofft sich wiederum gute Beziehungen. Aber dann können wir auch hier herumsitzen und Steine ins Wasser werfen.«

Er gab Konde die Pfeife zurück.

»Wir werden etwas finden, Alfred Karlsen«, sagte der und steckte die Pfeife ein. »Und dann könnt ihr ein Grab errichten und ein Gebet aufsagen, und es wird dann hoffentlich aufhören.«

Konde rutschte vom Schlitten und machte sich daran, Holz zu sammeln.

»Was wird aufhören?«, rief Karlsen. »Was meinst du?«

»Dass ihr euch wie Kinder benehmt, anstatt wie ordentliche Menschen Straßen zu bauen und Tabak und Gewehre zu verkaufen.«

Am 4. August 1921 fiel dichter Regen über Kap Sterlegowa. Alles war glitschig, trotzdem ließ Karlsen mit der Suche nicht nach. Irgendetwas musste sich finden lassen, und seien es auch nur ein paar Knöpfe oder Patronenhülsen. Den ganzen Vormittag schon untersuchten sie die Umgebung des Schlittens nach weiteren Spuren, und wenn Karlsen den Kopf hob, konnte er die Konturen seiner drei Begleiter erkennen. Manchmal kauerte er sich zwischen die Steine und griff mit der Hand in die Kiesel, ließ sie durch die Finger rinnen. Letzte Nacht hatte er lange wach gelegen und versucht, sich an Peter Tessem und Paul Knutsen zu erinnern; sie stammten wie er aus Tromsø, und es erschien ihm nahezu unmöglich, dass sie sich nicht einmal getroffen hatten. Die beiden waren nicht wesentlich älter als er, ein oder zwei Jahre, aber so tief er auch in seiner Erinnerung grub, die beiden Namen hatten keine Spuren hinterlassen. Vielleicht hatten sie auf Kvaløya gelebt, vielleicht am anderen Ende von Tromsøya. Jakobsen hatte ihm, als sie den

Winter über in Dikson festsaßen, einige Male von Liv Tessem erzählt, die er kurz vor dem Auslaufen der *Heimen* besucht hatte; erstaunlich ruhig habe sie gewirkt, gar nicht von Trauer übermannt, vielmehr so, als habe sie sich längst mit den Tatsachen abgefunden, und ihn, Jakobsen, hätten plötzlich Zweifel beschlichen, warum sie überhaupt noch hinausfuhren, warum sie die Dinge nicht einfach auf sich beruhen ließen.

Karlsen würde die Dinge aber nicht auf sich beruhen lassen. Aus Knutsens Aufzeichnungen wusste er, dass Tessem Vater zweier Kinder war, und diese hatten ein Recht darauf zu erfahren, was ihrem Vater zugestoßen war.

Unnachgiebig hoffte er also weiter darauf, einen Fund zu machen, der seine These bewies und Begitschews Argumente widerlegte, aber es ließ sich nicht die kleinste Spur menschlichen Lebens finden. Einmal stieß er auf die Überreste eines größeren Tieres, vielleicht ein Fuchs, stocherte mit einem Stock zwischen den Knochen und schleuderte ihn dann in die Brandung.

Frierend kamen sie bei den Schlitten zusammen. Sie schirrten die Tiere ein und machten sich erneut auf den Weg westwärts, müde, die Blicke zu Boden gerichtet.

Eisfuchs
Kap Sterlegowa, 1919

Seit einer Stunde liegt Peter im Schlafsack und sieht in der Dunkelheit Lichter, die nicht da sein können. Jedes Blinzeln ist wie ein Nadelstich, seine Augäpfel schmerzen. Von draußen hört er manchmal die Hunde, manchmal auch Paul, seine tiefe Stimme, wenn er mit den Tieren spricht oder leise singt. Peter starrt die Zeltwand an. Wenn er wach ist und die Petroleumlampe aufdreht, wenn das Pulsen nachlässt, dann glaubt er, Bewegungen wahrzunehmen, sieht Gesichter. Die Gesichter seiner Kinder; Livs Gesicht, jung und trotzig wie damals, als sie noch um die Wette liefen, die Gesichter von der *Maud*. Er weiß, dass es Trugbilder sind, trotzdem glaubt er, sie berühren zu können, glaubt, Gerüche aus der heimischen Küche wahrzunehmen. Wenn er zurück in Tromsø ist, will er etwas verändern, dann will er nicht länger in der Werkstatt stehen, sondern mit Liv gemeinsam an einer neuen Zukunft arbeiten, jetzt, wo der Krieg vorbei ist und er zurückkehren wird. Er blinzelt, und alles verschwimmt. Die Kälte setzt ihm zu, die Dunkelheit lässt den Übergang von Wachen und Schlaf verschwimmen; er kauert im Zelt, döst, erträgt kaum das eigene Atmen.

Paul ist draußen bei den Hunden. Der kleine ganz hinten im Gespann, Takito, macht einen schlechten Eindruck, frisst dabei aber am meisten; außerdem neigt er dazu, die anderen anzufallen, ein launischer Einzelgänger, reizbar und so zottelig, dass unter dem Fell die Augen kaum auszumachen sind. Paul singt kräftig und brummend gegen die Kälte an. Peter wälzt sich im feuchten Schlafsack. Wenn sie über das Eis fahren, sprechen sie wenig miteinander, konzentrieren sich darauf, voranzukommen und Kraft zu sparen.

Peter richtet sich etwas auf. Die Kopfschmerzen lassen nach, weichen einer nervösen Überspanntheit; alles um ihn zieht sich zusammen, wird unmittelbar, Pauls Gesang, das Jaulen der Hunde, der Wind. Er entzündet den Primus und kocht Tee, kauert über der Flamme und spürt etwas Wärme in den Händen.

Er hebt den Kopf, als Paul ins Zelt gekrochen kommt, für einen Augenblick wie erstarrt in der Hocke verbleibt, sich übers Gesicht streicht.

»Willst du Schokolade?«, fragt er. Paul zieht den Rucksack zu sich und beginnt, darin zu wühlen. Peter sieht zu, wie er die Verpackung aufreißt, sieht das Schimmern der Schokolade, von der Paul vergeblich ein Stück abzubrechen versucht und dann mit dem Messer zwei mundgroße Stücke schneidet.

»Amundsens Notration«, sagt er und schiebt sich sein Stück in den Mund.

Peter riecht an der Schokolade, aber da ist nichts außer Kälte. Er leckt mit der Zunge daran, zwischen den Lippen beginnt das eisharte Stück langsam sein Aroma abzugeben, der bittersüße Geschmack ist überwältigend.

Ihm wird etwas übel, Paul lächelt (ich weiß, dass ich kein Eisfahrer bin, Paul, ich werde nie einer sein).

»Spielen wir?«, fragt Peter.

Paul nickt, stellt die Figuren auf.

»Ich werde in Tromsø bleiben«, sagt Peter und platziert die Königin, »mich zieht es nicht mehr hinaus. Wir haben doch die besten Voraussetzungen, wir müssen es nur wahr machen.«

»Was willst du wahr machen?«, Paul zieht mit einem Bauern.

»Ein gerechtes Leben, ein gutes Leben für uns alle.«

»Du meinst wie die Bolschewiken?«

»Es geht um Veränderung, um den Willen, etwas anders zu machen«, Peter spürt ein Kribbeln in den Fingern. »Muss es denn nicht Ziel sein, dass wir alle in Norwegen von unseren Reichtümern profitieren und nicht nur die Schweden und Franzosen und Engländer? Sie halten uns doch noch immer für rückständig.«

»Ich verstehe nicht viel von Politik«, Paul sieht auf, »aber wenn wir die Engländer und Franzosen rauswerfen, bleibt uns nicht mehr viel. Denen gehören die Wasserkraftwerke und Werften, wer bezahlt dann die Arbeiter, etwa du, Peter?«

Er hat einen gallig-sauren Geschmack im Mund, schlägt einen von Pauls Bauern.

»Warum leitet Amundsen diese Expedition und nicht du?«, Peter sieht auf. »Weil die Amundsens in Kristiania eine Villa bewohnen, weil er ein Gymnasium besuchte und später die Universität. Alles war für ihn vorbereitet. Aber wir sind aus Tromsø, aus der Dunkelheit, wir sind Bauern und Fischer.«

Paul blickt auf. Die Schatten rahmen sein Gesicht, lassen die Wangenknochen hervortreten, der Mund ernst, er kneift die Augen zusammen.

»Amundsen hat ein miserables Abitur gemacht, und an die Universität ging er nur seiner Mutter zuliebe. Das ist bekannt. Nein, das ist es nicht, nicht das Geld seiner Familie, nicht die Universität. Er wusste schon immer, dass er einmal ins Eis fahren würde, keinen Moment zweifelte er daran. Alles andere war unwichtig für ihn.«

»Aber das ist doch nur Selbstsucht!«

»Warum bist du dann hier und nicht in Tromsø? Nur wegen der guten Heuer?«

Peter starrt auf die Figuren (ich bin kein Eisfahrer, ich gehöre nach Tromsø, zu Liv und den Kindern, schau meine Hände an, Paul, Tische und Stühle sind meine Welt, hast du geglaubt, ich sei wegen dir hier draußen, wegen Amundsen?).

»Jeder will ein kleiner König sein, glaub mir«, sagt Paul, »selbst du. Du willst Thore Geschichten erzählen, in denen du ein Held bist und kein Stubenhocker.«

»Ich will nur nach Hause«, murmelt Peter.

Hinter dem steif gefrorenen Schal staut sich sein Atem. Kurz spürt er seine brennenden Lippen, dann wird auch dieser Hauch zu Reif und setzt sich in der Wolle fest. Er hat das Gewehr im Anschlag und bewegt sich nordwärts übers Eis. Er geht langsam, lauscht. Immer wieder wendet er sich um, blickt zurück zum Zelt, das dunkel aufragt. Er ist allein. Paul schläft. Leise hat er sich angezogen und die Winchester umgehängt, er will hinaus, eine fette Robbe schießen, will zeigen, dass er genauso in der Lage ist, für Nahrung zu sorgen, wie Paul.

Vor sich glaubt er eine dunkle Trübung wahrzunehmen, vielleicht eine Polynja. Es ist kurz vor fünf am Morgen, die Temperatur ist auf minus fünfzehn Grad Celsius gefallen. Alles ist still, erhaben, Nebel zieht von Osten auf. Er geht auf das vor ihm liegende Wasser zu. Er wird sich am Rand des Wasserlochs in den Schnee kauern und geduldig warten, bis der glänzende Kopf einer Robbe auftaucht, um nach Luft zu schnappen; er wird die Waffe abfeuern, wird den Körper zuerst untergehen und kurz darauf wieder reglos auftauchen sehen, dann muss er das Tier nur noch aus dem Wasser zerren und zum Zelt schleifen. Der Nebel wird dichter, die eben noch klaren Konturen verwischen, er wirft einen Blick auf den Kompass und geht weiter Richtung Norden. Dort, irgendwo dort muss es offenes Wasser geben.

Er bleibt stehen, kommt zu Atem, blinzelt Reif von den Wimpern. Da kracht es im Eis, eine dumpfe Erschütterung, die ihn zwei Schritte nach vorn taumeln lässt. Er hebt das Gewehr, bereit, es jeden Moment abzufeuern. In der Ferne ballt sich ein Schatten zusammen, erhebt sich, Peter weicht zurück. Der Wind frischt auf, und der Schatten fällt wieder in sich zusammen. Es sind nur wirre Gedanken, die Bären und Walrosse entstehen lassen, ganze Schiffe sogar, die über den Horizont gleiten.

Er geht weiter durch Nebel, denkt, dass er zurückgehen sollte, hier gibt es gar kein Wasser, er sollte sofort zum Zelt zurück. Er dreht sich um und folgt seinen Spuren, die undeutlich werden, schließlich überhaupt nicht mehr zu finden sind. Im Zickzack geht er Eisrinnen nach, bleibt stehen, versucht sich zu erinnern, an diese Kante, jene Verwehung. Alles sieht gleich aus. Er dreht sich, weiß nicht, wo er ist, wohin er gehen soll. Liv, denkt er, und Panik kriecht ihm das Rückgrat hinauf. Er rennt los, doch es ist sinnlos, er stolpert, fällt seitwärts in den Schnee. Ein Wahnsinn, denkt er, Amundsen muss wahnsinnig sein, uns hier hinaus ins Eis zu schicken.

Er bleibt stehen, atmet. Dann feuert er die Winchester ab. Der Schuss muss meilenweit zu hören sein, das Eis ächzt.

»Peter!«, hört er eine Stimme aus der Ferne. »Peter!«

Er rührt sich nicht, lauscht.

»Peter Tessem!«

»Hier bin ich, hier!«

Und dann taucht Paul aus dem Nebel auf, mit gesenktem Kopf, den Karabiner geschultert.

»Was zum Teufel machst du hier draußen?«

»Jagen.«

Sie stehen einander gegenüber, lauernd, als könnte der andere sich doch noch als Trugbild erweisen, als könnte jeden Augenblick der Bär durch die Nebelwand brechen.

»In dieser Suppe bist *du* die Beute«, sagt Paul.

Lächelt er? Peter kneift die Augen zusammen, schiebt die Mütze aus der Stirn. Er kann Pauls Gesicht nicht richtig sehen, aber er glaubt, da etwas zu erkennen, Augen, die ihn anstarren wie die eines Fremden.

Paul dreht sich um und stapft zurück in Richtung Zelt. Peter folgt ihm.

Eine Weile sitzen sie schweigend voreinander, trinken Tee. Peter hält seine Tasse mit beiden Händen umklammert und versucht zu begreifen, was ihn hinausgetrieben hat, warum er das Wagnis einging, sich da draußen zu verirren und jämmerlich zu erfrieren. Paul blickt ihn an, ruhig wirkt er, als habe er lange und tief geschlafen. Er blättert durch sein Notizbuch, zieht die Stirn in Falten.

»Wir haben noch etwa ein Dutzend Büchsen Ragout und Huhn, etwa die gleiche Menge an Aprikosen, etwas weniger Gurken«, sagt Paul. »Zwei Tafeln Schokolade und Robbenspeck. Für uns wird es reichen.«

»Und die Hunde?«

»Eine Robbe werden wir wohl noch erwischen«, Paul richtet sich auf, »und wenn nicht«, er schweigt, fährt sich mit dem Handrücken über den Mund, »dann schaffen wir es auch mit vier Tieren. Wenn wir erst mal unten an der Pjassina sind, ist das Schlimmste ausgestanden.«

Peter nickt. Es gibt für sie keinen anderen Weg als den über die verharschten Flächen, und was ist schon ein Hund weniger gegen ihr Leben, gegen ihre Rückkehr nach Tromsø?

Sie putzen sich die Zähne mit dem Rest vom Tee, dann brechen sie auf.

Das Eis ist knochenhart, aber die Landschaft eben, sie kommen gut voran. Gegen Mittag rasten sie, löffeln kalte Hühnersuppe. Paul spricht davon, dass sich das Blatt nun endgültig gewendet habe, nun sei das Glück auf ihrer Seite, das Wetter beständig, so könnten sie schon in einer Woche in Dikson sein. Und Peter will ihm glauben. In einer Woche in Dikson und eine weitere darauf zurück in Tromsø, kaum traut er sich diesen Gedanken zuzulassen, so unwirklich erscheint er ihm.

Sie packen zusammen. Gerade schnallt sich Peter die Skier wieder an, als Paul ihm ein Zeichen gibt: Warte! Er kauert sich hin und deutet voraus. Peter kann nichts erkennen. Paul hebt den Kopf und legt die Waffe an, wartet, wartet noch. Da draußen muss irgendetwas sein. Ein Schuss kracht. Die Hunde jaulen auf. Paul springt hoch und rennt übers Eis, Peter folgt ihm.

»Hab ihn erwischt!«, ruft Paul. »Hab ihn!«

Das Dämmerlicht reicht gerade noch aus, um das Tier zu erkennen. Da liegt es, zusammengekrümmt vor einer Wehe, die Beute noch im Maul.

»Er lebt noch«, sagt Peter.

»Mist«, keucht Paul. »Hab ihn aber erwischt.«

Wind zaust das Fell des Eisfuchses. Deutlich ist zu sehen, dass er atmet, ganz flach, und dunkel rinnt das Blut in den harten Schnee.

Paul beißt sich auf die Lippe.

Peter zieht das Jagdmesser aus der Scheide und nähert sich dem Tier, wartet, atmet. Vielleicht müssen wir bald einen der Hunde …, denkt er, es ist nichts anderes. Er geht in die Knie. Das Tier versucht zu fliehen, kommt aber nicht mehr auf die Beine, die Kugel hat sein Schultergelenk zerfetzt. Es knurrt und fletscht die Zähne. Die schwarzen Augen sind schon eingetrübt. Peter greift den Fuchs mit der Linken hinterm Kopf, packt fest zu, hebt das Messer, stößt zu. Hinter sich hört er Paul nach Luft schnappen. Dampfend sprudelt das Blut aufs Eis. Die Beute des Fuchses, ein Schneehuhn mit zerfledertem Gefieder, wirkt unversehrt.

Sie kehren zum Schlitten zurück und verfüttern den Fuchs sofort an die Hunde, die jaulend und zähnefletschend nach dem Kadaver schnappen. Peter beobachtet, wie Paul das Schneehuhn auf dem Schlitten festzurrt; er schaut ihm auf die Hände, wie sie das Huhn zusammendrücken und mit der Schnur umwinden, folgt den langsamen Bewegungen, etwas vom Flaum bleibt an Pauls Ärmel haften.

»Jetzt kannst du Thore erzählen, dass du einen wilden Fuchs getötet hast«, sagt Paul.

»Ich will's lieber vergessen«, Peter säubert das Messer im Schnee.

»Immerhin haben wir jetzt noch ein Huhn.«

Kap Sterlegowa liegt hinter ihnen und vor ihnen die zerklüftete Küste der Minna-Schären, dann die Mündung der Pjassina. Stunde um Stunde geht dahin, und der Himmel verändert sich kaum. Einmal bleibt Peter zurück und muss sich übergeben. Ein Klecks Tee und etwas Galle da vor ihm im Schnee. Er wischt sich über den Mund, hört die Hunde und denkt: Zuerst töten wir Takito, er ist der Schwächste im Rudel. Er richtet sich auf, rückt die Schneebrille zurecht, dann geht es weiter. Mit langen Schritten gleitet er über den harten Boden, kurz verschnaufend, wenn es hinab in eine Senke geht, fluchend, wenn sich das Eis vor ihm auftürmt und er ein Hindernis umfahren muss; im aufgeworfenen Schnee stockt der Schlitten, Paul greift ins Geschirr und führt, während Peter hinten keuchend anschiebt; dann geht es wieder über weite, klare Flächen, ein schimmernder Mondhof über ihnen, das Licht bricht sich in einer mehrfarbigen Korona und lässt das Eis mal grün, mal blau schimmern.

Peter hält an und blickt sich um. Nie im Leben hat er eine tiefere Stille erlebt, hier, so denkt er, hier muss das Ende aller Dinge sein, ein Zwischenreich, weder lebendig noch tot.

Paul ruft etwas, deutet nach Norden.

»Da ist sie«, brüllt er, »da drüben!«

Schon schallt wieder das lang gezogene »Hoiho!« übers Eis, und der Schlitten rast los. Peter versucht, ihm zu folgen. Das Eis ist rau, spröde, überall sind Schatten herausragender Felsen zu sehen. Der Schlitten schlingert, aber Paul will weiter, er hat etwas gesehen. Peter sieht den Schlitten davonziehen, dann ist plötzlich ein Aufschrei zu hören, ein dumpfes Krachen. Die Hunde bellen. Peter reißt sich die Skier von den Stiefeln und hastet vorwärts, stolpert, fängt sich wieder, schlägt sich das Schienbein auf. Der Schlitten liegt auf der Seite, die Hunde springen einander an. Paul ist schon wieder auf den Beinen, zerrt die Tiere auseinander. Peter steht atemlos vor ihm.

»Ihr Kopf«, sagt Paul, und es klingt wie eine Entschuldigung. »Da war ein Robbenkopf, dahinten, ganz deutlich war er zu sehen.«

Peter blickt um sich.

»Er war da.«

»Wir haben doch jetzt das Huhn«, sagt Peter.

»Verdammtes Huhn«, murmelt Paul.

Die Hunde beruhigen sich. Gemeinsam stellen sie den Schlitten wieder auf die Kufen, Paul zieht die Mütze vom Kopf, kniet sich hin.

»Ich glaube, die Kufe hat's erwischt«, sagt er.

»Und du?«, sagt Peter.

Paul sieht auf, er lächelt jetzt.

»Mir geht's gut, alles noch da, wo es hinsoll.«

Peter weiß, dass es eine Katastrophe wäre, wenn sie den Schlitten aufgeben müssten, er weiß, so weit darf es nicht kommen. Paul hatte das Gefährt zusammen mit Olonkin den Sommer über gebaut und wieder und wieder verbessert; sie hatten sich dabei an der Bauweise der Nganasanenschlitten orientiert: eine leichte Konstruktion nur aus Holz, keine Metalle, kein Kupfer, die Kufen glatt poliert und regelmäßig mit Eis überzogen.

Sie beginnen damit, den Schlitten zu entladen. Dann beugt sich Paul über die gebrochene Kufe. Peter steht hinter ihm, beobachtet ihn. Er kommt sich dumm vor, wie ein Kind, das vor einem zerbrochenen Spielzeug sitzt und in hilfloser Wut auf der Unterlippe kaut.

Es beginnt zu schneien, dicht und schwer. Er nimmt das Gewehr und geht ein Stück, während Paul noch immer vor dem Schlitten kauert. Peter bleibt stehen, die Waffe im Arm wie einen Säugling, und blickt übers Eis. Ist es das, was sie sich in ihrer Jugend herbeifantasiert haben, diesen Anblick der absoluten Leere und Stille? Dieses seltsame Leben zwischen Wachen und Schlaf, Wachen und Schlaf, und doch erscheint alles wie ein endloses Dahindämmern. Hatte er das gemeint, als er vor Liv stand und ihr sagte, er müsse hinaus ins Eis, meinte er diese Dunkelheit, das Blut des Fuchses?

»Ich krieg's wieder hin«, sagt Paul. »Die Kufe ist bloß angebrochen, ich krieg das wieder hin.«

(Wie das Licht wohl schmecken würde, könnt ich's in den Mund nehmen?)

Tromsø
1902

Seit Tagen hatte es nicht mehr geregnet. Die Luft war
trocken, und der vom Sund heranziehende Wind trieb
kleine Staubwirbel auf. Die ungewöhnliche Wärme
sorgte in den Straßen Tromsøs für Betriebsamkeit, eine
fiebrige Unruhe lag über allem, die Menschen schliefen wenig. Seit dem Vormittag streiften Liv, Paul und
Peter umher, erst unten am Hafen, dann wieder draußen in den Wiesen. Sie besuchten den alten Taelbret, der
ihnen von Franklins kaltem Grab erzählte, zwei mächtige Schiffe seien es gewesen, die *Terror* und die *Erebus*,
und beide seien von den Eisschollen zermalmt worden,
dann schlief er ein, und sie schlichen davon.

Paul zog mit der Ferse eine Linie in den Staub, deutete die Straße hinunter zur Kreuzung, dorthin, wo
der Weg zum Prestvannet abzweigte, und sagte: »Von
hier bis da drüben«, und sie stellten sich auf. Er zählte
bis drei, dann rannten sie los: Liv mit fliegenden Zöp-
fen, Paul mit vorgerecktem Kopf, als müsse er immerzu durch eine Wand jagen. Peter blieb hinter den beiden zurück, er spürte einen stechenden Schmerz in
der Seite, aber aufgeben würde er nicht, und mit jedem

Schritt kam er ihnen wieder näher, die Augen weit aufgerissen.

Nahezu gleichzeitig erreichten sie die Kreuzung. Paul
geriet ins Straucheln, Liv begann schon zu lachen, und
lachend stürzte Paul in einen am Wegrand wachsenden
Wacholderbusch. Peter hielt sich die Seite und lachte mit
den beiden mit.

»Wir müssen noch mal«, sagte Paul keuchend. Er be-
freite sich aus dem Gestrüpp, schüttelte seine Haare aus.
»Jetzt zurück.«

Sie stellten sich wieder auf, Liv zwischen den beiden Jungen, und als Paul »Los!« brüllte, begann es von
Neuem. Diesmal kümmerte Peter sich nicht um das Sei-
tenstechen und auch nicht um Livs fliegende Zöpfe oder
um Pauls verzerrtes Gesicht. Stur sah er nach vorn und
fixierte die Linie, die in den Straßenstaub gezeichnet
hatte. Er hörte Liv etwas rufen, doch es war ihm egal, er
spürte Paul neben sich, vielleicht war es nur sein Schatten. Er sauste über die Linie und blickte sich um. Paul
stand mit geröteten Wangen hinter ihm und japste nach
Luft. Liv nahm Peters Arm und riss ihn in die Höhe.

»Der Gewinner ist Peter Tessem!«

Paul zuckte die Schultern und wandte sich ab.

Auf dem Weg hinunter ans Wasser sammelten sie Preiselbeeren. Liv ging voran, folgte dem Pfad und schob
sich immer wieder eine Beere in den Mund. Der Sund
lag glatt und leuchtend vor ihnen. Kaum hatten sie den
schmalen Kieselstrand erreicht, begann Paul, sich bis
auf die Unterhose auszuziehen. Zwischen den Steinen
watete er ins Wasser.

»Komm schon«, rief er Peter zu.

Der Wind frischte etwas auf, und trotz der Sonne fror Peter plötzlich. Er sah zu Liv, die auf einem Findling hockte und sich Preiselbeeren in den Mund zählte: eins, zwei, drei, dann kaute sie, dann wieder: eins, zwei, drei. Sie hob den Arm und winkte, und Paul winkte zurück. Peter streifte sich das Hemd über den Kopf und zog die Hose aus, und als die erste Welle seine Füße umspülte, zuckte er zusammen.

Das Wasser reichte ihnen bis zu den Oberschenkeln. Zitternd standen sie nebeneinander, Paul sah Peter an, keiner wagte den Blick zurück.

»Wir schwimmen bis zum Drachenfels«, sagte Paul und deutete auf die Felsformation vor ihnen, runde, glatte Steine, die wie Schuppen eines uralten Drachen dort aufgereiht aus dem Wasser ragten. »Wer zuerst wieder am Ufer ist, hat gewonnen.«

Peter nickte. Die Eiseskälte zog ihm die Beine hinauf bis in den Leib, er klapperte leise mit den Zähnen.

»Auf drei«, sagte Paul.

Eine Zeit lang schwammen sie gleichmäßig nebeneinanderher, aber mit jedem Zug, den Peter tat, wurde er schwächer; es war, als würde ihm das Wasser die Kraft aus den Armen ziehen, als teile es sich nur widerwillig vor ihm, schäume erbost auf, dränge ihn auf den offenen Sund hinaus. Er hob den Kopf, sah Paul mehrere Längen vor sich und dachte daran, einfach kehrtzumachen, an den Strand zurückzuschwimmen und sich von Liv ein paar Preiselbeeren in den Mund stecken zu lassen. Aber solange Paul noch im Wasser war, konnte er nicht umkehren.

Also schwamm er weiter, erreichte den äußersten Stein des Drachenfelsens, spürte Grund unter den Füßen und zog sich ein Stück aus dem Wasser. Sofort begann er, entsetzlich zu frieren. Er sah Paul schon wieder zurück ans Ufer kraulen, seine blonden, nassen Haare tanzten über dem Wasser. Liv stand dort, sie wirkte größer, schöner, bereits wie eine Frau. Peter klammerte sich an den Stein. Die Wellen umspülten ihn, und er glaubte, der Drache bewege sich unter ihm, atme langsam und gleichmäßig.

Still kreisten zwei Möwen über ihm. Er biss sich in die Hand. Paul kam aus dem Wasser, drehte sich um und winkte ihm, Peter glaubte, ihn grinsen zu sehen. Für immer würde er hier auf dem Drachenfels festsitzen, frierend und wie gelähmt; die Leute würden über ihn reden, eine Zeit lang würden sie über ihn lachen und ihn dann, nach und nach, vergessen; manchmal würde Liv noch an den Strand kommen und hinüber zu den Steinen blicken und sich an ihn erinnern, zur Frau geworden, schon bald Mutter und Großmutter.

Paul brüllte ihm etwas zu, aber der Wind trug seine Worte davon. Liv stand jetzt dicht hinter ihm. Es kam Peter vor, als lehne Paul an ihrer Seite, als umfinge Liv dessen Leib mit ihren Armen, um ihn zu wärmen. Gleißend stand die Sonne am Himmel, weit draußen auf dem Sund waren Segel zu sehen. Viele verließen irgendwann die Stadt, um auf einem der Schiffe ins Eismeer hinauszufahren, die Geschichten im Hafen drehten sich um nichts anderes, täglich verabschiedeten sich Männer, andere kehrten zurück. Peter fragte sich, ob Liv das auch erwartete, ob er erst ins Eis gehen musste, um zu Peter Lorentz Tessem zu werden, tausend Gefahren und Meilen später, ob sie wollte, dass er wie Alexander von Humboldt auf Berge stieg und sich durch Urwälder schlug, um sich einen Namen zu machen.

Verdammter Idiot, dachte er, es ist nur Wasser. Langsam glitt er wieder hinein, japste nach Luft und schwamm los. Seine Arme schmerzten. Er spürte den Sog aus der Tiefe, das Wasser wollte ihn nicht loslassen, trieb ihn vom Ufer weg. Er schlug mit den Füßen aus, schwamm an gegen das Reißen in seiner Brust. Tränen rannen ihm über die Wangen, er wusste, dass sie es nicht sehen konnten. Er war einfach nur ein Stück Holz auf den Wellen. Langsam näherte er sich wieder dem Ufer. Er spürte jetzt die ersten Kiesel unter seinen Füßen, doch anstatt weiterzuschwimmen, drehte er sich auf den Rücken, streckte die Arme von sich und ließ sich treiben. Er sah kleine Wolken, sah die beiden Möwen. Dann hörte er Liv rufen.

»Peter! Peter!«

Er tauchte und schwamm ans Ufer zurück. Als er aus dem Wasser kam, zitterten ihm die Beine. Paul hatte sich schon wieder angezogen, seine Haare klebten ihm am Kopf.

»Was hast du da draußen gemacht?«, fragte Liv.

»Nichts«, sagte er.

Er schlüpfte in sein Hemd, zog die Hose an. Er hatte einen pelzigen Geschmack auf der Zunge.

»Ich muss gehen. Vater will, dass ich ihm in der Werkstatt helfe«, er schnürte sich die Schuhe.

»Das nächste Mal gewinnst du«, hörte er Paul sagen.

Peter antwortete nicht. Er hatte keine Lust mehr auf Pauls Spiele, er wollte nicht mehr um die Wette laufen und nicht mehr hinaus zum Drachenfelsen schwimmen. Sollte er doch Liv herausfordern. Ohne sich umzusehen, lief er den gewundenen Pfad hinauf, bis er sich sicher war, dass die beiden ihn nicht mehr sehen konnten.

Liv

Wieder geht ein Tag ohne Dich vorüber. Die Kinder nehmen es schon nicht mehr wahr, für sie beginnt das Leben erst, und ich habe kein Recht, ihnen die Zukunft zu nehmen. Sie sind blind für die Schicksalsschläge, die noch kommen werden, sie kennen den Schrecken nicht, und sie kennen keine Worte, die etwas verbergen. Abends sitzen wir zusammen, Thore, sage ich, Solveig, das da ist euer Vater, er ist irgendwo da draußen in der Nacht und hütet das Feuer, und Thore fragt: Und wenn er tot ist, und Solveig starrt auf das Bild. Ja, was, wenn er tot ist? Thore sieht mich an, Solveig sagt: Er ist nicht tot, warum sagst du das? Wir müssen Geduld haben, sage ich, wir dürfen ihn nicht aufgeben. Ich lüge in einem fort, denn sie sollen nicht sehen, was ich sehe. Ich belüge sie, und ich glaube, Thore ahnt es, er ahnt, dass etwas passiert sein muss, ich sehe es in seinem Blick, er weiß von meinen Lügen, doch um Solveig nicht zu ängstigen, schweigt er.

Wenn ich Dein Bild betrachte, dann sehe ich Dich, und gleichzeitig sehe ich Euch beide, und Eure Gesichter legen sich übereinander. Ich weiß nicht mehr Eure

Namen voneinander zu unterscheiden. Unsere Hochzeit in dem kleinen Kirchlein auf Kvaløya und das Fest danach, Du erinnerst Dich, ich blickte immer wieder auf den Sund hinaus in der Hoffnung, er möge noch kommen, er möge im allerletzten Moment in den Hafen einlaufen. Oder möge für immer schweigen, das waren die Worte des Priesters: oder möge für immer schweigen. Brüllen hätte ich sollen, gebrüllt habe ich, aufs Meer hinaus, und Du hast mich so lieb angesehen, der Priester hat so ernst geschaut, und ich habe genickt, und es ist kein Schiff in den Hafen gekommen.

Vater ist da gewesen und war mit Thore den ganzen Tag fischen. Und als ich die beiden den Weg heraufkommen sah, da wurde mir klar, dass ich nicht länger bereit bin zu warten. Da dachte ich, es ist Thore, Dein Sohn, und es ist Solveig, Deine Tochter, den beiden bist Du verpflichtet und sonst niemandem, und wenn sie mich nach ihrem Vater fragen, sage ich ihnen, er ist draußen im Eis geblieben bei Herrn Amundsen, und wenn sie mich fragen, wann er wiederkommt, werde ich sagen, er wird nicht zurückkommen.

Drei Jahre warten wir nun auf eine Nachricht. Mittlerweile ist Amundsen wieder in Norwegen und kann sich an Dich nicht erinnern, es gibt keine Spur von Dir, drei Jahre. Einmal kam ein Mann zu mir, er stellte sich als Kapitän Lars Jakobsen vor, und er sagte, er komme im Auftrag der Regierung und Otto Sverdrups, er sagte, in einer Woche werde die *Heimen* in See stechen und den Hafen von Dikson anlaufen, jenen Ort, der Dein Ziel sein sollte. Er reichte mir die Hand und sagte, er werde alles in seiner Macht Stehende tun, ich dürfe die

Hoffnung nicht aufgeben, viele wurden gerettet, viele kehrten heim, und verschwieg dabei die Verstummten, verschwieg die, die nicht heimkamen. Jetzt irrt Kapitän Jakobsen wie Du irgendwo in den Weiten der Tundra umher, in diesem riesigen Land, von dem keiner weiß, ob es nicht selbst verloren geht und auseinanderbricht. Vater sitzt am Tisch und starrt auf seine Hände: Der Zar ist tot, sagt er, die Bolschewiken haben jetzt das Sagen, wer weiß, wohinein sie geraten sind. Sagt es und schaut auf zu mir. Eine menschenleere Gegend ist der Taimyr, riesige, bodenlose Löcher reißen plötzlich auf, die Luft brennt. Wir trinken Tee, draußen im Garten sind die Kinder zu hören.

Drei Jahre. Jetzt zucke ich nicht mehr zusammen, wenn irgendwo im Haus das Holz knackt, jetzt erschrecke ich mich nicht mehr vor den Schatten, denn ich weiß, es sind nur vorüberziehende Wolken. Vater legt seine Hände ineinander, sagt: Wir müssen uns daran gewöhnen, sie sind beide tot, und seine Stimme ist ruhig und leise. Sie sind beide tot, Liv! Ich nicke nur, ich stehe am Fenster und sehe die Kinder zwischen den Beeten, Vater zeigt ihnen etwas in der Erde. Du bist tot, und es ist nichts Erschreckendes mehr in diesem Gedanken, er ist wie die Seite in einem Buch, ganz einfach zu verstehen, Du bist tot, und ich habe dieses Haus und die Kinder. Ich werde arbeiten müssen, in einer der Fabriken, ich werde nach Fisch stinken, als sei ich selbst einer. Was wirst du jetzt tun, werden sie fragen, was tust du mit deinen beiden Kindern? Es gibt noch andere Männer hier in Tromsø, schau dich um, da ist Niels Askildsen, und da ist Johan Eggen, du kannst nicht für immer allein sein, für immer da in deinem Haus. Was wirst du jetzt tun? Er ist tot, Liv. Und ich schreibe sie auf, meine Möglichkeiten: Fischfabrik, Kristiania, Greta, Niels Askildsen, Johan Eggen, Südamerika.

Ich habe das schwache Licht so satt, diese ewige Dämmerung, diese Dunkelheit. Ich kenne all die großen Namen und weiß, dass sie in Wirklichkeit nicht größer sind als Du, als Vater, als ich: Amundsen ist ein Egoist, Nansen ein Einsiedler, der Amerikaner Peary ein Aufschneider, DeLong ist erfroren, der Schwede Andrée abgestürzt. Ich habe das alles so satt, ich bin bereit, noch einmal zu leben, denn das war es, was wir immer wollten: leben. Am Leben sein.

Knöpfe
Kap Primetny, 1919

Es ist kein Schnee, der unter den Kufen des Schlittens knirscht, kein Geröll, nicht das Schaben dunkler Steinchen, es ist mehr als das, ein feines Tönen in der Luft, ein Knistern und Rasseln, der übers Eis fliegende Schall, und manchmal, so kommt es Peter vor, mischen sich Wortfetzen darunter, schwacher Gesang, das Knirschen der Takelage.

Es ist gerade noch hell genug, dass er die Spuren des Schlittens vor sich erkennen kann, hell genug, um die dunklen Flecken unter dem Schnee nicht für Schatten zu halten. Er schnallt die Skier ab, geht einige Schritte in die Richtung zurück, aus der er gekommen ist, da kann er wieder dieses Geräusch hören: ein mehrstimmiges Tönen, als lagerten sich wie in Schichten die Töne übereinander, ein Bild fächert sich vor ihm auf: Kinderhände, die Reisig knicken, Kinderfüße, die über Kies hinweghüpfen.

Er schiebt sich die Mütze aus der Stirn und geht in die Knie. Er muss nicht besonders lange in den Firn greifen, um die verkohlten Überreste freizulegen, schwarz Eingefallenes. Er riecht daran, aber es ist alles eins, die Luft, das Eis. Er gräbt weiter, nimmt sein Messer zu Hilfe, stößt auf von Menschenhand gemachte Dinge: mehrere dunkel glänzende Knöpfe, einige verrostete Patronenhülsen und etwas, das wohl mal ein Brillengestell war. Er richtet sich auf, ruft nach Paul.

Er betrachtet die Knöpfe mit Erstaunen, kleine Dinge, die ihm plötzlich sehr bedeutsam und wichtig erscheinen; er dreht und wendet sie, beißt darauf herum. Und plötzlich meint er, den feinen Geschmack von Holz auf der Zunge zu haben, die in der Sonne warm gewordene Wolle einer Weste. Knöpfe, denkt Peter, Knöpfe so schön, wie es in Tromsø, womöglich in ganz Norwegen, keine vergleichbaren gibt. Er lächelt und glaubt, in Tränen ausbrechen zu müssen, wie er so über dem schmutzigen Eis kauert, ein ständiges Rumoren in den Eingeweiden, und all seine Hoffnungen auf diese albernen Knöpfe richtet.

Er ruft wieder nach Paul, läuft ein Stück in Richtung des Gebells. Er kommt ihm schon entgegen.

»Was ist los?«

Peter hält ihm die Knöpfe hin. Paul knirscht mit den Zähnen.

»Was ist das?«

»Knöpfe. Da ist noch mehr«, er deutet auf die Fundstelle. »Patronenhülsen, eine Brille. Da haben welche Feuer gemacht.«

Gemeinsam suchen sie die Umgebung ab. Paul stößt auf eine zweite Feuerstelle, direkt an einem schwarz aufragenden Felsen. Sie finden mehrere verkohlte Knochen und verrostete Münzen, können auf einer davon einen russischen Schriftzug entziffern.

»Keine Einheimischen«, sagt Peter.

»Vielleicht von Trappern, die im Sommer hier waren«, sagt Paul. »Oder es ist von Russanow.«

»Russanow?«

»Wir haben nach ihm gesucht, vor vier Jahren, Otto Sverdrup und die *Eclipse*. Russanow war der eigentliche Grund, warum wir hier waren, bevor wir die anderen retten mussten. Russanow hat Svalbard erkundet, danach aber fuhr er nicht wie geplant zurück nach Murmansk, sondern ostwärts. Er wollte durch die Nordostpassage, schrieb ein letztes Telegramm und war weg. Wir haben damals nichts von ihm finden können. Aber das hier«, er betrachtet die Münzen, »vielleicht sind sie hier an Land gegangen?«

Sie sehen einander an, Paul lächelt schmal (die Knochen, weiße Knöchelchen, die eines Kindes, aus dem Kiefer gebrochene Zähne, Finger, das alles, einmal ein Mensch).

»Aber das spielt jetzt keine Rolle mehr«, sagt er, »wir müssen nur heim.«

Sie schlagen das Lager in der Nähe des Felsens auf, der Hang schützt sie etwas vor dem scharfen Wind. Sie erwärmen Hühnersuppe, tauchen Zwieback hinein, die Handgriffe sind geübt, der Tee ist nur lauwarm, aber wenigstens werden die Finger wieder etwas munterer. Draußen beginnt es aus dichten Wolken zu schneien. Peter döst im Sitzen, versucht, nach Tromsø heimzukehren, zu Liv und den Kindern, aber immer wieder wird er zurückgerissen in die weite Eisöde, immer wieder erinnert ihn das Brausen des Windes daran, dass er nicht in der Stube oder der Küche sitzt, nicht vor der Werkstatt auf der kleinen Bank; er zwingt sich, an den Sommer zu denken, an die Wiesen und Wälder, die Farben, die vom Wind gekräuselte Fläche des Prestvannets, aber das Zittern seiner Hände holt ihn wieder ins Zelt, er schreckt hoch.

Die Karte liegt ausgebreitet vor ihm, Paul ist nicht da. Hat er da Punkte eingezeichnet, Symbole, deren Bedeutung nur ihm etwas sagen? Ein dumpfer Schmerz breitet sich hinter seiner Stirn aus, drückt ihm auf die Augen. Hat Paul Zeichen hinterlassen, weiß er um die Knochen da draußen?

Der Zelteingang wird zurückgeschlagen.

»Smith geht es nicht gut«, sagt Paul. »Du musst ihn dir ansehen.«

Hinter Paul stapft er durch den frischen Schnee, der wie ein Wall ihr Zelt umgibt. Die Hunde sind nervös und jammern, zerren am Geschirr; nur einer von ihnen, Smith, liegt apathisch da, die Schnauze im Schnee vergraben.

»Ich weiß nicht, was er hat«, sagt Paul.

Peter beugt sich zu Smith, streicht ihm über den Kopf. Und plötzlich, ohne Vorwarnung, schnappt der Hund zu. Peter kann gerade noch die Hand wegziehen, sodass ihn bloß die feuchte Lefze streift.

»Himmel noch mal!«

»Irgendwas stimmt nicht mit ihm. Er will nicht fressen.«

»Wir müssen ihn aus dem Gespann nehmen«, sagt Peter.

Der Hund winselt leise, rollt sich zusammen.

Am nächsten Morgen hat Peter Krämpfe in Händen und Beinen, Gliederreißen heißt es unter Seeleuten, er kann die Finger nicht krümmen, kann nicht aufstehen. Er liegt da und zittert, er will sich aber nichts anmerken lassen, versucht sich aufzurichten, aber es geht nicht. Er starrt seine Hände an, schlägt die Rechte gegen das Knie, aber da wird der Schmerz nur brennender. Er blinzelt.

»Was ist los mit dir?«, fragt Paul.

»Ich kann nicht.«

»Was kannst du nicht?«

»Ich kann nicht aufstehen.«

Paul gibt ihm kalten Tee, dazu eine Aspirin.

»Dann warten wir. Ich gehe jagen.«

Er sieht zu, wie Paul sich anzieht, sich die Mütze in die Stirn schiebt, das Gewehr prüft.

»Ich bin in drei Stunden zurück.«

Er nickt, versucht, an seine Uhr zu kommen, aber es gelingt ihm nicht. Er bleibt liegen, hört draußen die Hunde, hört, wie Paul mit ihnen spricht. Dann wird es wieder still, nur der Wind. Er legt sich auf die Seite und dreht die Flamme der Petroleumlampe herunter (mein Atem ist aus Eis, er rieselt mir übers Kinn, über die Brust, alles ist still, ein blasser Schimmer irgendwo da in der Ferne). Eine Weile betrachtet er seine Hände, den Ring an seinem Finger, der dort stumpf schimmernd die Tage überdauert hat. Er berührt das Metall, das sich seltsam warm anfühlt, wärmer als alles andere, was ihn umgibt. Er hat Tränen in den Augen, aus Wut über seinen hinfälligen Körper, aus Angst, nie wieder Licht zu sehen.

Nach mühsamen Versuchen gelingt es ihm, den Primuskocher anzufeuern und etwas Wasser zu erwärmen, in das er Brühe krümelt. Zitternd hält er die Tasse umfasst und schlürft. Er starrt auf die Karte, aber es sind nur irgendwelche Umrisse, hingezeichnete Linien, die nichts mit dem zu tun haben, was da draußen vor sich geht, eine Märchenwelt auf dem Papier, leichtfertig und rasch mit dem Zeigefinger zu durchreisen. *Dikson* steht dort am Rand. Ein Wort, klein und unbedeutend.

Er muss hinaus. Er kriecht mehr, als dass er geht, auf den Felsen zu durch schweren Schnee. Er kann kaum den Schlitten erkennen, die Hunde liegen eingerollt unter kleinen Schneewehen und rühren sich nicht. Er kauert sich in eine Spalte und zieht die Hose herunter, erleichtert sich keuchend. Gebeugt steht er da und sieht in den Nebel, alles unbewegt, als wäre er eingeschlossen in einem weißen Raum, ohne Fenster und Türen. Wem gehören die Knochen dort im Schnee, fragt er sich. Paul behauptet, es sei Russanow, aber sind es nicht unsere Knochen? Er schüttelt die Gedanken ab, geht zu den Hunden, die sofort die Köpfe heben; nur Smith nicht, der liegt reglos da. Er wagt nicht, ihn zu berühren, kontrolliert den Schlitten. Die Kufe hat Paul tadellos hinbekommen, aber das Huhn ist weg. Er sieht sich um, dieses verdammte Huhn, denkt er, hat Paul es mit hinausgenommen? Er lacht hell auf, weil es ein dummes Huhn ist, weil es ein paar Knöpfe sind, die die Welt um ihn zum Einsturz bringen.

Vor dem Zelt zieht er sich aus, kniet sich hin und beginnt, sich die Glieder mit Schnee abzureiben. Stöhnend wischt er sich die Haut rot, reibt sich den Schmerz aus Armen und Beinen. Wieder muss er sich erleichtern, lass endlich gut sein, murmelt er, Himmel noch mal.

Er zieht sich an, kriecht zurück ins Zelt und rollt sich in den Schlafsack. Sein Blick fällt auf Pauls Rucksack, der gegen die Pakete gelehnt ist. Er betrachtet das Stillleben, schüttelt den Kopf und verfällt in ein aufgekratztes Kichern beim Gedanken daran, dass es nur Papier ist, was sie in den Paketen mit sich schleppen. Eigentlich bin ich es, denkt er, ich bin das Paket, das man nach Hause schaffen muss. Er befühlt die Knöpfe in seiner Hosentasche, bekommt sie aber nicht richtig zu fassen.

Draußen ist das Eis zu hören, die Schollen, die sich aufeinanderschieben; manchmal ist es nur ein Klopfen und Rieseln, dann wieder ein hohles, tiefes Brummen wie der Laut eines Tiers. Er weiß, dass Paul noch Schokolade haben muss, auch den Akevitt hat Amundsen ihm anvertraut, nur das Beste für Paul, der den kranken Tessem nach Hause kriegen muss, irgendwie. Schokolade, Hering, Schweineschmalz, Konfekt.

Er greift nach Pauls Rucksack und öffnet ihn. Unterhemden, Socken; plötzlich riecht es nach etwas Vertrautem, und für Augenblicke sieht er sie in Tromsø, unten am Sund auf den warmen Steinen, und alles, an das er sich jetzt noch erinnert, ist das weite, dahingleitende Licht, es fällt in die Bucht, auf die Stadt und durchströmt sie.

Der Wind schlägt ins Zelt, er zuckt zusammen, lauscht, doch von Paul ist nichts zu hören. Da ist Pauls Notizbuch, der Rest der Schokolade, steinhart gefroren. Er will das Buch zurückstecken, als im selben Moment ein Stück Papier zwischen den Seiten hervorgleitet; eng geschriebene Zeilen, die Worte neigen sich nach rechts. Es ist nicht Pauls Schrift, auch nicht die von Amundsen.

Mein lieber Paul, er kennt sie, diese Buchstaben. Ihm wird schwindelig. Draußen beginnen im selben Moment die Hunde zu heulen. Paul muss zurück sein. Er schiebt den Brief wieder ins Buch und steckt es hastig in den Rucksack, kriecht zum Ausgang, ruft hinaus:

»Paul, bist du das?«

Zusammengekrümmt hockt Paul vor ihm und hält seine geröteten Hände über die Primusflamme. Er sagt nichts, blinzelt, presst die Lippen zusammen, als endlich wieder Leben in seine Finger kommt. Peter gibt ihm von der Brühe zu trinken. Draußen fegt der Wind über die Fläche, schlägt gegen die Plane, knallt gegen den Felsen.

»Es ist –«, sagt Paul, verstummt dann aber wieder und sieht mit stierem Blick vor sich. »Sie war zu weit weg«, sagt er, »ich konnte den Lauf nicht ruhig halten.«

Er ist ganz verbissen in die Jagerei, denkt Peter, was will er denn beweisen? Dann verfüttern wir halt die Hunde, einen nach dem anderen. Und für Augenblicke glaubt Peter, es sitze ihm dort ein anderer gegenüber, einer, der Pauls Platz eingenommen hat, mit schweren Gliedern und verschatteten Augen.

»Vielleicht sind hier irgendwo Rentiere«, sagt Peter.

»Du wirst im Umkreis von fünfhundert Werst keine Rene finden«, sagt Paul. »Nicht um diese Jahreszeit. Allenfalls ein paar Schneehühner, aber nicht mehr.«

Peter kaut auf seiner Unterlippe.

»Die Hunde brauchen Fleisch«, sagt Paul.

»Dann müssen wir –«, Peter sieht auf seine Hände. Er weiß, wie es geht, er weiß das Messer zu führen. »Smith ist krank.«

Paul runzelt die Stirn.

»Das nächste Mal treffe ich. Sie werden sich nicht ewig verstecken können.« Paul zieht seinen Overall aus. »Ja, Smith ist krank, nicht mehr zu gebrauchen. Wenn es nicht anders geht, dann ist er der Erste.«

Die schwache Flamme des Primus wirft ihre Schatten an die Zeltwand.

»Das Huhn ist weg«, sagt Peter.

»Ich hab's den Hunden gegeben«, murmelt Paul und sieht auf.

Peter knetet seine Finger.

»Oder glaubst du, ich hab's selbst gefressen, glaubst du das?«

Peter lächelt. Mit Haut und Federn, denkt er.

»Was soll's, Hauptsache, sie halten noch ein paar Tage durch.«

»Heute ist der erste Advent.«

»Was?«, Paul sieht ihn irritiert an.

»Advent«, sagt Peter. »Jetzt gibt es überall Julekaker, und ganz oben am Hauptmast wird der Weihnachts-baum befestigt, dass alle ihn sehen können.«

»Ja, schon möglich.«

»Und Juleøl. Mein Vater braut es selbst. Ich mochte es, ehrlich gesagt, nie besonders.«

»An Weihnachten sind wir wieder zu Hause«, sagt Paul und kriecht in seinen Schlafsack. »Dann gibt es hoffentlich noch Kekse. Und du kannst Norwegen um-krempeln.«

Peter hockt im funzeligen Licht der Petroleumlampe und lauscht dem Wind. Obwohl er todmüde ist, findet er keinen Schlaf. Die Kälte kriecht ihm unter die Kopfhaut, seine steifen Glieder schmerzen. Er denkt an den Brief in Pauls Rucksack, an die feine Schrift auf dem Papier. Es sind Livs Worte, er weiß es, Paul trägt sie bei sich durch die Dunkelheit, die ganze Zeit schon, auch auf der *Maud* muss er sie bei sich gehabt haben. Er findet keine Ruhe, dreht sich. Was hat sie dir zu sagen, Paul, auf welche Fragen antwortet sie dir? Dann schläft er doch. Tromsø liegt um ihn, die Kinder sind im Garten, er kann Thore hören, die Luft ist erfüllt vom Duft nach feuchter Erde, es muss gerade erst geregnet haben; da kommt Paul den Weg zum Haus herauf, Liv geht ihm entgegen, sie ruft nach den Kindern, die aus dem Garten stürmen; sie alle umringen ihn freudig, den Rückkehrer. Auch Peter ruft nach ihnen, ruft laut ihre Namen, immer wieder, aber seine Stimme bleibt an den Wänden hängen, hinter Glas.

Er fährt auf, blinzelt, nichts ist zu sehen. Er tastet um sich. Die Innenseite des Schlafsacks ist klamm, er hat geschwitzt, das Unterhemd klebt ihm am Leib. Paul ist wach und reicht ihm Tee.

»Du hast im Schlaf geredet«, sagt er.

Peter starrt ihn an.

»Du hast mit Liv gesprochen.«

Der Wind hat nachgelassen, die Luft ist klar. Sie nehmen den Mischling Smith aus dem Geschirr und legen ihm einen Riemen um. Sein Fell ist voller Eisklumpen, die Augen sind trübe. Peter hat noch immer Schmerzen, seine Finger sind steif, er zwingt sich dazu, sie zur Faust zu schließen, in den Handschuhen und im Overall fallen seine ungelenken Bewegungen weniger auf. Paul bestimmt ihre Position mit dem Theodolit. Peter hält Smith an der Leine.

»Wir müssen uns südwestlich halten«, sagt Paul, »in zwei Tagen sind wir an der Pjassina. Du fährst auf dem Schlitten mit, Smith nehmen wir an die Seite.«

Er will widersprechen. Er will nicht wie ein Kranker auf dem Schlitten liegen und die Hunde noch mehr belasten, er muss auf die Skier, muss den Weg selbst zurücklegen. Aber er weiß auch, dass er in seinem Zustand keinen Werst weit kommen würde (meine Knochen werden brechen wie Eis, sie werden von der Strömung davongetragen, nichts wird von uns übrig bleiben).

Er hockt sich zwischen die Pakete, nimmt Smith eng an die Leine, dann treibt Paul die anderen Hunde an. Nur widerwillig setzen sie sich in Bewegung. Paul brüllt, Smith wimmert. Nur langsam kommen sie voran. Die Gegend ist zerklüftet, überall ragt Fels aus dem Eis hervor, sie wissen nie, ob sie sich gerade auf Land oder über dem Meer bewegen, die Karte zeigt bloß ein Wirrwarr kleiner Inseln und Halbinseln. Immer wieder taumelt Smith, seine Hinterläufe beginnen zu zucken, er überstreckt den Kopf. Paul muss die Geschwindigkeit verringern. Peter zerrt an der Leine; nach einer Weile richtet sich der Hund wieder auf, würgt, schnappt nach der Luft und schleppt sich weiter. Die Anstrengung mit dem Tier zieht Peter die Stirn zusammen, er bekommt die Finger nicht mehr gestreckt. Verdammtes Vieh, murmelt er, reibt die Zähne aufeinander. Smith glotzt aus glasigen Augen vor sich hin und trottet weiter. Irgendwo hinter den Wolken ist der Mond, ein trübes Licht raut das Eis auf. Peter beginnt, leise zu summen, er summt Weihnachtslieder, die er mit den Kindern gesungen hat und die ihn daran erinnern, dass noch etwas Menschliches in ihm ist, etwas, an dem Liv und die Kinder ihn erkennen werden, wenn er vor ihnen steht, zerzaust und schmutzig.

Wieder bricht Smith zusammen. Der plötzliche Zug an der Leine reißt Peter fast vom Schlitten. Einige Meter schleift es den schwachen Hund mit, Paul wirft den Anker und bringt das Gefährt zum Stehen.

»Verdammter Köter«, schimpft er.

»Wir machen dem jetzt ein Ende«, murmelt Peter. Er greift nach der Winchester, packt die Leine und zerrt den Hund hinter sich her auf einen Felsen zu. Er weiß jetzt, was er tun muss. Er lässt die Leine los und geht noch ein paar Schritte, dann wendet er sich um. Vor ihm liegt das zuckende Tier, dahinter steht Paul neben dem Schlitten und starrt zu ihm. Peter legt an, spürt das kalte Metall durch seinen Handschuh. Er zittert. Der Wind heult auf (wir werden keine Knochen zurücklassen, niemand wird auf diesem Schiff den Tod finden). Dann feuert er die Waffe ab.

Tromsø
1905

Schattig und kühl war es unter den Bäumen am Sund.
Das Wasser war glatt und unbewegt. Ein leichter Wind
ließ das Laub über Peter rauschen, ein Geräusch so unmittelbar, dass er sich mehrmals über Wange und Kinn
fuhr.

»Was ist jetzt?«, er hörte Pauls Stimme, wusste aber
nicht genau, aus welcher Richtung sie kam. »Trinkst du
noch?«

Peter sah auf die Flasche, deren Hals er mit der Rechten umfasst hielt. Er hatte die Beine angewinkelt und
den Arm auf dem Knie abgelegt. Die Flasche baumelte
knapp über dem Boden. Keinen Tropfen davon wollte er
mehr. Sein Mund war klebrig, immer wieder musste er
schlucken gegen die aufkommende Übelkeit.

»Warum sollten wir das nicht auch können«, hörte er
Paul sagen. »Die ganze Zeit hängen wir hier herum und
hören uns die Geschichten von Taelbret an, aber machen nichts. Hätten Amundsen oder Nansen das auch
so getan, dann hätten wir keinen Schimmer von den Sachen, die es da draußen gibt. Vom Eis, von den fernen
Ländern.«

»Da ist doch nichts«, sagte Peter. Die Zunge lag ihm schwer im Mund. »Da ist es nur kalt.«

»Blödsinn«, Paul schnaufte. »Da gibt es Land, ein großes Land.«

»Ich weiß nicht.«

»Was ist denn jetzt, trink doch mal.«

Peter setzte die Flasche an. Er konnte nicht zugeben, dass er genug hatte, dass er die schwere Süße bis in die Fingerspitzen fühlen konnte und das Rauschen der Bäume für das Fauchen eines Ungeheuers hielt. Er nahm zwei Schlucke, setzte die Flasche ab und reichte sie Paul. Er konnte nicht sagen, wie lange sie hier schon saßen, oberhalb Tromsøs in der Nähe der Hütte des alten Taelbrets, hier unter den Bäumen, mit den zwei Flaschen Bier, die Paul heimlich aus dem Schuppen entwendet hatte. Peter hatte ihn misstrauisch angeblickt, ihn gefragt, woher er das Bier habe, und dass sie dafür sicher Prügel bekommen würden, doch Paul hatte nur mit den Schultern gezuckt, schließlich müsse man irgendwann doch mal damit beginnen, mit dem Trinken, dem richtigen Trinken, wie es die Seeleute und Kapitäne und Maate und Offiziere im Hafen taten. Und so waren sie den schmalen Pfad hoch zu Taelbrets Hütte marschiert, waren dem Weg zwischen den Bäumen gefolgt und hatten sich schließlich hier hingehockt mit dem Blick auf den Sund.

»Selbst Amundsen glaubt an das Land hinterm Eis«, sagte Paul, nahm einen kräftigen Schluck und verzog das Gesicht. »Warum sollte er sonst den Weg durch die Nordwestpassage suchen? Vielleicht entdeckt er jetzt gerade, wo wir hier sitzen, dieses Land. Wir müssen auch auf ein Schiff«, Paul sah ihn an. Seine Wangen glühten, und Peter wusste, dass sein Freund jedes dieser Worte todernst meinte. »Warum tun wir's nicht einfach? Mit fünfzehn waren sie alle schon auf großen Schiffen unterwegs, warum nicht auch wir?«

»Weil es bescheuert ist«, sagte Peter. »Wir können nicht einfach auf ein Schiff gehen. Was kannst du denn?«

»Lesen und schreiben und schwimmen, das reicht«, Paul stand auf, schien leicht zu wanken. »Alles andere kann man lernen.«

Er warf sich den Rucksack über und ging los.

»Wohin willst du?«, Peter wollte nicht aufstehen, am liebsten hätte er sich in einen warmen Sonnenfleck gelegt und geschlafen.

»Zum Hafen.«

Weit kamen sie nicht. Hinter Taelbrets Hütte musste Peter sich übergeben. Der Alte brachte ihm einen Krug mit Wasser, murmelte dabei Unverständliches. Peter schlug es sich ins Gesicht, dann hockte er sich neben der Bank auf den weichen Boden und lehnte sich an die Wand. Paul stand, den Rucksack auf dem Rücken, unschlüssig herum.

»Wollt ihr zu den Schiffen?«, fragte Taelbret. »Ist nicht sicher, ob Amundsen noch lebt, ob seine *Gjøa* im Eis zermalmt wurde. Würde mich nicht wundern, wenn's ihm erginge wie der *Erebus* und der *Terror*. Riesige Schiffe waren das, doppelt verplankt, richtige Rammböcke. Und Amundsen segelt da mit einem kleinen Fischerboot«, Taelbret schlug so laut in die Hände, dass Peter zusammenfuhr. »Wenn wir erst mal einen eigenen König haben und die Schweden zum Teufel gejagt sind, dann rüsten wir zwei mächtige Schiffe aus und fahren mitten durch die Eisbarriere hinein ins Polarmeer, und dann wird Norwegen zum größten Reich nördlich des Äquators werden, glaubt mir, jeder von euch wird eigenes Land haben mit einem prächtigen Haus darauf und Kühen und Schafen und Pferden.«

Nichts hatte die Menschen in Tromsø in den letzten Wochen so sehr in Atem gehalten wie die Frage, ob das Land aus der Union mit Schweden austreten solle. Vor zwei Tagen hatte das Storting die Auflösung der Personalunion mit dem Nachbarland beschlossen und angekündigt, in einer Volksabstimmung die Menschen entscheiden zu lassen. Über das Ergebnis schien es keinen Zweifel zu geben. Überall wehte die Flagge Norwegens, das blaue Kreuz auf rotem Grund, und auch Peters Vater sah goldene Zeiten heraufziehen.

Peter selbst fühlte sich vor allem elend. Der Kopf tat ihm weh, und jegliche Lust auf Abenteuer war ihm vergangen. Paul aber wollte, stur, wie er war, hinunter zum Hafen, wollte sich zumindest einmal umhören, und so trottete Peter entlang der Wiesen und ersten Häuser hinter ihm her. Ein Teppich wurde ausgeklopft, irgendwo weinte ein Kind. Sie kamen an Peters Elternhaus vorbei, kurz überlegte er, einfach hineinzugehen und sich ins Bett zu legen, aber Paul würde ihm das wochenlang vorhalten, also ging auch er weiter.

Noch bevor er ihr Gesicht erkannte, wusste er, dass es Liv war, die ihnen auf dem Weg entgegenkam. Das Blut schoss ihm in den Kopf. Er fragte sich, ob er noch nach Erbrochenem roch, ob man ihm ansah, dass er getrunken hatte.

»Wohin wollt ihr?«, fragte sie.

»Runter zum Hafen«, sagte Paul.

Die Sonne stand schräg über den Dächern und blendete. Peter kniff die Augen zusammen und hatte das Gefühl, jeden Moment das Gleichgewicht zu verlieren, so als stünde er gar nicht auf der Straße, sondern auf einem Schiff in schwerer See.

»Was ist mit euch?«, Liv zog die Stirn kraus.

Peter sah Paul an.

»Was soll denn los sein?«, fragte Paul.

»Ihr seid irgendwie so komisch, habt ihr was getrunken?«

»Wir waren nur oben bei Taelbret.«

»Der alte Spinner«, Liv schob die Hände in die Taschen ihrer Hose. »Was wollt ihr ständig bei dem? Erzählt doch nur Märchen, diesen ollen Quatsch von Seeungeheuern und irgendwelchen Menschen, die in Höhlen leben.«

»Warst du schon da draußen und hast's gesehen?«, Paul machte einen Schritt auf sie zu.

»Das muss ich nicht, um zu wissen, was für ein Blödsinn das ist. Leute wie Amundsen langweilen mich. Immer wollen sie Helden sein, immer wollen sie beklatscht werden, und jeder soll klein werden neben ihnen. Dabei sind sie das selber, ganz klein.«

»Du hast doch keine Ahnung«, sagte Paul. »Bist halt ein Mädchen und weißt nichts davon.«

Liv zog die Brauen zusammen.

»Macht doch, was ihr wollt!«, und damit ließ sie die beiden stehen und marschierte in die entgegengesetzte Richtung weiter.

Am Hafen, zwischen all dem Getöse, den Stimmen und Rufen, zwischen schwitzenden Menschenleibern und dem Gestank von Abwasser und Teer, wurde beiden so übel, dass sie, Paul vorneweg und Peter ihm folgend, den Strand entlanggingen und sich ein schattiges Plätzchen suchten, wo sie sich eine Weile hinlegen konnten. Sie sahen einander nicht an und schwiegen. So lagen sie da auf den warmen Steinen und warteten darauf, dass dieses Gefühl, ins Bodenlose zu taumeln, langsam nachließ. Peter dachte über Livs Worte nach. Vielleicht hatte sie recht, und sie jagten nur dummen Hirngespinsten nach, aber was sollten sie sonst tun? Wurde es nicht genau so von ihm erwartet? Erwartete nicht selbst sein Vater, obwohl er es nie auch nur mit einer Silbe ausgesprochen hatte, dass er diese Dinge tat: Bier trinken und dann hinaus ins Eismeer fahren, um nach dem unentdeckten Land zu suchen wie Nansen und Amundsen? Er dachte an Livs Gesicht, ihren spöttischen Blick. Sie hatten sich wie Idioten aufgeführt. Sollte das Land hinter dem Eis zum Teufel gehen, er, Peter Tessem, würde niemals hinausfahren, um danach zu suchen!

75° 3′ N, 87° 22′ O

Frühjahr 1915: Als das Eis die beiden Schiffe *Waigatsch* und *Taimyr* vor Kap Tscheljuskin wieder freigab, waren der Heizer Iwan Ladonitschew und Leutnant Alexei Schochow tot und die Schiffe in desolatem Zustand. Neununddreißig Seeleute waren von Otto Sverdrup und einigen Mutigen auf Kap Vilda evakuiert worden, wo die *Eclipse* vor Anker lag. Die Große Hydrographische Expedition des Nördlichen Eismeers drohte in einem Fiasko zu enden.

Mitte Juli erreichte dann endlich Nikifor Begitschew die *Eclipse* mit dem Auftrag, die geretteten Seeleute der beiden Schiffe sicher nach Goltschicha am Jenissei zu bringen. Der Sommer war kurz und nass. Alle froren, obwohl Sverdrup nach Kräften versuchte, die Männer bei Laune zu halten. Er verteilte großzügige Wodka-Rationen, und einer aus seiner Mannschaft, Paul Knutsen, spielte auf dem Akkordeon flotte Melodien, von denen nicht klar war, ob sie irgendeiner norwegischen Tradition entstammten oder er sie sich geistesgegenwärtig ausdachte.

Begitschew wurde in die Messe gebeten, wo ihm

Sverdrup einen warmen Eintopf vorsetzte. Er war beeindruckt von der Disziplin und Ordnung an Bord, jedes Ding hatte seinen Platz, und selbst die geretteten Seeleute wussten mit ihrer Zeit etwas anzufangen, flickten ihre Kleidung, halfen in der Kombüse oder machten sich auf dem Eis nützlich, wo sie die Hunde beschäftigten, auf die Jagd gingen oder bei wissenschaftlichen Experimenten assistierten. Gerade hatte Paul Knutsen eines seiner Lieder beendet, die Männer applaudierten, eine weitere Runde Wodka wurde ausgeschenkt.

»Sie spielen gut«, sagte Begitschew und leerte sein Glas.

»So gut es eben geht«, Knutsen drückte das Instrument zusammen, sodass pfeifend die Luft entwich, und stellte es neben seinen Schemel. »Eigentlich ist das Ding gar nicht mehr spielbar, bei all den Löchern.«

»Das haben Sie ganz wunderbar verheimlicht.«

Die beiden stießen an. Dumpf dröhnten Schritte über ihren Köpfen.

»Ihnen eilt aber auch ein Ruf voraus«, sagte Knutsen und fuhr sich mit dem Ärmel über den Mund. »Einen besseren als Nikifor Begitschew können Sie nicht finden, hat man uns gesagt.«

»Nun ja, ich kenne mich etwas in der Gegend aus.«

»Das ist nun wirklich untertrieben«, Sverdrup war hinter sie getreten. »Sie haben praktisch den ganzen Taimyr im Kopf, jeden Tümpel, jede Erhebung, und ich würde sicher nicht lügen, fügte ich hinzu, dass Sie sogar jede einzelne Eisscholle der Karasee kennen. Sollte ich hier einmal verloren gehen, Sie würden mich wiederfinden, Genosse Begitschew.«

»Ich würde mir alle Mühe geben. Aber ich glaube nicht, dass Sie in diese Lage kommen werden.«

»Wir alle wissen doch, dass es zuweilen nur Zentimeter sind, die uns vor der Katastrophe bewahren.«

Die gegenseitige Bewunderung wich nachdenklichem Schweigen. Natürlich wussten sie es, verdrängten es aber jeden Tag aufs Neue.

Knutsen griff schließlich nach dem Akkordeon und stand auf.

»Wir sehen uns bestimmt noch«, sagte er und reichte Begitschew die Hand.

»Das hoffe ich sehr. Würde gern noch mehr hören.«

»Das werden Sie, keine Sorge.«

Am Abend des 9. August 1921 lagerten Begitschew, Karlsen, Jakobsen und Konde auf der Halbinsel Mikhaylowa. Eine Woche waren sie, jeweils zu zweit oder alle vier gemeinsam, der Küste westwärts gefolgt, durch Schneefall, Regen, durch Schlamm und Nebel. Wenn die Sonne sich zeigte, begannen sie, auch ohne ihre Overalls so sehr zu schwitzen, dass ihre Socken in den Schuhen nass wurden, als würde es in Strömen regnen. Am liebsten war ihnen etwas Wind aus Norden, leichte Bewölkung, kein Niederschlag.

Begitschew hatte während der einsamen Stunden auf und neben dem Schlitten immer wieder an die Begegnung mit Paul Knutsen auf der *Eclipse* denken müssen, keine sechs Jahre war das her, und doch schien es ein halbes Menschenleben entfernt. Immer wieder rief er sich das Gesicht des Norwegers in Erinnerung. Welche Träume mochte der Mann gehabt haben, als er zusammen mit Peter Tessem hier draußen im Eis war, worauf hatte er gehofft, welche Pläne gehabt?

Leise waren die Tiere zu hören, ihr Schnauben, Geräusche, die ihn in Sicherheit wiegten. Er war erschöpft, aber nicht müde genug, um einzuschlafen. Konde und er hatten sich durch Schneefelder und Schlammlachen gekämpft, meist waren sie neben den Schlitten hergelaufen, um das Gewicht für die Tiere zu reduzieren, und immer öfter hatte er innegehalten, in Richtung Meer geblickt, wo sich die Umrisse von Karlsen und Jakobsen dunkel abzeichneten.

Nach dem Fund des Schlittens war Begitschew einmal mehr klar geworden, in welch vorteilhafter Lage sie waren im Gegensatz zu den beiden Vermissten; sie reisten bestens ausgerüstet mit Rentieren bei beständiger Helligkeit, sie hatten genügend Kerosin für die Kocher dabei, warme Schlafsäcke, Socken, Zwieback und Tee, und doch setzte auch ihnen die Witterung zu, der ständige Regen, der Wind. Wie musste es erst den beiden Norwegern ergangen sein? Begitschew hatte die Weite der Tundra im Winter immer gemieden, zu unvorhersehbar waren die Stürme, die Bewegungen des Eises. Und immer klarer stand ihm jetzt vor Augen, was für ein Wahnsinn es gewesen war, die beiden Männer im November loszuschicken. Weshalb hatte Amundsen diese Entscheidung nicht schon im Sommer getroffen? War etwas an Bord der *Maud* vorgefallen, das ihn dazu gedrängt hatte, die beiden mitten im Winter nach Dikson zurückzuschicken? Er teilte seine Gedanken mit Jakobsen, den er für erfahren und besonnen hielt. Der sagte lange Zeit nichts, nickte nur hin und wieder.

»Weißt du, Nikifor«, Jakobsen hob den Blick und sah ihn an. »Ich habe die Eisfahrerei immer für Humbug gehalten und tue es auch jetzt noch, jetzt ganz besonders. Fortschritt hin, Fortschritt her. Oder kannst du mir erklären, was es hier draußen geben soll? Ja, Amundsen gilt als Halbgott, Nansen ebenso, dabei hatten die beiden einfach nur verdammtes Glück. Anders als Tessem und Knutsen, die wahrscheinlich in irgendeinem Eisloch verschwunden sind. Sie waren doch nur die Bauernopfer für Amundsen. Er wusste um die Gefahren, und trotzdem waren ihm seine Aufzeichnungen wichtiger als seine Männer. Es ist wie im Krieg: hier die Generäle, dort die einfachen Fußsoldaten, deren Namen man nicht kennt. Aber vielleicht ist die Zeit der Generäle und Kapitäne auch vorbei.«

»Du würdest gut zu Genosse Lenin passen«, sagte Begitschew mit einem Lächeln.

»Ich will nichts mehr mit der Politik zu tun haben«, Jakobsen stand auf. »Jetzt sind andere dran.«

Am nächsten Tag erkundeten Begitschew und Konde die Halbinsel, während Karlsen und Jakobsen sich landeinwärts hielten und am Nachmittag Kap Primetny erreichten. Seit zwei Stunden trottete Karlsen stumpf zu Boden blickend hinter dem Schlitten her, schob an, wenn es sein musste, fluchte nicht, wenn er knietief im Morast stand, zog nur den Rotz hoch oder spuckte aus. Jakobsen ging vorn bei den Tieren. Das Meer war zu hören, aber nicht zu sehen.

Sie zogen gerade über ein verharschtes Schneefeld, Fels ragte vor ihnen auf, als Karlsen einen kreisrunden

Schemen rechts vom Schlitten bemerkte. Er ließ Jakobsen und die Tiere weiterziehen, ging in die Knie und grub mit der Hand im Schnee. Schließlich griff er in schlammige Asche, hielt ein verkohltes Stück Holz in der Hand.

»Jakobsen!«, rief er den anderen zurück.

Der Schlitten stoppte, und der Kapitän kam zu ihm gelaufen. Karlsen hielt den Brocken hoch.

»Eine Feuerstelle.«

Jakobsen begann nun ebenfalls zu graben. Er fand noch mehr verkohltes Holz. Hier hatte ein Feuer gebrannt, hier hatten Menschen ausgeharrt, auf besseres Wetter gewartet, auf Jagdglück gehofft.

»Ich glaube, das ist etwas«, sagte Karlsen.

»Es ist nur verkohltes Holz.«

»Nein, es ist eine Spur.«

Karlsen stand auf, sah sich um. Er verspürte ein seltsames Hochgefühl, gerade so, als hätte er Wodka getrunken. Regen und Nebel störten ihn nicht mehr. Er ging, den Blick zu Boden gerichtet, am Schlitten vorbei und dann weiter, einhundert Schritte, zweihundert. Der Schnee wich, der Untergrund wurde steiniger, er erreichte Felsen und stieß zwischen kantigen Steinen auf eine zweite Feuerstelle. Er war außer Atem, seine Gedanken überschlugen sich.

»Hier ist noch eine!«, rief er. »Das müssen sie gewesen sein. Mensch, Jakobsen, sie waren hier!«

Karlsens Wangen fleckten sich rot. Er wusste, dass er auf der richtigen Spur war, seit er den verrotteten Schlitten gefunden hatte, wusste er es. Und das hier war ein weiterer Beweis! Er begann zwischen den Steinen zu graben, suchte die nähere Umgebung ab, stieg zwischen die Felsen, bis das Meer zu sehen war. Er kniff die Augen zusammen. War das Treibholz oder ein von den Wellen zerhauenes Ruderboot? Vielleicht Fetzen von Kleidung? Jakobsen kam keuchend zu ihm, beide sahen sie aufs Wasser hinunter.

»Vielleicht waren sie es tatsächlich«, sagte Jakobsen.

»Sie waren krank oder verletzt, haben immer wieder Feuer gemacht, sie versuchten sich zu wärmen. Vielleicht sind sie ganz in der Nähe.«

Jakobsen kratzte sich am Kinn und sagte nichts. Alles, was wir finden werden, sind Knochen, dachte er, nichts weiter.

Plötzlich hörten sie die Stimme Kondes. Sie verstanden keine Worte, hörten sie nur hell, fast kreischend übers Schneefeld fliegen. Von Nordwesten sahen sie ihn sich nähern, er rannte, winkte mit den Armen.

Die beiden liefen dem Nganasanen entgegen. Auf Höhe des Schlittens trafen sie aufeinander. Konde strömte der Schweiß von der Stirn, er war so außer Atem, dass er zuerst nur unverständliche Worte hervorbrachte.

»Mensch, was ist denn los?«, Karlsen fasste Konde an der Schulter.

»Wir ... Wir haben einen gefunden«, keuchend deutete Konde hinter sich. »Nikifor hat einen gefunden!«

weihnachten 1918. Tønnesen serviert steak, dazu
bohnen, karotten, zwiebeln, brot, alles sehr hübsch
angerichtet, später pudding & zigarren. wir sitzen
in der messe und singen weihnachtslieder. Hanssen
~~flennt~~ laufen die tränen übers gesicht. wir sind alle
gerührt. ein einziger blick zu Peter. keine regung,
er trinkt, will mehr. es gibt geschenke von Amund-
sen, für jeden eine kleinigkeit, wir lassen unseren
kapitän hochleben! nein, einen größeren gibt es
wohl nicht. ~~seiner schulter geht es auch besser.~~
habe hier viel zeit zum nachdenken. jetzt, um
mitternacht, alles ist still, da sehne ich mich nach
ihr, da will ich fast verrückt werden. ich werde
mir auch eine frau suchen, eine wie Liv. dann werde
ich in Tromsø bleiben. oder besser: südamerika!
sie wollte ja immer wie Alexander von Humboldt
sein, ich bin dein neuer Humboldt, das sage ich zu
ihr, dann kann sie nicht nein sagen!
Peter erzählte von den kindern, von der kleinen
Solveig. er wirkt angegriffen. ich sage, wir werden
bald zurück sein. da lächelt er, natürlich ist es
eine lüge, er weiß es ja. ich glaube, es war ein fehler,
~~Peter ist~~ er ist nicht fürs eis gemacht. bleich ist er,
wie ein geist. wir spielen schach. da besiegt er mich
immer, ich bin zu nachlässig. aber auch Amundsen
zieht gegen Peter den kürzeren.
morgen will ich früh aufstehen und hinaus.
das eis schimmert blau & grün.

Paul Knutsen, 25. Dezember 1918

Aurora borealis
Delta der Pjassina, 1919

Das Licht flackert, wird schwächer und erlischt schließlich ganz. Die einsetzende Dunkelheit tilgt für Augenblicke alle Geräusche, als befänden sie sich in einer nachtschwarzen Kammer irgendwo unter Deck bei spiegelglatter, ruhiger See. Nichts ist zu hören, selbst der eigene Atem hat keinen Widerhall, die Grenzen der Körper verschwimmen. Aber dann, mit entsetzlichem Kreischen, kehrt die Gegenwart zurück, schlägt ins Zelt, so heftig, dass es an einer Seite aus der Verankerung gerissen wird. Geistesgegenwärtig greift Paul nach der Plane, verhindert den Einsturz, flucht. Peter liegt in seinem Schlafsack und versucht sich aufzurichten. Er will Paul etwas fragen, aber bei der kleinsten Bewegung reißt ihm der Schmerz die Haare vom Kopf, gräbt sich tiefer hinter seine Augäpfel.

Der Sturm wütet seit Stunden, wirft sich wie toll gegen sie, jault und kreischt, reibt sich an den Felsen, in deren Schutz sie ihr Lager errichtet haben, flaut ab, scheint sich zurückzuziehen, nur um im nächsten Augenblick umso gewaltiger gegen sie zu fahren. Paul zerrt an der Plane, sucht nach Möglichkeiten, sie besser zu befestigen. Peter sieht ihn mal vor, mal neben sich, die Bewegungen dazwischen fehlen.

Wenn es stiller wird, kann er ihn murmeln hören. Er weiß nicht, ob Paul mit ihm spricht, ob er ihm etwas von Smith erzählt, dem armen Köter, den er erschießen musste und dessen Fleisch sie an die Hunde verfütterten, ein verabscheuungswürdiger Anblick: die wie toll um das Fleisch tobenden Hunde, ahnungslos, dass sie einen der Ihren fraßen. Läufe und Kopf verscharrte Peter notdürftig im Eis. Dabei fiel ihm ein Rabe auf. Er fragte sich, ob der Vogel wirklich da oder ob es nur ein Schatten war, aber dann konnte er deutlich den Schnabel erkennen, das schimmernde Gefieder. Der Vogel hüpfte näher heran, legte den Kopf schräg. Peter streckte den Arm aus, so als hoffte er, der Rabe würde zu ihm kommen; dabei war ihm längst klar, dass der Vogel nur am Kadaver interessiert war und nichts für ihn übrighatte. Sie beäugten einander, und er überlegte, ob er auf den Raben schießen sollte, tat es aber nicht.

»Mach den Mund auf«, Paul spricht aus der Dunkelheit zu ihm.

Peter öffnet die Augen. Auf seinen Lidern lastet die Erinnerung an ein lichtes, schimmerndes Land.

»Mach den Mund auf.«

Paul ist über ihm. Peter erkennt weiße Zähne, etwas Bart und blonde Haare. Er presst die Lippen zusammen.

»Es wird dir guttun«, hört er ihn sagen. »Mach den Mund auf.«

»Was ist das?«

Paul hält etwas in der Hand, ein Fläschchen.

»Es wird dir helfen«, sagt er. »Dann geht alles leichter.«

Erneut schlägt der Wind gegen das Zelt, lässt die Welt erzittern.

»Verdammt, Peter, jetzt mach schon.«

Er sieht, wie der andere den Verschluss vom Fläschchen dreht. Hast du nur darauf gewartet, Paul, darauf gewartet, dass wir weit genug von allem entfernt sind?

»Mach den Mund auf, Peter«, hört er wieder, den Mund, mach ihn jetzt auf, deinen Mund, und er versucht es. Die spröden, von der Kälte aufgeplatzten Lippen brennen, er öffnet sie einen Spalt weit, dann spürt er etwas Bitteres auf der Zunge.

»Es wird dir gleich besser gehen«, hört er Paul sagen. »Ich hab's von Sverdrup bekommen, für schlimme Notfälle.«

Der Wind rauscht, grollt, das Zelt scheint sich vom Boden zu heben. Der Schmerz hinter der Stirn wird zu einem Säuseln, und seine Augäpfel beginnen zu jucken. Peter hebt den Kopf, sieht Paul riesenhaft über sich knien, sieht das Gesicht des Jungen, der immer den einen Schritt schneller sein wollte, den einen Gedanken weiter; ein Eroberer wollte er sein, hinaus, immer hinaus. Paul scheint zu lächeln, oder putzt er sich nur die Zähne, schneidet er sich den Bart, schreibt er? Ist da nicht die Stimme Sundbecks im Wind? Hat ihn Amundsen losgeschickt, weil er ihr Unglück kommen sah? Peter windet sich im Schlafsack, sein Darm krampft, er will aufstehen und raus zu Sundbeck, schön, dass du da bist, Sundbeck, endlich, wie froh bin ich, dich zu sehen!

Er hört Paul etwas sagen, kann die Worte nicht auseinanderhalten, spürt nur, wie er sanft zurückgedrückt wird. Er muss Paul unbedingt sagen, dass Sundbeck gekommen ist, draußen wartet Sundbeck mit einem Schlitten und frischem Robbenfleisch, alle sind wohlauf, noch heute segeln wir zurück nach Tromsø.

»Kannst du es hören?«, Peter richtet sich auf. Er weiß nicht, ob er geschlafen hat.

»Den Wind?«, Paul hebt den Kopf.

»Etwas anderes, hinter dem Wind.« Peter meint das helle Summen, er kennt es aus Tromsø, wo es ihn manchmal in der Werkstatt überraschte, wo er es draußen im Garten hören konnte und sich verwundert umsah; irgendetwas schien mit seinen Ohren nicht in Ordnung zu sein, damit tat er es ab, aber jetzt weiß er, dass es nicht aus ihm kommt, sondern dass es vom Meer heranzieht.

»Du musst schlafen«, hört er Paul sagen.

Barfuß verlässt er das Zelt. Er hat keine Schmerzen mehr. Es ist alles ganz still bis auf ein sanftes Knistern, das die Luft erfüllt, als wäre sie elektrisch geladen. Er sieht an sich herab und denkt, ich habe keine Stiefel an, nicht mal Socken trage ich, in Kürze werde ich meine Zehen nicht mehr spüren. Doch er geht weiter, nur in Unterwäsche, geht unter einem endlos sich hinstreckenden Nachthimmel. Das Meer ist zu riechen, aber weder zu sehen noch zu hören. Das Geräusch des Knisterns und Schabens wird lauter, er ist nicht allein, und dann, als er den Felsen umrundet, sieht er es: die schmalen Körper der Rentiere. Hunderte Tiere, an die tausend, über die Tundra verstreut. Dicht stehen sie, die Kleinen bei den Großen, die Großen in kleinen Gruppen. Dampf steigt auf. Ohne sich umzuwenden, ruft er nach

Paul. Einzelne Tiere heben den Kopf, doch sie machen keine Anstalten zu fliehen. Paul! Er geht weiter, durch den weichen Schnee, der ihm nichts anhaben kann, geht zwischen den Leibern der Tiere, die sich immer dichter um ihn drängen; er streckt die Arme aus und lässt die Hände über ihr Fell gleiten. Es riecht schwer nach Verdautem und Kot. Eine Weile geht er so, spürt weder Kälte noch Schmerz, weder Angst noch Verzagen, und als er stehen bleibt, hält er plötzlich sein Jagdmesser in der Hand; plötzlich ist da ein Gedanke, und dann liegt auch schon eins der Rene vor ihm hingestreckt, warmes Blut sprudelt über seine Hände, glänzend breiten sich die Gedärme vor ihm aus, mit dem Messer schneidet er das Fleisch in lange Streifen; er ist ein Tundrajäger, der seit Urzeiten umherzieht und nichts kennt außer Kälte und den warmen Atem der Tiere. Er wirft sich das abgezogene Fell über und geht weiter, die Füße auf Eis, die Füße im Schlamm. Über ihm steigt eine *Aurora borealis* auf, ein heftiges Zittern, als fiebere der Himmel, die Luftschichten scheinen zu klirren, die Aerosole reiben aneinander. Es wird ein großes Wiedersehen geben, Liv und die Kinder, endlich hat das alles ein Ende. Er geht weiter, umschmiegt vom Fell, auf die schwachen Lichter zu, die da vor ihm glimmen wie die Augen uralter Ungeheuer.

Der Sturm verstummt nach einem Tag und einer Nacht. Paul kriecht aus dem Zelt und sieht nach den Hunden. Alle sind sie noch am Leben. Er verfüttert zwei Konserven an die Tiere, mehr gibt es nicht. Peter zieht sich an, räumt zusammen, sie müssen aufbrechen.

»Jetzt geht es immer nach Westen.«

Peter nickt. Er geht einige unsichere Schritte im Schnee, spürt keine Schmerzen, vielmehr ein nervöses Kribbeln, schnallt sich die Skier an.

»Schaffst du das wirklich?«

»Mir geht es gut.«

Er hat tief und lange geschlafen wie an keinem der Tage zuvor im Eis.

»Was hast du mir gegeben?«

»Kokain.«

Er nickt. Der gute Sverdrup, auf ihn war immer Verlass. Er erschien ihm manchmal wie ein Vater, wenn er sich zu ihm setzte und mit ihm sprach, wenn sie zusammen mit dem Schlitten hinaus ins Eis fuhren.

»Dann los.«

Nebel zieht auf und schränkt die Sicht auf wenige Meter ein, die Temperatur steigt auf minus zehn Grad Celsius. Sie nehmen die nächste Etappe in Angriff, hinein ins Delta der Pjassina, ein Gewirr aus Flussläufen und Bächen, die jetzt unter Eis liegen. Die Landschaft ist eine schneeverwehte Leblosigkeit. Vorneweg fährt der Schlitten, dahinter Peter; zuweilen sinken die Hunde bis zur Hüfte ein, der Wind frischt auf, treibt Schneewände vor sich her.

Sie sind noch nicht lange unterwegs, da verliert Peter die Sicht zum Schlitten, kann ihn nur noch hören. Es kostet ihn die größte Überwindung, die Skistöcke nicht einfach loszulassen und sich in den Schnee zu setzen. Immer wieder hält er kurz an, holt verzweifelt Luft, doch mit jedem Atemzug entweicht nur mehr Kraft aus

seinem Körper. Er verspürt den Drang, Schnee zu essen, obwohl er weiß, dass die Kristalle ihm Lippen und
Zunge aufreißen würden. Dann fasst er eine Kante ins
Auge, irgendeinen Fixpunkt in der Landschaft, der sein
nächstes Ziel wird, dorthin macht er sich auf, schrapp,
schrapp, jeder Schritt verhöhnt ihn, die Geräusche der
Skier werden zu einem hellen Kichern.

Der Sturm hat die Landschaft verändert, hat Kämme
entstehen lassen, scharfe Abbruchkanten, drückt und
schiebt die Schollen ineinander, als gingen sie wie tolle
Hunde aufeinander los. Weiter, sagt er sich, nur weiter.
Er will an nichts denken, er hustet und kann sich kaum
auf den Beinen halten. Absurdes geht ihm durch den
Kopf: Hat Paul einen Plan, hat er etwas vor mit mir hier
draußen, hier in der ewigen Dunkelheit? Was hat Sverdrup ihm da für ein Fläschchen zugesteckt? Ist es für
den Moment, wenn es keine Hoffnung mehr gibt, wenn
ich nur noch Last bin? Er lacht auf. Hätte er es nicht
längst getan, mich zurückgelassen? Wäre er nicht längst
mit den Hunden verschwunden? Einige Schritte weiter,
ein neuer Gedanke: Er sitzt in einem Fluggerät, strampelt wie auf einem Fahrrad und setzt damit die Appa-
ratur in Gang, er erhebt sich übers Eis, sieht unter sich
die Rinnen und Kanten, ihren Schlitten, am Horizont
zeichnen sich Lichter ab. Immer weiter, den Rhythmus
wiederfinden, schrapp, schrapp, Schritt um Schritt vorwärts und ja nicht zurückblicken.

Im Osten glaubt er eine Bewegung auszumachen, etwas
Dunkles scheint sich abzuheben vom Weiß, und ihm
kommen Fetzen eines Traums ins Bewusstsein, in dem

er durch eine unendliche Rentierherde spazierte. Jetzt sind es nur Schatten, Spiegelungen. Er hört die Hunde aufjaulen und in hektisches Kläffen übergehen, dann kracht ein Schuss.

Außer Atem kommt er beim Schlitten an. Paul nimmt das Gewehr herunter.

»Ein Männchen, würde ich sagen.«

Peter sieht nichts.

»Noch ziemlich jung, hat sich einmal aufgerichtet und ist beim ersten Schuss davon.«

»Hast du ihn getötet?«

Paul sieht ihn an, kneift die Augen zusammen. Schweigend schultert er das Gewehr und macht sich auf ins Eis, zu jener Stelle, wo der Bär verschwand. Peter sieht ihm nach, sieht, wie Paul sich vorbeugt und dann zurückkommt, etwas hinter sich herschleifend. Die Hunde sind kaum zu halten. Blutend und frisch liegt da eine Robbe vor ihnen, das Gesicht zertrümmert, einige Stücke aus dem Bauch gerissen.

»Manchmal muss man einfach Glück haben«, sagt Paul.

Ungläubig starrt Peter auf das tote Tier.

»Wir bleiben hier, wir essen und wärmen uns auf.«

Wortlos machen sie sich ans Zerteilen; Kopf, Flossen und Schwanz bekommen die Hunde, etwas vom Gedärm dazu; eine erste Mahlzeit bereiten sie vor Ort zu, kochen fette Stücke in Rinderbrühe. Paul kauert über dem Primus, das Gewehr neben sich, falls der Bär zurückkehrt. Peter glotzt auf den blutig gefärbten Schnee, auf die Lefzen der Hunde, die Haut und Fleisch herunterschlingen; er sieht Paul, der ein Stück Speck auf sein

Messer gespießt hat und daran herumkaut. Ein Anblick wie auf einem Gemälde, das Blut, die Hunde, der kauernde Paul, Furcht einflößend und erhaben zugleich. Auch er beginnt zu essen.

»Ich weiß nicht, ob ich noch weiterkann«, murmelt er zwischen zwei Bissen.

Paul sieht ihn an, der Mund verschmiert.

»Es war ein Fehler, die *Maud* zu verlassen«, sagt er. Erinnerst du dich noch, wie Liv immer von Alexander von Humboldt schwärmte, wie sie so sein wollte wie er? Vielleicht bin ich deswegen hier, denkt er, um ihr etwas zu beweisen. »Man hätte von mir erwartet, auf dem Schiff zu bleiben und nicht wie ein Feigling wegzugehen.«

»Wir sind noch immer Teil der Expedition und haben eine Aufgabe«, sagt Paul. »Wir haben es fast geschafft. Wir schlafen jetzt, dann setzt du dich vorn auf den Schlitten.«

Peter erbricht sich. Etwas unverdauter Speck liegt dampfend vor ihm. Ein paar Stunden Schlaf, nur ein paar Stunden, dann geht es weiter.

Über ihm, um ihn tönt die Luft. Ein feines, beständiges Summen und Knirschen ist da, und er weiß, dass es nicht vom Eis kommt. Seine Füße pochen, hinter den Lidern brennt der bekannte Schmerz. Die Temperatur ist auf minus zwanzig Grad Celsius gefallen.

Paul ist draußen (was tust du immer da draußen, hast du einen Plan, Paul? Du kannst mir nicht mehr helfen, Paul, du musst allein zurück nach Tromsø, hörst du, allein, wenigstens du musst zu ihr zurückkehren). Er liegt

da und starrt an die Zeltwand. Als er das Wort *sterben*
denkt, wird ihm übel. Er richtet sich im Schlafsack auf.
Ein kleines Wort nur, das aber seit jeher jeden Seemann
begleitet, der sich gen Norden aufmacht; immer schon,
er weiß es, immer schon reist der Tod mit, ein stiller, ei-
genbrötlerischer Genosse, der irgendwo unten im Kabel-
gat oder dem Achterpiek herumlungert und sich meist
erst dann blicken lässt, wenn das Schiff im Eis feststeckt
und die Mannschaft müde und frierend über Deck
schlurft. Mit Disziplin, Schlittenfahrten, mit Musik, Kar-
tenspielen, Kokain und Skalpellen versucht man, ihn
sich vom Leib zu halten, doch darüber verliert der bloß
ein müdes Lächeln.

Peter weiß, dass er auch hier ist, bei ihnen, dass er ihnen schon seit Tagen folgt, ihnen mal ein Schneehuhn
überlässt, eine halbe Robbe hinwirft, denn er hat Zeit, er
muss nicht hetzen.

Ein greller Schmerz schießt ihm in die Schläfen, unwillkürlich reißt er den Mund auf, will nach etwas greifen, aber da ist nichts, was er packen könnte, da ist nur
Pauls kaltes Gesicht, Schatten um die Augen, der Mund
ein Krater. Er hört von Ferne seinen Namen.

»Peter! Peter Tessem!«

(ich bin Peter Lorentz Tessem aus der Stadt Tromsø, ich
habe noch alle zehn Finger, eins, zwei, drei, vier, fünf,
und alle zehn Zehen, eins, zwei, drei, vier, fünf, ich habe
eine goldene Uhr bei mir und Livs Ring, ich habe genug zu essen und vier kräftige Hunde, die Winchester liegt geladen in meiner Armbeuge, und so wage ich
mich tiefer hinein in dieses Land, Landschaft aus Eis

und Schnee. Drei folgen mir, sie heißen Seimybtymy, Koubtumu und Nganabtumu. Sie sagen, Hotarie, der große Wasserhirsch habe sie geschickt, um mich zu führen, mich, der einen Kompass und einen Theodolit bei sich hat, ich lasse sie stehen, ha, ha, ha, mich, der die Karte im Schlaf lesen kann. Ich fahre nach Westen, und die drei folgen mir nach. Seimybtymy hat keine Augen, sieht jedoch alles. Koubtumu hat keine Ohren, hört aber jedes Geräusch. Nganabtumu hat keinen Mund und erzählt doch die verborgensten Geheimnisse. Sie kommen zu mir ans Feuer. Ich sage, was wollt ihr, und es ist Nganabtumu, der spricht, kennst du Jamen, und ich sage, nein, wer ist das? Seimybtymy sieht in alle Winkel, und Koubtumu hört, wie sich tief im Inneren die Erdplatten verschieben. Nganabtumu erzählt: Jamen ist der Ursprung, sie ist unsere Mutter, sie ist auch deine Mutter, auch wenn du sie nicht kennst, und es ist Jamen, die dich hierhergeschickt hat und dich jetzt erwartet. Ich frage: Was soll das? Nganabtumu erzählt: Jamen wird nie wieder so sein, wie sie einst war. Seimybtymy sieht: Das Eis wird schmelzen, die großen Gletscher werden sich zurückziehen, und das Meer wird anschwellen. Der Schnee wird sich in schwarzen Staub verwandeln, und der Seeweg entlang der Küste bis ins Land der Tschuktschen wird befahrbar sein, sommers wie winters, die einst mächtige Insel Kalaallit Nunaat wird schrumpfen zu einem lächerlichen Eiland, und die Menschen werden das Zeichen erkennen, es aber missdeuten. Du wirst einer davon sein, Peter Tessem, voll sinnloser Freude wirst du den anderen folgen, hinaus, immer weiter, neue Routen wollen erschlossen, Geschäfte neu angebahnt

werden, derweil Jamen schwächer wird und wir uns zurückziehen, bis niemand mehr unsere Namen kennt,
auch du nicht, Peter Tessem. Und wennschon, sage ich,
und wennschon, ich zucke mit den Schultern, ich muss
nach Hause, zu Liv und den Kindern, hört ihr, etwas
anderes will ich nicht. Seht her, ich habe hier alles bei
mir, Finger, Zehen, alles, was ich brauche für den Weg
nach Dikson, und dann wird mich ein Schiff nach Murmansk bringen und weiter nach Tromsø, und das Eis, es
schmilzt, ja, es schmilzt tatsächlich, endlich schmilzt
das verdammte Eis und gibt die Gräber frei, was interessieren mich Namen, was interessieren mich die verwirr-
ten Geister der Toten. Ich gehöre nicht zu euch, hört ihr,
ich bin keiner von euch, denn ich habe keine Angst, hört
ihr, ich fürchte mich nicht mehr).

Er spürt Hände. Kalte Hände. Sie sind in seinem Gesicht, liegen auf seiner Wange, seiner Stirn, einzelne Finger, dann ist er wieder allein. Er hört Stimmen, aber er
ist zu müde, um sich auf die Worte zu konzentrieren. Er
versucht, die Augen zu öffnen, sieht über sich Schatten,
langsame Bewegungen. Er will sich aufrichten, doch etwas hält ihn zurück, drückt ihn ins Eis. Es würgt ihn.
Wieder spürt er eine Hand im Gesicht, dann ist Paul
über ihm.

»Da sind welche draußen«, hört er ihn sagen. »Es
sind Menschen da draußen.«

75° 1′ N, 87° 23′ O

Begitschew kauerte im Schneematsch und sah auf etwas Bleiches, Festes vor sich. Es gab keinen Zweifel: Was da aus dem Schnee ragte, war kein Treibholz, es waren auch nicht die Überreste eines Bootes oder eines Schlittens, was er da vor sich hatte, waren Knochen; das Stück eines Beckens, vielleicht Rippen. Er hatte die Mütze abgestreift und eines der Fundstücke in die Hand genommen. Er besah es sich genauer, war nicht sicher, ob es doch nur Tierknochen waren. Mit den Händen grub er weiter im Schlamm, Verkohltes kam zutage, Reste von Holz, dazwischen rostige Nägel, Patronenhülsen. Er rieb sie blank, steckte sie ein, suchte weiter und stieß auf Teile eines Schädels. Nun war er sicher: Es waren Menschenknochen, im Kiefer steckten noch Zähne, der Ansatz eines Jochbeins war erkennbar. Begitschew rief nach Konde und zeigte ihm den Fund.

»Ist es das, wonach sie gesucht haben?«

»Sag es ihnen«, Begitschew richtete sich auf. »Sag ihnen, dass wir einen gefunden haben.«

Vom Meer her sah Begitschew die anderen jetzt näher kommen, Konde und Karlsen auf gleicher Höhe, dahinter Jakobsen.

Karlsen starrte ihn ungläubig an, als er ihn erreicht hatte, blickte auf den Schädelknochen in seiner Hand, nahm das Ding und betrachtete es. Auch Jakobsen beugte sich darüber.

»Wir haben dahinten Feuerstellen gefunden«, sagte Jakobsen.

Begitschew nickte und reichte ihm wortlos die Patronenhülsen.

»Norwegisches Muster«, sagte Jakobsen, nachdem er die Patronen eingehender betrachtet hatte. »Die sind von unserem Militär, hier ist noch das Jahr zu erkennen, 1915.«

»Die Knochen können auch angespült worden sein«, sagte Karlsen. »Nichts beweist, dass sie von Tessem oder Knutsen stammen.« Karlsen glaubte an das Leben und nicht an den Tod. Tessem und Knutsen waren für ihn noch lebendig, irgendwo da draußen in der Weite der Tundra, die Knochen hatten nichts zu bedeuten.

»Und die Patronen hier?«, Jakobsen hielt sie ihm entgegen.

»Angespült, verloren, was weiß ich«, Karlsen wirkte trotzig.

»Sie waren es«, sagte Begitschew. »Tessem und Knutsen waren an diesem Ort. Und einer von ihnen ist hier gestorben.«

Das Wetter hatte aufgeklart und entsprach mit seinem Leuchten gewiss nicht der Stimmung der Männer. Konnte es nicht wenigstens jetzt regnen, konnte der Himmel nicht einmal Mitleid zeigen, ging es Karlsen durch den Kopf. Jakobsen holte eine kleine Bibel aus dem Gepäck, und sie kamen an der Fundstelle zusammen. Er schlug das Kreuz vor der Brust und las: »Ich preise dich, Herr; denn du hast mich aus der Tiefe gezogen und lassest meine Feinde sich nicht über mich freuen. Herr, mein Gott, da ich schrie zu dir, machtest du mich gesund. Herr, du hast meine Seele geführt aus dem Reich des Todes; du hast mich aufleben lassen unter denen, die in die Grube fuhren. Herr, höre und sei mir gnädig! Herr, sei mein Helfer!«

Dann schleppten sie Steine heran und errichteten über den Knochenresten einen Hügel. Die Arbeit tat gut und machte sie müde.

Später aßen sie Renfleisch und tranken Kaffee. Begitschew legte den anderen seine Vermutungen über den Fund dar: Demnach hatten Tessem und Knutsen irgendwann Ende November Kap Primetny erreicht, einer von ihnen war schwer krank oder verletzt gewesen und hier gestorben. Da der andere den Leichnam nicht hatte begraben können, verbrannte er ihn, ließ einige Ausrüstungsgegenstände zurück und zog weiter. Nur die von Karlsen gefundenen Feuerstellen passten nicht so recht ins Bild.

Konde gab zu bedenken, dass die beiden wohl kaum in der Lage gewesen sein dürften, ein richtiges Feuer zu entfachen; die Gegend sei im Winter eine einzige Eisfläche und Brennmaterial schwerlich zu finden. Begitschew stimmte ihm zu. Jakobsen vermutete, dass sie Teile ihrer Ausrüstung verfeuert haben könnten, vielleicht hatten sie sogar etwas Holz bei sich gehabt. Dann sagte eine Weile niemand mehr etwas.

»Wenigstens gibt es jetzt ein Grab«, brach Begitschew das allgemeine Schweigen.

»Und der andere?«, Karlsen stand auf, sah in die Tundra hinaus. »Wenn es stimmt, was Nikifor sagt, dann liegt hier nur einer. Was ist mit dem anderen?«

»Er ist –«, setzte Konde an, schwieg dann aber.

Karlsen starrte ihn an.

»Wir machen weiter wie bisher«, sagte Begitschew und fasste Karlsen am Arm. »Wir gehen westwärts die Küste entlang, bis wir Dikson erreichen. So ist unser Auftrag. Und wir werden ihn zu Ende bringen.«

Am nächsten Morgen errichteten Jakobsen und Karlsen ein einfaches Holzkreuz und ritzten das Datum hinein: *11. August 1921.* Eine Weile standen sie schweigend davor und blickten auf das steinerne Grab. Jakobsen empfand eine dumpfe Müdigkeit, die Müdigkeit von Wochen, von Jahren; in diesem Moment war er sicher, sich nicht mehr von der Stelle bewegen zu können, keinen Fuß weit mehr. Er würde sich einfach hier neben den Steinhügel hocken und die Zeit abwarten, er würde sitzen und nachdenken. Er entstammte einer alteingesessenen Familie aus Trondheim und war seinem Großvater und seinem Vater in den Berufsstand des Seemanns gefolgt, als sei es naturgegeben. Er hatte nie daran gezweifelt, so war der Gang der Welt, die Welt der Jakobsens; immer schon hatte das Nordmeer zu ihnen gehört, schlechtes Wetter, Einsamkeit, Gestank nach Walblut, Fieberträume. Doch jetzt, vor dem Grab eines der Männer, die ihm mehr und mehr wie eigene Söhne vorkamen, wollte er nicht mehr. Er würde nach Trondheim zu seiner Mette zurückkehren und nie wieder auch nur einen Fuß auf ein Schiff setzen.

Karlsen empfand nach dem ersten Schock eine eigentümliche Erleichterung, gerade so, als habe ihm der Tod einen Teil der Last abgenommen, die er seit ihrem Aufbruch mit sich trug. Das Kreuz stand einsam, aber fest und war schon von Weitem gut zu erkennen, ein Ort, der keinen Zweifel aufkommen ließ und der ihn trotz aller Betrübnis erleichterte. Ihm war klar geworden, dass er weder Tessem noch Knutsen lebend finden würde, er würde auch nicht unter dem Applaus der Schaulustigen mit ihnen nach Tromsø zurückkehren. Und trotzdem würde er triumphieren. Einen der Vermissten hatten sie bereits gefunden, und er würde erst nach Norwegen zurückkehren, wenn er auch den zweiten aufgespürt hatte, und seien es auch nur dessen blanke Knochen.

Begitschew markierte ihren Standort in der Karte und schrieb einige kurze Zeilen in sein Notizbuch.

»Wie weit ist wohl der andere noch gekommen?«, fragte Jakobsen, der neben ihn trat. Gemeinsam blickten sie nach Süden.

»Er wird über die zugefrorenen Buchten gegangen sein«, sagte Begitschew, »das hat ihn direkt ins Delta der Pjassina geführt.« Er zeigte auf die Karte. »Es ist alles sehr zerklüftet, viele kleine Inseln, Buchten, schwer, sich zurechtzufinden.«

»Das Kreuz steht«, sagte Jakobsen und zog die Schultern hoch. »Meinetwegen können wir heim.«

Begitschew sah ihn an. Der Kapitän wirkte müde, das Gesicht bleich, die Augen in dunklen Höhlen.

»Und der andere?«

Jakobsen gab ihm keine Antwort, wandte sich ab und ging zu Konde und Karlsen hinüber.

Sie waren wieder auf den Schlitten. Es ging südwärts entlang der Minna-Schären über graue Eisfelder, Kies und Geröll. Karlsen und Jakobsen fuhren landeinwärts, während Begitschew und Konde sich nah an der Küste hielten. Begitschew konnte es Jakobsen nicht verübeln, dass er nach dem Winter in Dikson und einem trostlos verregneten Sommer dieser Gegend nichts mehr abzugewinnen wusste und zurück nach Hause wollte. Sie hatten ein Kreuz errichtet, ein Gebet gesprochen, und allen war nun klar, dass sie keinen der Vermissten mehr lebend finden würden. Es war diese Erkenntnis, die Jakobsen immer mehr zuzusetzen schien, während sie Karlsen auf eigentümliche Weise anstachelte.

Begitschew dagegen versuchte, pragmatisch zu denken. Er war froh, dass sich das Wetter bisher einigermaßen beständig gezeigt hatte, dass sie alle satt und abends leidlich trocken waren. Gewissenhaft bestimmte er ihren Standort und zeichnete die Route in die Karte ein. Er wusste, dass die anderen sich auf ihn und seine Kenntnisse verließen, also zögerte er nicht, traf Entscheidungen, gab ihnen den Weg vor. Manchmal aber, wenn er allein dem Schlitten voranging, kam er ins Grübeln; Teile von Knutsens Aufzeichnungen schwirrten ihm im Kopf herum, er hatte sie oft gelesen, mehr, als nötig gewesen wäre, und mit jedem Mal hatte dieser fremde Mann klarer und plastischer vor ihm gestanden, war zu einem Vertrauten geworden, mit dem er in Gedanken Worte wechselte. Welchen Weg habt ihr eingeschlagen? War es Peter, der starb und den du verbrennen musstest? War er noch dein Freund oder schon dein Rivale? Und was würdest du Liv sagen, könntest du sie noch einmal sehen?

Begitschew, Sohn einer zehnköpfigen Familie von Wolgafischern, hatte stets Reißaus genommen, von zu Hause, später dann von der Marine. Immer hatte ihn etwas gelockt, das er nicht beschreiben konnte und noch weniger zu fassen bekam. Immer glaubte er, hinter dem Horizont gäbe es einen besseren, noch schöneren Ort als den, an dem er sich gerade befand. Er hatte die Meere befahren, ohne diesen Ort zu finden, hatte sich durchs Eis gekämpft, ohne zu wissen, was genau er suchte. Vielleicht aber war das, wonach er sich sehnte, gar nicht da draußen? Vielleicht hatte er es längst hinter sich gelassen. In Knutsens Notizen schimmerte etwas auf, das Begitschew bisher vernachlässigt hatte; plötzlich waren da Namen, die mehr waren als nur das; da waren Freunde, eine Familie, jemand, der einen erwartete, eine Wärme, die ihm all die Jahre entgangen war. Vielleicht war der Ort, den er so vergeblich suchte, derjenige, von dem er einst aufgebrochen war.

Tromsø
1908

Der Sommer in Tromsø hatte seinen Höhepunkt erreicht, *Midsommar*, und es trieb die Menschen aus den
Häusern und Stuben hinaus auf die Wiesen, hinunter
ans Meer. Den ganzen Tag waren Peter, Liv und Paul
schon unterwegs. Am Morgen waren sie mit Rucksäcken aufgebrochen und entlang der Wiesen, Moore und
Birkenwälder Richtung Süden gewandert, bis hinunter
an die Spitze von Tromsøya. Paul hatte beständig an seiner Pfeife gepafft und ihnen so leidlich die Mücken vom
Leib gehalten; Liv hatte die Haare zusammengebunden
und trug zeitweise Peters Hut; sie pfiffen, Paul sang aus
vollem Halse Seemannslieder voll zotiger Anspielun-
gen, doch anstatt sich davon beeindrucken zu lassen,
fiel Liv in die Refrains mit ein. Sie wollten hinüber nach
Kvaløya, um von dort aus die Feuer zu betrachten.

Es war das Jahr 1908, und es hatte begonnen, wie das
Jahr davor geendet war: Peter ging bei seinem Vater, einem geachteten Zimmermann, in die Lehre, schon seit
Wochen waren sie in der kleinen Kirche des Aposto-
lischen Vikariats mit der Arbeit an neuen Bänken beschäftigt; Paul verdingte sich im Hafen bei den Fischern,

fuhr frühmorgens hinaus, kehrte gegen Mittag zurück, vertrödelte dann die Zeit, meist traf Peter ihn später in einer der Hafenkneipen, wo er zwischen Seeleuten hockte und sich mit geröteten Wangen die Geschichten der Eisfahrer anhörte. Dann fasste er Peter am Arm und flüsterte: Hörst du, was sie sagen, hörst du's? Liv unterdessen lernte das, was man von einer Frau erwartete: den Haushalt führen, Fisch zubereiten, Socken stopfen, sie war geschickt und fügte sich. Aber wenn sie mit den beiden Jungs zusammensaß, rauchte auch sie und sprach davon, wie sie eines Tages aufbrechen würde, sie werde Tromsø verlassen, und dann lachte Paul. Spukt dir immer noch dieser Humboldt durch den Kopf, versuchte er, sie hochzunehmen. Liv aber gab keine Antwort darauf und sah ihn finster an.

1908 steckte Ernest Shackleton im Ross-Schelfeis der Antarktis fest, in der Nähe des Tunguska-Flusses im sibirischen Gouvernement Jenisseisk ereignete sich eine gewaltige Explosion, deren Druckwellen noch in Potsdam gemessen wurden, und die Freundschaft der drei verlor ihre kindliche Unbekümmertheit.

Die Kvaløya-Insel stieg vor ihnen in graubraunen Tönen zu einem abgeflachten Bergrücken auf. Der Himmel war ohne jede Wolke, und auf den zahlreichen Ausflugsschiffen drängten sich Familien und kleine Reisegesellschaften, die entweder hinüber in die von Findlingen übersäten Wiesen drängten oder in die Stadt strömten, wo es am Abend ein Feuerwerk am Hafen geben sollte. Peter stand neben Liv an der Reling, und während sie hinaus aufs Wasser blickte, sah er sie an, wieder und wieder wanderte sein Blick von den anderen Ausflüglern zu ihr. Sie schien ihm verändert, aber er kam nicht darauf, was es war. Ihr Blick blieb fokussiert auf einen Punkt am Horizont. Bald wird sie sich entscheiden, dachte er, ohne genau zu wissen, was er damit meinte. Bald wird sie einen Namen sagen.

Auf Kvaløya ging ein munterer Wind, es roch nach Wiesenkräutern und warmer Asche. Sie folgten dem Küstenverlauf Richtung Süden durch Wiesen, kamen an Höfen vorbei, wo ihnen Hunde hinterherkläfften, kletterten über Stämme umgestürzter Birken und Ulmen. Gegen Mittag war Liv die Erste, die sich die Schuhe auszog und dem von Wellen umspülten Saum weiter folgte. Die beiden Jungen taten es ihr nach. Sie sangen wieder, dann lief eine Weile jeder schweigend für sich, Paul vorneweg, Liv und Peter in einigem Abstand.

»Wirst du Blumen pflücken und sie unter dein Kopfkissen legen?«, fragte er.

»Sollte ich?«

»Alle Mädchen tun es.«

»Damit ich von meinem Zukünftigen träume, meinst du das?«, sie sah ihn an. »Dabei hab ich doch schon euch.«

»Vielleicht träumst du dann ja auch von Alfred oder Gunnar.«

»Und wennschon. Ist doch nur ein dummes Spiel.« Sie zog die Schultern hoch. »Glaubst du an diesen Großmutter-Kram?«

»Nein, eigentlich nicht.«

»Na, da bin ich beruhigt.«

Sie lächelte jetzt wieder, wie er es kannte: herausfordernd und so, als wüsste sie in jedem Moment, was er dachte.

»Los, ihr Schnecken«, rief Paul und winkte mit den Armen. »Wir sind da, kommt!«

Sie ließen sich in den warmen Sand fallen, streckten die Beine aus. Paul reichte die Pfeife an Liv weiter, die nahm einen Zug und gab sie Peter. So saßen sie eine Weile schweigend da, benebelt vom Tabak, und sahen auf den Sund hinaus. In der Ferne konnten sie Tromsø in der Luft flirren sehen, Segel standen auf dem Wasser. Dann trugen sie auf einem Tuch zusammen, was sie an Essen dabeihatten: Stockfisch, Lefse, frische Rosinenbrötchen, gekochte Eier. Paul hatte Bier eingepackt und ein Fläschchen Akevitt, den sein Großvater über den Winter destilliert hatte, und den er bewachte wie einen Drachenschatz. Er schenkte drei kleine Gläser aus, sie stießen an auf Mittsommer, auf diesen besonderen Tag, auf ihre Freundschaft und tranken.

»Wie weit ist es nach Tromsø, durchs Wasser?«, fragte Paul, während sie aßen.

Peter sah hinaus und kniff die Augen zusammen. So weit, dass du ertrinken würdest, dachte er. Die Frage war auch nicht an ihn, sondern an Liv gerichtet: Wer, glaubst du, würde sich trauen hinüberzuschwimmen, Peter oder ich?

»Zu weit«, sagte Liv.

Das andere Ufer, die dort kauernden Hütten und Katen, schienen im klaren Licht tatsächlich sehr nah. Peter stand auf und ging vor ans Wasser. Warum denn nicht, dachte er und biss von seinem Rosinenbrötchen ab.

Warum sollten wir es nicht versuchen? Blieb ihnen denn nicht sowieso kaum noch Zeit, Paul auf den Kuttern, Liv in der Stube und er in der Werkstatt? Hatte nicht jeder von ihnen längst einen Weg eingeschlagen, dem er nun zu folgen gezwungen war, nicht weil er den Weg unbedingt gehen wollte, sondern weil es so erwartet wurde? Ruhig lag der Sund vor ihm. Wo waren die Tage geblieben, die so leuchtend und ohne Regen gewesen waren, Tage wie dieser?

Er spürte, wie sich jemand näherte, doch er drehte sich nicht um. Schon war Paul neben ihm, legte den Arm um seine Schulter.

»Worüber denkst du nach?«

»Willst du schwimmen?«

Paul reichte ihm die Pfeife, und Peter nahm einen Zug.

»Eines Tages werden wir aus dem Eis zurückkehren und in den Sund einfahren«, sagte Paul, »mit gerefften Segeln, an einem Tag wie heute. In der Ferne sind schon die Kanonenstöße zu hören. Du weißt, was das heißt.«

»Oder das Meer bleibt so ruhig und verlassen wie jetzt«, erwiderte Peter und gab ihm die Pfeife zurück. Er machte einen Schritt zur Seite. Er wollte nicht Teil von Pauls Geschichten sein, Teil seiner Hirngespinste, die Taelbret ihm eingeredet hatte, jeder könne ein großer Eisfahrer werden, man müsse nur seinen Mut zusammennehmen und die Schwätzer und Zauderer hinter sich lassen.

»Wollt ihr mir nicht helfen?«

Beide drehten sich um. Liv stand, einen Stoß Holz in den Armen, vor ihnen, ließ ihn in den Kies fallen und strich sich die Haare aus der Stirn.

»Los, das Feuer errichtet sich nicht von selbst.«

»Wir dachten, du schaffst das allein«, rief Paul lachend. »Wir dachten, wir trinken unser Bier und genießen die Sonne.«

»Idiot!«

Sie wandte sich ab und ging ein Stück das Ufer lang. Peter ließ Paul stehen und folgte ihr. Liv deutete auf einen großen, weißen Ast, und zusammen trugen sie ihn herüber. Der Haufen wuchs. Auch Paul zerrte nun Äste aus dem Ufergestrüpp. Peter ging derweil hinauf in Richtung des Tisnes-Weilers, sah die gedrungenen Gebäude in den Wiesen kauern wie verschreckte Vögel, stemmte die Arme in die Seiten. Taelbret ist ein Schwätzer, dachte er, der ist nie weiter rausgekommen als bis Vardø. Er griff nach einem Stück Holz, spuckte aus. Jeder schreibt seine eigene Geschichte.

Ihr Feuerhaufen war beachtlich angewachsen, so hoch wie ein sechsjähriges Kind, schätzte Paul und deutete es mit der Hand an. Das Holz war glatt und weiß, spröde und doch hart, wochen-, monatelang hatte es im Wasser getrieben, war Hunderte Meilen weit gekommen, bis es die Wellen an diesen Strand geworfen hatten. Das Meer hatte ihm jede Eigenart genommen, hatte es verwandelt, sodass es nun Knochen waren, die Peter dort aufgetürmt sah und die umso heller in die Nacht hinausstrahlen würden.

Sie dösten in der Nachmittagssonne, müde von Bier und Wanderung, lagen nebeneinander und spürten die Wärme der anderen. Es war, als würden die Sekunden wie Stunden vergehen, ein in Bernstein gefangener Moment, ein Bild, eine Empfindung, die sie ihr ganzes Leben begleiten würde: Mittsommer 1908, als sich alles um einen Augenblick herum verdichtete, drei Freunde, drei Liebende, die sie waren, Namen spielten keine Rolle, Orte spielten keine Rolle, es war unwichtig, was sie einmal getan hatten oder noch tun würden; hier lagen sie zusammen und ahnten etwas von den Räumen und Landschaften, die sie gemeinsam durchwandern könnten, von den Möglichkeiten eines Lebens jenseits der Berge Tromsøs.

Der Tag neigte sich, aber das Licht blieb klar und weit. Andere kamen ans Ufer, aus Tisnes und von den kleineren Höfen der Umgebung, man begrüßte einander. Dann war es Liv, die den Haufen in Brand setzte. Krachend fraßen sich die Flammen durchs Holz, es wurde selbst gebrautes Bier ausgeschenkt, Zigaretten wurden verteilt. Mit hitzeroten Gesichtern standen sie ums Feuer und lauschten dem Geknister, jemand begann, auf einem Akkordeon zu spielen, die Ersten fielen in die Melodie mit ein, schließlich sangen alle, Liv zwischen Paul und Peter, gegen die Schultern der beiden gelehnt. Geige und Trommel kamen dazu. Zuerst tanzte Liv mit Paul, dann mit Peter, dann tanzten sie zu dritt, wirbelten im Kreis, bis sich alles zu drehen begann. Peter sah in die erregten Gesichter seiner Freunde, sah sie so, wie er sie niemals zuvor gesehen hatte, sah sie als ein Versprechen darauf, dass das Leben zu etwas nütze war, nicht nur Arbeit, Schlaf und Essen, nicht nur Geburt und Tod, dazwischen konnte Wunderbares geschehen.

Später, der Feuerhaufen war zusammengesunken,

Funkenschwärme tanzten über der Glut, lagen sie in Decken gewickelt am Ufer. Sie hörten die Stimmen der anderen in der Nähe, immer wieder Gesang, Jubelrufe, Gelächter. Peter spürte eine allumfassende Erschöpfung, nie wieder würde er auch nur ein Glied regen, für immer würde er hier liegen und in den Himmel starren.

»Ich werde bald gehen«, sagte Paul.

»Was meinst du?«, Liv richtete sich auf.

»Ich gehe auf einen Walfänger und fahre ins Nordmeer.«

Auch Peter hob den Kopf, sah zu seinem Freund, der aufs Meer hinausblickte. Die kleinen Kutter reichen ihm nicht, dachte er, der Sund ist ihm zu eng, der Ausblick nicht weit genug.

»Willst du dir auch die Zehen abfrieren«, Liv schien nicht sonderlich beeindruckt.

»Ich will einfach nur weg von hier«, sagte Paul und sah erst sie und dann Peter an. »Es muss doch mehr geben als das hier, mehr als Tromsø, mehr als die Langeweile der Winternacht und die Trägheit des Sommers. Mir zieht sich alles zusammen, wenn ich daran denke, mein ganzes Leben hier verbringen zu müssen. Ganz eng wird mir, ich kriege kaum noch Luft.«

»Was ist so schlecht an Tromsø?«, Liv sah ihn herausfordernd an.

»Alles, alles ist schlecht. Ein Mann muss raus in die Welt, wenn er was werden will.«

»Ein Mann, sagst du«, Liv sah zu Peter. »Glaubst du auch, dass ein Mann hinausmuss, da hinaus ins Eismeer, um was zu werden. Willst du das auch?«

»Ich weiß nicht«, er fühlte sich plötzlich unwohl, der

Alkohol ließ seine Stimme schwammig klingen, die Hände fahrig werden. »Wir haben noch einige Wochen in der Kirche zu tun, ich glaube nicht, dass ich gehen will.«

»Vergiss doch diesen ganzen Mist«, fuhr Paul auf, »ist es das, was du deinen Kindern einmal erzählen willst, dass du die Bänke in der Kirche abgeschliffen hast? Da gibt es doch ganz andere Geschichten.«

»Die Männer gehen, und die Frauen bleiben zu Hause und warten«, Liv stand auf, trat vor ans Ufer. »Und was, wenn ich auch hinauswill, wenn es auch mir hier zu langweilig ist? Warum dürft nur ihr das tun?«, sie wandte sich zu den beiden um.

»Es ist eben so«, Paul zuckte mit den Schultern, »eine Frau gehört nicht in die Kälte, sondern in die warme Küche.«

Liv lachte hell auf, fast klang es wie Kreischen.

»Die Männer ziehen hinaus und erfrieren, und die Frauen halten die Welt am Laufen. Ist es nicht so?«, sie wartete kurz, dann brüllte sie: »Ist es nicht so?«

Um Mitternacht gingen sie schwimmen. Liv wollte sich nicht sagen lassen, was eine Frau zu tun habe und was nicht. Sie wateten ins Wasser, tauchten einmal unter, aber dann begannen sie zu frieren und kehrten zum Feuer zurück. Sie wickelten sich in die Decken und setzten sich an die Glut. Keiner von ihnen wollte schlafen.

Die Kälte brachte Peter wieder zu sich. Er verspürte nicht mehr die grenzenlose Weite der Landschaft, alles schnurrte zusammen, wurde gewöhnlich. Er würde weiterleben zwischen all den anderen Menschen in Tromsø, würde seinem Vater in die Werkstatt folgen, würde das tun, was von ihm verlangt wurde. Er sah zu Paul. Seine feuchten Haare standen ihm wirr vom Kopf, er sprach leise mit Liv. Auch Paul würde das tun, was von ihm erwartet wurde: Er würde weiterhin auf den Kuttern arbeiten, er würde sie zu beeindrucken versuchen, aber weiter als bis Vardø würde auch er nicht kommen.

Liv

Nächtelang liege ich wach, lausche dem Atem der Kinder, grüble nach, versuche, mir ein Leben an einem anderen Ort als Tromsø vorzustellen. Manchmal schrecke ich hoch und habe den Geruch von Fisch in der Nase, ich liege auf einem Bett aus kaltem Fisch, das alles muss in die Dosen, die Fische müssen ausgenommen und entgrätet werden, und dann müssen sie in die Dosen, damit die Männer auf den Schiffen genug zu essen haben, eingelegt mit Karotten und Silberzwiebeln, sauren Gurken und Sellerie. Und manchmal schwirren da vor mir die Namen durchs Dämmerlicht: Niels Askildsen, Johan Eggen, du musst dich wieder verheiraten, denk an die Kinder, an Thore, an Solveig, als ob nicht jeder Gedanke schon ihnen gälte, ihrem Wohl, denk an sie, und nimm dir einen Mann, es gibt doch genug, die eine Frau wie dich in ihr Haus aufnehmen würden. Mutter sieht mich an mit müden Augen, Vater legt die Hände auf den Tisch: Du kannst nicht für immer allein bleiben, Liv, wie willst du leben, wenn wir nicht mehr sind, wohin willst du gehen, Greta ist weit weg, du musst wieder heiraten. Mutter wagt sich immer seltener ins Haus, dann wird sie unruhig, geht umher, hinaus in den Garten, sie bringt mir Brot. Am Tisch sitzen sie mir gegenüber, wir wissen, dass es nicht einfach ist, sagen sie, aber Peter ist tot, sagen sie, du musst etwas unternehmen. Ich werde laut und ungerecht, warum sie mir nicht einfach einen neuen Seemann aussuchen, dann werfe ich den Namen Tessem weg und nehme einen neuen, sucht mir doch einen, was wisst ihr denn schon von meinen Schmerzen und meinen Träumen?

Ich schlafe ein und erwache, aber ich bin nicht wach. Ich höre es an der Tür pochen, stehe auf und schleiche durch den Flur, die Eltern schlafen. Draußen im anbrechenden Tag, fröstelnd, die blonden Haare wirr in der Stirn, stehst Du und schaust mich an. Was ist los, frage ich, und Du flüsterst, dass Du mir etwas sagen musst, nicht hier, und schon drängst Du Dich hinein, ich sage: die Eltern, aber Du gehst den Gang bis in mein Zimmer, als wärst Du schon oft diesen kurzen Weg gegangen. Ich werde weggehen, sagst Du, als ich leise die Tür schließe, und dann stehst Du da und schaust zu Boden, an die Wände schaust Du, aber mir nicht in die Augen. Was meinst Du, frage ich. Ich fahre auf der *Foka*, sagst Du, ich fahre nach Grönland zum Walfang. Du willst es also wirklich tun, sage ich. Da lächelst Du und sagst, dass Du gekommen bist, um Dich zu verabschieden. Ich sehe dich staunend an, Dein helles Haar, Deine wachen Augen. Du bist nicht Alexander von Humboldt, aber auch Du hast keine Angst vor der Ferne, Du musst mir schreiben, sage ich, ich will alles wissen, und Du nickst. Eine Weile stehen wir, und niemand von uns weiß, was er sagen soll. Dann ziehe ich mir das Hemd über den Kopf und beobachte, was Du wohl tun wirst. Ich bekomme eine Gänsehaut und setze mich aufs Bett, und ich frage Dich: Willst Du da ewig rumstehen und warten? Du ziehst Dich auch aus, und wir sitzen uns auf dem Bett gegenüber und sehen uns an, es ist das erste Mal, dass wir uns so sehen, es ist überhaupt das erste Mal, dass ich einen Mann so sehe. Ich habe noch nie, sage ich, und auch Du zitterst. Zuerst stellen wir uns kindisch an, aber dann geht es leichter, wir finden zueinander.

Später, als ich mich wasche, bist Du bereits weg, und ich weiß, wir sind keine Kinder mehr, etwas ist mit uns geschehen. Ich habe es Dir schon damals auf Kvaløya angesehen, wir tanzten ums Feuer, und alles schien riesig und doch so nah, und jetzt ist es klein und weit weg. Ich wäre Dir gern gefolgt, da hinaus.

Liv Tessem bin ich geworden und bin es bis heute. Selbst Greta sagte mir damals, sei vernünftig, Peter wird bei dir bleiben, während Paul – du wirst ihn nie zu fassen kriegen, aber Peter ist treu und liebt dich, was kann es Besseres für dich geben? Also war ich vernünftig, was hätte ich auch tun sollen mit dem Kind in mir, hinaus konnte ich nicht, meine Welt musste Tromsø bleiben. Du hast Dich um uns gesorgt, hast dieses Haus zu unserem gemacht, von allem hatten wir genug. Thore ähnelt euch beiden, von einem hat er die Augen, vom anderen den Mund. Ich war vernünftig, als ich den Namen Tessem annahm, ich wollte nicht warten auf Dich, was hätte es auch genutzt. Ständig hast Du neue Ausreden gesucht, immer lag da ein Schiff im Hafen, ein Dampfer, den Du Dir nicht entgehen lassen konntest. Manchmal kamst Du zu uns herauf, und wir saßen alle auf der Bank, und Du hast erzählt vom Brüllen des Eises und hast es ein Paradoxon genannt, etwas, das sich ganz gegen Deine Erwartung gerichtet hat, denn das Eis, so warst Du überzeugt, das Eis müsse still sein wie ein Grab. Einmal hast Du in der Küche Deine Hand auf meine gelegt und gesagt: Wann kommst Du mit mir? Aber ich werde nicht mitkommen, niemals werde ich mitkommen. Du hast die Hand weggezogen, und da wusste ich plötzlich, dass es nichts weiter ist als ein Wettstreit, wer ist schneller, wer schwimmt weiter. Aber ich bin nicht euer Drachenfels, ich bin nicht die Ziellinie, nicht irgendein Orden, ich tauge nicht zur Trauer und dazu, demütig die Hände in den Schoß zu legen und zu nicken. Es geht schon alles seinen Gang, es wird schon einer kommen und sich deiner annehmen, heirate wieder, suche dir einen. Mutter und Vater sitzen mir gegenüber. Ich bin die Letzte, die ihnen hier in Tromsø geblieben ist, eine, deren Namen sie ohne Scham aussprechen, treu und ergeben. Das Leben mit einem Seemann ist nicht einfach, sagen sie, aber du hast Verpflichtungen, wohin willst du, in die Hafenkneipe als Dirne und deine Kinder im Dreck, was willst du? Ich suche die Kinder, ziehe ihnen die Mäntel über, wir werden gehen, sage ich, wir werden jetzt gehen.

Mit den beiden bin ich am Strand, schaue über den Sund, während sie nach Angeschwemmtem suchen. Solveig bringt mir Hölzer, Steine, und einmal glaube ich, es ist ein Knochen dabei. Ich erschrecke und nehme ihn ihr aus der Hand. Sie sieht mich erstaunt an, und da begreife ich: Ich kann nicht hierbleiben in dieser Stadt, in einer Stadt, die aus Knochen erbaut wurde, eine Stadt, die am Ende der Welt in Licht und Dunkelheit verharrend liegt, hier kann ich nicht bleiben. Ich rufe die Kinder zu mir, nehme beide in den Arm und verspreche ihnen, dass sie es gut haben werden. Wir werden Tante Greta in Kristiania besuchen, sage ich ihnen, wir werden Tromsø bald verlassen.

73° 49′ N, 87° 23′ O

Es war der 25. August 1921, ein klarer Morgen, als die Gruppe den Hauptstrom der Pjassina erreichte. Schon vor zwei Tagen waren sie in sumpfiges Gebiet gekommen und mussten immer wieder Wasserläufe queren. Jakobsen und Konde hatten keine Schwierigkeiten gehabt, Enten und Gänse zu schießen, die in großer Zahl an den Tümpeln und Rinnsalen nisteten. Nur den Sommer über, von Juni bis Oktober, war der Fluss eisfrei und bot den Tieren ausreichend Nahrung und Platz. Oft brach die Sonne durch die Wolken und ließ die Männer zeitweise vergessen, wo sie sich befanden; in windgeschützten Senken blühten Thymian und Rittersporn, sie entledigten sich ihrer Overalls, schoben die Pulloverärmel hoch, und am Abend hatte jeder von ihnen Sonnenbrand. Doch schon in der Nacht frischte der Wind aus Norden wieder kräftig auf und trieb am Morgen Schneeflocken über die Ebene. Der kurze arktische Sommer ging zu Ende.

Konde war vorausgefahren und winkte, aufrecht auf dem Schlitten stehend, den anderen zu. Begitschew erreichte ihn als Erster, dann Karlsen und Jakobsen. Vor ihnen strömte träge die Pjassina, im Wasser schimmerten Sandbänke, am anderen Ufer stiegen Wasservögel auf. Konde deutete westwärts.

»Rauch«, sagte er.

Die schmale Säule war gut zu erkennen, schweigend blickten sie hinüber. Begitschew strich sich die Mütze vom Kopf.

»Sind das deine Leute?«, fragte er Konde.

»Warum sollten wir so ein nutzloses Feuer machen? Nein, sicher sind es Menschen aus dem Süden.«

Sie sahen einander an. Karlsen wollte etwas sagen, aber dann öffnete er nur den Mund und atmete langsam aus.

»Wir setzen über und suchen nach der Ursache des Feuers«, sagte Begitschew.

»Und wenn sie es sind«, sagte Karlsen leise, »da drüben, Tessem und Knutsen?«

»Kaum möglich«, sagte Begitschew.

Karlsen fuhr sich übers Gesicht.

»Aber wenn sie's nun doch sind«, er sprach zu niemandem, schien vielmehr im Selbstgespräch zu verharren. »Wenn sie sich dort drüben eine Hütte errichtet haben, vor dem Wind geschützt, nah am Fluss, sie haben Fisch und Vögel im Überfluss, es gibt Treibholz. Sie wollen vielleicht gar nicht mehr zurück. Ihnen liegt nichts dran, gefunden zu werden. Sie werden sich verleugnen. Tessem und Knutsen? Nie gehört. Sie meiden die Menschen und unsere Welt mit dem lauten Geschrei und dem Dröhnen der Kanonen.«

»Mensch, Karlsen«, sagte Begitschew. »Das klingt ja wie aus einem Roman. Schreiben Sie drüber, wenn Sie wieder zu Hause sind.«

Karlsen lächelte schmal.

»Wir errichten ein zweites Kreuz und lassen sie in Ruhe«, sagte er.

»Märchen können wir uns auch noch in Dikson erzählen«, Konde sprang vom Schlitten. »Jetzt müssen wir erst mal auf die andere Seite.«

Begitschew hatte die Pjassina schon mehrfach überquert und führte die Gruppe flussaufwärts zu einer breiten, aber flachen Stelle. Auf dem Hinweg nach Kap Vilda hatten sie den Fluss weiter südlich mit Booten durchfahren; ein Cousin Kondes hatte mit einer kleinen Jagdgruppe an der Mündung der Pura gelagert und ihnen geholfen; diesmal würden sie es alleine schaffen müssen. Das Wasser würde ihnen zwar bis zur Brust reichen, sagte Begitschew, aber die Strömung sei hier nicht stark, außerdem gebe es Sandbänke.

Sie begannen, das Gepäck gleichmäßig auf den Schlitten zu verteilen, die breit genug waren, um zu schwimmen. Sie führten die Tiere zusammen, sicherten das Gepäck mit Seilen, zogen die Overalls aus. Begitschew verteilte seine letzten Reste Tabak. Keiner wollte freiwillig ins Wasser, doch am Ende blieb ihnen nichts anderes übrig. Gegen Mittag begannen sie mit der Durchquerung der Pjassina.

Bis zur Flussmitte kamen sie ohne Zwischenfall, prustend, auf die Tiere einredend, die Schlitten stützend; eine Sandbank gewährte ihnen eine kurze Pause, aber sie froren zu sehr, mussten weiter. Karlsen drückte die Zähne aufeinander; Jakobsens Hände begannen, im Wasser taub zu werden. Dann wurden die Tiere unruhig, eines der Rene geriet kurzzeitig ganz unter Wasser, es schlug heftig aus, riss ein weiteres Tier mit; ihre Geschirre verhedderten sich. Konde hangelte sich an den Riemen zu den Renen, trennte sie mit dem Messer, doch weitere gerieten in Panik; der Fluss brodelte dort, wo die Tiere immer wieder untertauchten und an die Oberfläche stießen.

»Wir müssen sie losbekommen!«, brüllte Begitschew.

Karlsen griff nach seinem Jagdmesser und arbeitete sich zu Konde vor, zerrte an den Riemen und bekam die Verknotung gelöst, sodass die Tiere mehr Spiel bekamen und die Köpfe über Wasser halten konnten. Er packte das Geschirr des vordersten Rens und fragte sich, wer hier eigentlich wen am Leben hielt. Er spürte seine Beine schwer werden. Konde zerrte und zog die befreiten Rene von den anderen weg, sprach auf sie ein, machte Zeichen zu Begitschew, dass sie weitergehen sollten. Karlsen half jetzt wieder Jakobsen bei der Stabilisierung der Schlitten; würde einer von ihnen umkippen, ginge ein Großteil der Ausrüstung verloren, und sie würden in eine ähnlich bedrohliche Lage geraten wie Tessem und Knutsen.

Triefend und keuchend schleppten Mensch und Tier sich schließlich ans Ufer. Konde kam eine viertel Werst weiter nördlich an. Begitschew eilte zu ihm. Zwei Rene hatte er retten können, eins war im Fluss ertrunken, ein zweites kurz vor dem Ufer zusammengebrochen, er hatte es losschneiden müssen, die Strömung hatte es in Richtung Karasee mitgenommen.

Schweigend standen sie einander gegenüber. Begitschew legte dem jungen Nganasanen eine Hand auf die Schulter.

»Gut gemacht«, sagte er. »Jetzt sollten wir schleunigst trocken werden.«

Sie errichteten einen Holzstoß und entfachten mithilfe von Kerosin ein Feuer. Dampfend und schlotternd standen die vier um die Flammen und versuchten, von allen Seiten genügend Wärme abzubekommen. Der Wind wurde stärker und ließ die Flammen tanzen.

»Da braut sich was zusammen«, prophezeite Begitschew mit einem Blick zum Himmel. Von Norden zogen schwere Wolken heran; ein stumpfes Licht lag über dem Fluss. Sie hatten Mühe, die Zelte schnell genug zu errichten, entschieden sich schließlich, nur eins aufzubauen, zwängten sich gemeinsam hinein und krochen in die Schlafsäcke. Der Sturm zog rasch auf und tobte um sie, der Regen ging in Schnee über, und bald umgab sie nur noch Weiß.

Die Überquerung des Flusses und der heftige Wetterumschwung hatten allen sichtbar zugesetzt. Frierend kauerten sie um den Primus und versuchten, das Geheul von draußen zu ignorieren.

»Wir sollten nach Süden gehen«, schlug Konde vor, »dort sind meine Leute. Eine Woche, dann sind wir bei ihnen. Dann haben wir zu essen, Wodka, Tabak.«

Begitschew sah ihn an, sah zu Jakobsen, zu Karlsen. Fast zweitausend Werst waren sie gereist, und auch ihm erschien die Aussicht auf einen Unterschlupf bei den Nganasanen verlockend. Schlafen und warme Suppe löffeln, dann wieder schlafen. Mit nackten Füßen über Holz gehen. Ein Bad nehmen.

»Was sollen wir im Süden?«, kam es von Karlsen.

»Wir müssen nach Dikson, das ist der kürzeste Weg für uns.«

»Und von dort sind es noch mal vier Wochen bis Dudinka«, Konde schüttelte sich. »Am Fluss haben wir es bequemer, es gibt Fisch. Muzha ist noch unten an der Pura und wird uns helfen.«

»Nein, wir müssen nach Dikson«, beharrte Karlsen.

»Glaubst du denn wirklich, noch etwas zu finden?«, Konde sah ihn an.

»Wir haben alle die Rauchsäule gesehen«, beharrte Karlsen. »Irgendjemand ist dort, und ich will wissen, wer.«

»Und am Ende sind wir es, die sich in Luft auflösen«, erwiderte Konde.

»Würdest du deine Leute hier draußen zurücklassen?« Karlsen, die Knie mit den Armen umschlungen, sprach ins eisige Heulen, ohne einen der anderen anzusehen. »Auch wenn da nur noch Knochen sind, würdest du nicht alles versuchen, sie zu finden und mit Würde zu begraben? Wir reden hier nicht von einem Schiff oder von Konserven. Tessem und Knutsen waren Menschen wie wir, sie haben Familien, die auf sie warten, sie hatten etwas vor mit ihrem Leben. So sollte es jedenfalls nicht zu Ende gehen.«

»Wenn die Zeit gekommen ist, wird es sinnlos, sich dagegenzustemmen«, sagte Konde. »Wenn die Zeit gekommen ist, kannst du nichts mehr tun. Sie sind jetzt Geister. Wenn du sie sehen willst, müssen wir nach Süden, dorthin, wo Bäume sind. Dort leben sie jetzt.«

Der Sturm fuhr heftig ins Zelt und ließ die Männer verstummen.

»Unser Ziel bleibt Dikson«, sagte Begitschew ruhig und in einem Ton, der keine Widerworte zuließ. »Von dort gehen Schiffe nach Murmansk und Dudinka.« Er versuchte, die Glieder auszuschütteln, sein rechter Fuß war eingeschlafen; er wusste, was das tatenlose Herumsitzen in einem Schneesturm in einem unruhigen Geist anrichten konnte. Schatten zogen herauf, Ahnungen begannen zu wuchern.

Kapitän Jakobsen sah auf seine geschwollenen Finger, dann hob er den Blick.

»Wir haben doch alles getan«, sagte er leise, »wir haben einen der beiden begraben. Mehr können wir nicht erreichen.«

Niemand sagte mehr etwas. Aber allen war klar, dass Jakobsen recht hatte. In den letzten beiden Wochen waren sie nicht auf die kleinste Spur gestoßen, und selbst Karlsens Zuversicht war mehr und mehr zu Niedergeschlagenheit geworden. Die Aussicht, noch irgendeinen Hinweis zu finden, stand schlecht, und selbst für den Fall, dass Tessem oder Knutsen hier irgendwo eine Spur hinterlassen hatten, würde der Sturm sie auslöschen.

Erneut fuhr eine Böe ins Zelt, Schnee wirbelte herein und ließ einen Schauer über die Männer niedergehen. Erst in den frühen Morgenstunden ließ das Toben nach.

Am folgenden Tag lag alles unter dichtem Weiß. Sie arbeiteten sich durch die Verwehungen der verschneiten Ebene in der Hoffnung, die Stelle zu finden, von wo aus der Rauch aufgestiegen war. Konde vermutete den Ort an einem der Flussausläufe. Die Rene fühlten sich mit der veränderten Witterung sichtlich wohl, die Temperatur war auf minus fünf Grad Celsius gefallen, der Himmel hatte aufgeklart. Begitschew, den Riemen fest in der Hand, ging seinem Schlitten voran, Konde fuhr versetzt zu ihm, es folgten die anderen beiden. Plötzlich pfiff der Nganasane. Sie waren über eine Kuppe gekommen und sahen auf einen sich dunkel dahinschlängelnden Nebenarm der Pjassina. Dort unten am Ufer lag eine Hütte. Schwacher Rauch stieg aus einem Kamin.

»Deine Leute«, sagte Konde zu Begitschew gewandt.

Wahrscheinlich waren es Trapper, die den Sommer über Eisfüchse und Hermeline jagten.

»Dann lasst mich vorangehen«, Begitschew sprang vom Schlitten. »Gut möglich, dass sie uns für Diebe halten.«

Langsam marschierten sie in die Senke hinunter. Auf halber Strecke blieb Begitschew stehen, legte beide Hände um den Mund und rief: »Genossen! Brüder!«

Nichts regte sich. Er gab den anderen einen Wink, und sie stapften weiter, langsam, die Hütte im Auge behaltend. Wieder blieb Begitschew stehen. Aus dem Schnee ragten Überreste von Fässern, die Trümmer eines Schlittens, geborstene Balken, die rostige Spange einer Truhe.

»Genossen!«, rief er erneut.

Da bewegte sich die Tür, wurde langsam nach innen gezogen. Im Spalt erschien ein in Pelz gehüllter Kopf, das Gesicht war nicht zu erkennen.

»Ich bin Nikifor Begitschew. Wir sind auf der Suche nach zwei Norwegern, Peter Tessem und Paul Knutsen. Unsere Expedition ist vom Komitee der Nordseeroute autorisiert.« Es kam ein heiseres Husten als Antwort. »Wir sind vom Sturm überrascht worden.«

Wieder war nur ein Husten zu hören. Die Tür öffnete sich jetzt vollständig, und zwei Gestalten traten heraus, eine gedrungen, die andere größer und im langen Mantel, darüber ein Gesicht mit mächtigem Bart.

»Nur heran mit euch, immer heran!«, rief der Mann. »Aleksey ist misstrauisch gegenüber allem, selbst Vögeln. Kommt her, kommt nur her, dieses Gebrüll ist ja kaum zu ertragen.«

Die vier Männer näherten sich langsam. Der Bärtige ging die letzten Schritte auf Begitschew zu und reichte ihm die Hand.

»Willkommen! Der Kleine hier ist Aleksey, ich bin Fjodor. Ihr seht furchtbar aus. Eine Expedition, sagt ihr?«

»Wir kommen von Kap Vilda«, sagte Begitschew.

»Grundgütiger. Ganz ausm Osten?«

Begitschew nickte.

»Wie auch immer, jetzt erst mal rein mit euch.«

In der Hütte war es eng, aber leidlich warm. Es gab einen Tisch, eine Feuerstelle und an der Längsseite zwei Pritschen. Licht fiel nur durch eine Luke in der Wand; überall waren Konserven gestapelt, lagerte Brennholz, häuften sich Klamotten; es roch nach altem Fett, menschlichen Ausdünstungen und Holzkohle. Sie mussten die Köpfe einziehen, denn die Decke war mit Fellen verhängt, und zwängten sich um den Tisch. Fjodor schaffte weitere Schemel heran, trat schimpfend nach seinem Kompagnon und holte eine Wodkaflasche und Gläser aus einer Ecke.

»Aus dem Osten kommt ihr also?«, fragte er und schenkte ein. »Und wen genau sucht ihr?«

»Zwei unserer Landsleute, Norweger«, ergriff jetzt Karlsen das Wort. »Vor drei Jahren sind sie mit Amundsen auf der Nordostpassage gefahren und wurden dann von Kap Tscheljuskin zurück nach Dikson geschickt. Seitdem hat man nichts von ihnen gehört.«

Der Lange runzelte die Stirn. »Tja, ich würd sagen: Glück, dass ihr uns gefunden habt! Auf euch Norweger!«

Sie tranken.

»Und wir hielten euch zuerst für Deserteure oder Banditen«, sagte er dann und wischte sich über den Mund, »in diesen Zeiten kann man nicht vorsichtig genug sein. Aleksey und ich, wir sind nur Jäger, uns interessieren Füchse und Hermeline. Lenin, der Zar, Amundsen, damit haben wir nichts am Hut.«

»Aber vielleicht ist euch etwas aufgefallen«, sagte Begitschew und sah zu Jakobsen und Karlsen, die stumm ihre Gläser leerten und jetzt mit hochgezogenen Schultern dasaßen. »Vielleicht habt ihr irgendetwas gesehen?«

»Wir?«, der Lange wandte sich zu seinem Gefährten um. »He, Aleksey, hast du hier vielleicht zwei Norweger rumstreunen sehen? Müssen wichtige Leute sein, die beiden, wenn man nach ihnen sucht.«

Der andere war im Dunkel neben der Tür nicht zu sehen, nur ein helles Pfeifen war zu vernehmen.

»Aleksey hat auch keine Ahnung, von wem du da redest«, sagte der Lange und zuckte demonstrativ mit den Schultern. »Wir kriegen hier für gewöhnlich nur Füchse und Gänse zu sehen, alles ist voller Gänse, müsst ihr wissen. Aber vor gut 'ner Woche sind wir auf einige dieser Leute hier gestoßen, wie der da«, er zeigte auf Konde.

»Wir haben ihnen für 'n paar Nadeln und Garn Fleisch abgekauft und Felle. Hübsche Weiber dabei. Sonst aber sind wir immer allein. Übler Sturm letzte Nacht, will ich meinen. Nein, nein, wir haben sonst keine Menschenseele gesehen.«

Er leerte sein Glas, stand auf und begann, in einer Ecke herumzuwühlen, murmelte etwas dabei. Dann breitete er zwei weiße Felle auf dem Tisch aus.

»Fühlt mal«, sagte er. »Allerfeinste Qualität, dicht und widerstandsfähig. Wird sicher bald 'ne Dame in Sankt Petersburg oder Moskau um die Schultern tragen.«

Keiner berührte die Felle.

»Ich würde drauf tippen, dass eure Norweger längst tot sind«, sagte er weiter und raffte die Felle wieder zusammen. »Und selbst wenn sie hier waren, jetzt sind sie's nicht mehr. Jeder mit nur ein wenig Verstand verlässt diese Gegend frühzeitig Richtung Süden.«

»Wäre auch ein großer Zufall gewesen«, murmelte Karlsen.

»Wen interessieren Tote?« Der Lange stellte ein Glas saure Gurken auf den Tisch, angelte sich eine heraus und biss hinein. »Wird Zeit, dass auch wir diese Hütte verlassen. Und ihr solltet das Gleiche tun. Kommt mit uns, wir haben Vorräte, dann können wir uns gemeinsam den Fluss hinaufarbeiten, was meint …?«

»Nein, wir müssen weiter nach Dikson«, fiel ihm Begitschew ins Wort.

»Aber bleibt zumindest heut Nacht, wenn ihr schon da seid.«

Sie bereiteten Renfleisch zu, dazu gab es Kaffee und eingelegte Gurken. Der Lange schwärmte vom Geschmack von Schokolade, Konde pflichtete ihm bei, während Jakobsen sich auf die Rosinenbrötchen seiner Heimat freute, so wie seine Großmutter sie zubereitet hatte. Der Gedrungene wuselte unterdessen unentwegt in den dunklen Winkeln der Hütte herum, ging hinaus, erschien kurz darauf mit etwas Räucherfisch, lächelte zahnlos, sprach aber nicht ein Wort.

Später waren die Zelte vor der Hütte schnell errichtet, sie schafften Holz heran und machten ein Feuer. Die beiden Trapper verschwanden in ihrer Behausung.

»Was ist von denen zu halten?«, fragte Karlsen leise.

»Idioten«, sagte Konde.

»Die beiden lügen, was ihre Absichten angeht«, sagte Begitschew, »sie sind nicht auf Felle aus, sondern auf Gold.«

»Gold?«, Jakobsen zog die Schultern hoch.

»Immer wieder gibt es Gerüchte, die Flüsse seien voll davon«, sagte Begitschew. »Kondes Leute haben hier und da kleine Stücke gefunden, was die Neugier weiter anheizt. Wenn die Gerüchte zunehmen, wird es in dieser Gegend bald von Leuten wie denen nur so wimmeln.«

»Könnten sie …«, Karlsen stockte, sah in die Flammen. »Könnten sie Tessem oder Knutsen gesehen und umgebracht haben? Ein einzelner, geschwächter Mann, vielleicht mussten sie ihn noch nicht mal töten, nur warten, um ihm seine Sachen abzunehmen, und dann haben sie ihn verscharrt.«

Begitschew schüttelte den Kopf.

»Die beiden sind einfältig, aber keine Mörder«, sagte er. »Trotzdem sollten wir heute Nacht aufmerksam sein. Ich übernehme die erste Wache. Und morgen sehen wir zu, dass wir schnell wegkommen.«

Mitten in der Nacht wurde Karlsen von Konde zur Wachablösung geweckt. Schweigend reichte der ihm das Gewehr und kroch in seinen Schlafsack. Karlsen hängte sich die Waffe um, fachte draußen das Feuer an und sah gähnend zur Hütte. Was, wenn sie einen seiner Landsleute nun doch erschlagen hatten? Wieso war sich Begitschew so sicher, dass die Trapper es nicht getan hatten? Wollte er sie nur schützen, oder drängte es ihn zurück an den Kamin? Hatte er die Suche längst aufgegeben?

Er ging ein paar Schritte auf die Hütte zu und horchte. Kein Laut war zu hören. Er ging weiter, schob vorsichtig die Tür auf und wartete, bis sich seine Augen an die Dunkelheit gewöhnt hatten. Er konnte einen der beiden schnarchen hören. Karlsen machte vorsichtige Schritte, trotzdem knarrte eine Diele unter seinem Stiefel. Er sah sich um, hob ein Fell an, eine Kiste mit Werkzeug, Tierknochen, Federn, leere Flaschen. Jetzt hustete der Lange im Schlaf. Karlsen blieb eine Weile regungslos stehen. Dann ertastete er etwas Festes und zog es vorsichtig unter einer Decke hervor. Es war eine alte Lederbörse, darin einige Rubel und zwei norwegische Münzen. Karlsen hielt die Luft an. In einer Pritsche regte sich etwas. Mit zitternden Fingern suchte er weiter, stieß auf eine Visitenkarte. Als er den Namen sah, entfuhr ihm ein Seufzer: *Roald Amundsen.* Er drehte den Karton, las: *Sehr geehrter herr, bitte helfen Sie herrn P. L. Tessem, telegramme zu senden und seine reise ...* Weiter kam er nicht, denn plötzlich warf sich etwas gegen ihn, und er stürzte zu Boden; Hände fuhren über sein Gesicht, legten sich über Mund und Nase, schwer drückte ihm das Gewicht eines Körpers auf die Brust. Karlsen stöhnte, versuchte sich freizustrampeln. Über sich ein Keuchen. »Dieb! Dieb!«, konnte er vernehmen. Es war der Kleine, Aleksey, Karlsen sah jetzt direkt in sein Gesicht. Ihm gelang eine schnelle Drehung, er wälzte den Körper von sich und kam auf die Beine; schnell fasste er nach dem Gewehr und richtete den Lauf auf seinen Gegner.

»Woher habt ihr das?«, er schrie es laut heraus und hob die Hand mit der Börse, die er nicht losgelassen hatte. »Wie kommt ihr dazu?«

Der andere starrte ihn an. Auch der Lange war aufgesprungen und stand jetzt schlaftrunken neben seinem Gefährten.

»Begitschew! Jakobsen! Konde!«, brüllte Karlsen. »Schnell, kommt her!«

Die beiden Trapper hockten am Tisch, Begitschew und Jakobsen saßen ihnen gegenüber. Konde sicherte die Tür, und Karlsen hatte weiter das Gewehr im Anschlag. Begitschew hielt die Lederbörse in der Hand.

Der Lange sprach stockend. »Wir haben's ... haben's gefunden ... weiter westlich an der Zeledeyewa ... vor ... etwa zwei Monaten.«

»Verdammter Lügner«, fuhr Karlsen ihn an. »Ihr habt Tessem den Schädel eingeschlagen und ihn ausgeraubt.«

»Nein, es war niemand da ... nur dieses Ding da«, versuchte sich der Lange zu verteidigen. »Immer wieder werden Sachen angeschwemmt, manchmal auch die Toten selbst.«

»An der Zeledeyewa, sagst du«, Begitschew lehnte sich nach vorn.

»Genau da ... wir waren ... wir wollten ...«

»Das interessiert uns nicht«, fuhr Begitschew dazwischen. »Ich bin als Bevollmächtigter des Staates unterwegs und könnte euch auf der Stelle wegen Raubes erschießen lassen.«

»Aber wir haben ... wir haben nicht geraubt«, der Lange zitterte vor Angst. »Wir haben nur ... Aleksey hat dieses Ding da ... er hat's gefunden ... ich hab ihm gesagt, tu's weg, aber er ...«

Begitschew erhob sich. Gemeinsam mit Karlsen durchsuchte er die Hütte nach weiteren Fundstücken, während die Trapper ihnen mit gesenktem Kopf zusahen. Es fand sich nichts Weiteres von Bedeutung.

»Wir brechen sofort auf«, sagte Begitschew. »Ich denke, Fjodor sagt die Wahrheit. Sie haben die Börse gefunden. In zwei Tagen können wir an der Zeledeyewa sein.«

–31 grad celsius, wind aus no. jeden tag wieder et-
was mehr licht! *alle bleich & missmutig. die tägliche*
routine hält uns bei verstand, wir nähen, flicken &
lesen. Tønnesen & Sundbeck tischen jeden sonntag
ein festmahl auf. danach schlittern wir auf Olon-
kins eisbahn, lassen die hunde herumtollen. wie
kinder bestaunen wir das schwache scheinen über
dem horizont, dann wird uns wieder klar, wo
wir sind.

heute zwei robben geschossen.

war draußen mit Peter. er schoss ~~zweimal~~ vorbei,
dann schoss ich. er zittert. augen in tiefen höhlen.
sind es die gedanken an zu hause oder die dunkel-
heit? ich hätte es ihm wohl ausreden sollen. hätte
nie von Amundsen sprechen dürfen. Peter gehört
nicht hierher, er ist ~~ein anderer~~   nicht wie ich.
er kommt mir ~~seltsam~~ fremd vor. ich ertappe mich
dabei, dass ich ihm aus dem weg gehe. dann wie-
der, am abend, wenn wir alle in der messe beisam-
mensitzen, bin ich froh, dass er auch da ist. ein
stück Tromsø. momente, an die ich mich gern erin-
nere, wir drei, Liv, ich.

~~von liv geträumt. wir waren auf der Maud, nie-~~
~~mand sonst hier. wir mitten im eis. ich sagte zu ihr,~~
~~siehst du, jetzt sind wir allein, so wie wir es wollten.~~
und drüben am horizont wird es schon heller. dann
erwacht. keine träume mehr, schnell den tag be-
ginnen lassen, kaffee. dann aufs eis zur jagd, Peter
hinter mir. frage ihn nach kopfschmerzen. er ver-
neint. ich glaube ihm nicht.

Amundsen plant eine expedition ins landesinnere.
wenn die Maud *sich nicht bewegt, müssen wir für*
bewegung sorgen. will laufen. meilenweit laufen.
auf dem schiff ist es so eng & muffig, wenigstens ist
es leidlich warm.

Paul Knutsen, 16. Februar 1919

Jamen
An der Pjassina, 1919

Benommen und mit einem metallischen Geschmack auf der Zunge taumelt Peter hinter Paul aus dem Zelt hinaus in die Dunkelheit. Es fällt ihm schwer, sich auf den Beinen zu halten, Paul stützt ihn. Da vor ihnen stehen sie wie Schatten, gedrungene Gestalten in dichten Fellmänteln, die Kapuzen tief in die Gesichter gezogen. Sie stehen reglos da. Er weiß, dass er nicht träumt, es ist stärker, realer, er zittert am ganzen Körper.

»Was ist passiert?«, seine Stimme ist rau, als hätte er wochenlang nicht gesprochen.

»Du hattest einen Anfall«, flüstert Paul.

Er fährt sich mit der Zunge über die Zähne. »Einen Anfall, sagst du?«

»Du hast gezittert und dich herumgeworfen.«

Ihm ist übel. Er spürt, dass er sich in die Unterhose gepisst hat. »Wer sind die?«

Es sind drei Gestalten, die jede ihrer Bewegungen genau beobachten, aber kein Wort sagen.

»Weiß nicht genau. Nganasanen wahrscheinlich, Nomaden. Sie sind mir bis zum Zelt gefolgt.«

»Wollen sie uns töten?«

»Wir müssen ihnen etwas geben«, sagt Paul. »Damit sie begreifen, dass wir ihre Freunde sind.«

»Ich habe nichts.«

»Warte hier. Sie dürfen nicht weggehen.«

Paul dreht sich um und kriecht ins Zelt. Wankend steht Peter den dreien gegenüber, er zittert, kann nichts dagegen tun; er beißt sich auf die Unterlippe, presst die Hände ineinander. Wir haben einen Hund verloren, denkt er, ich musste ihn erschießen, denn er war verrückt geworden, seit Wochen marschieren wir, Paul und ich (Monate schon, Jahre, seid ihr es, die aus dem Licht kommen, seid ihr es?). Er kann ihre Gesichter nicht erkennen, sie bleiben unter den Kapuzen verborgen. Wenn sie jetzt auf ihn losgehen, wird er es geschehen lassen, wird weder schreien noch den Arm heben, wird einfach in den Schnee sinken, tiefer und tiefer.

Paul kommt zurück mit kleinen Dingen, die er den Fremden hinhält, ein Taschenmesser, ein paar Knöpfe, Garn, eine von Amundsens Visitenkarten.

»Wir sind Paul Knutsen und Peter Tessem«, sagt er. »Wir sind Norweger. Wir waren auf einem Schiff, der *Maud*, zusammen mit Amundsen. Jetzt müssen wir zurück nach Norwegen. Hier sind Geschenke für euch, nehmt sie, nehmt.«

Er wiederholt den Satz auf Englisch, zuletzt versucht er es auf Russisch.

Die Gestalten blicken einander an, einer beugt sich zu dem in der Mitte und spricht leise mit ihm, alle nicken.

»Für euch«, sagt Paul noch einmal. »Nehmt es.«

Der aus der Mitte tritt auf sie zu und bleibt vor ihnen

stehen. Er schiebt sich die Kapuze aus der Stirn, und Peter blickt in die schmalen Augen eines Mannes, dessen Alter er unmöglich schätzen kann. Der Mann betrachtet die Gegenstände, greift schließlich nach dem Messer.

»Ein Geschenk«, sagt Paul. Er reicht ihm auch die Visitenkarte. »Amundsen, unser Kapitän.«

Der Mann beäugt die Karte, dreht sie und steckt sie dann ohne jede Regung ein. Das Messer behält er in der Hand, klappt vorsichtig die Klinge aus und fängt an zu kichern. Es wird zu einem hellen Lachen, das seinen Körper erfasst und beben lässt. Er wendet sich um, zeigt den anderen das Messer, und auch sie lachen jetzt. Paul lacht mit, und dann auch Peter, und so stehen sie sich einige Augenblicke gegenüber und lachen, während es leicht zu schneien beginnt.

»Putziges Ding«, sagt der Mann in fließendem Russisch und steckt das Taschenmesser ein. »Ich bin Tu-Tubiaku. Was tut ihr hier, warum seid ihr nicht auf dem Schiff?«

»Man hat uns nach Dikson geschickt«, antwortet Paul.

»Dikson«, wiederholt der Mann. »So spät im Jahr?«

»Es ist dringend.«

»Eure Hunde sehen aus wie Kaninchen«, Tubiaku wendet sich zu seinen Begleitern, »die schaffen es keine Werst weit mehr. Und der da«, er deutet auf Peter, »der ist krank. Hotarie hat mir von euch erzählt, zwei Geister streifen da draußen umher, halb lebendig, halb tot. Wir haben Ausschau gehalten nach euch, das Schicksal meint es gut. Kommt mit.«

Sie brechen ihr Lager ab und folgen den Männern durch die Dunkelheit. Peter hockt auf dem Schlitten, noch immer benommen, und er fragt sich, ob die Gestalten da vor ihm wirklich existieren. Wie aus dem Nichts tauchen bald darauf Zelte auf, und Tubiaku führt sie in das größte. Die Luft im Innern ist verraucht, es ist gedrungen, eng. In der Mitte glühen Reste eines Feuers, rings an den Wänden sind Felle ausgebreitet, der Boden ist zum Teil mit Brettern ausgelegt, es gibt einen niedrigen Tisch, allerlei Töpfe. Als Peter hinter Paul das Zelt betritt, weichen zwei Kinder zurück, eine Frau sieht auf, ohne etwas zu sagen, geht dann weiter ihrer Arbeit nach. Sie setzen sich, winden sich aus ihren Overalls und greifen mit klammen Fingern nach den Tassen, die man ihnen reicht; es sind Porzellantassen mit Blütenornamenten, ein irritierender Anblick. Es gibt Schwarztee. Tubiaku reicht jedem einen Zuckerwürfel, schiebt sich seinen in den Mund und schlürft den Tee dazu. Die Süße ist wie ein Schmerz. Peter kann die Tasse kaum halten, er verschüttet etwas, entschuldigt sich; Tränen steigen ihm in die Augen, er weiß nicht, weshalb.

»Wir haben von einem Amundsen gehört«, sagt Tubiaku, »wir wollten zu ihm, um Felle gegen Mehl, Tee und Zucker zu tauschen. Aber wir haben das Schiff nicht gefunden.«

»Es liegt oben bei Kap Tscheljuskin«, sagt Paul.

»Das ist weit, am Ende der Welt.«

»Ja, am Ende«, murmelt Peter.

»Ihr habt Glück«, sagt Tubiaku, »in ein paar Tagen brechen wir auf in den Süden.«

Peter sitzt da und hält die Tasse mit beiden Händen

fest. Es ist warm, die Luft schwer von fremden Aromen, den Gerüchen nach Körpern, nach Hunden.

Tubiaku verteilt Zigaretten. Er fragt, ob sie Wodka haben. Paul schüttelt den Kopf, zieht Amundsens Flasche mit dem Akevitt-Rest aus seinem Rucksack und reicht sie ihm. Vorsicht, sagt er, als der Nganasane die Flasche an die Lippen führt, er solle besser kleine Schlucke nehmen, kleine, Paul unterstreicht es mit Daumen und Zeigefinger. Tubiaku nickt, trinkt und hustet, dann will er wissen, warum sich die Menschen in letzter Zeit so seltsam verhielten, handelsfaul seien sie, mit anderen Dingen beschäftigt, einem Krieg, Rote gegen Weiße, ob sie mehr davon wüssten.

Paul schüttelt den Kopf.

»Krieg ist schlecht für uns«, sagt Tubiaku. »Einige meiner Leute halten ihn für gut, sie sagen, so würde man uns wieder vergessen. Aber ich bin dagegen. In was für einer Welt leben wir? Ich sage zu ihnen, wollt ihr keinen Tabak, wollt ihr weiter mit Messern und Speeren jagen, wo Gewehre euch mit einem Mal fünf oder sechs Rene vor die Füße legen? Was habt ihr davon, weiterzuleben wie die Ahnen? Ich will nach vorn schauen und die Welt nicht vorbeiziehen lassen.«

Es gibt Renfleisch, das in einem Kessel über dem Feuer gart. Der Gastgeber nimmt sich als Erster ein Stück, beißt hinein und behält es zwischen den Zähnen, schneidet mit dem Messer dicht unter der Nasenspitze einen Streifen ab, lässt den Rest wieder in den Topf gleiten. So geht es reihum. Aus einer Schöpfkelle schlürfen die Kinder die Brühe. Peter schlingt ein, zwei Bissen hinunter. Die Kinder kichern leise.

Man legt Peter nach hinten auf ein Lager. Nadezhda, Tubiakus Frau, schafft Felle herbei, man zieht ihm die Hosen aus, den Pullover. Er lässt es geschehen (wir kommen aus der Dunkelheit, aus einem Land, das auf Knochen errichtet ist, habt ihr davon gehört, kennt ihr unsere Namen?).

Er sieht Schatten, hört Stimmen. Er will sich aufrichten, wird jedoch wieder auf die Felle gedrückt. Er sei jetzt in Sicherheit. Schlaf, du musst schlafen!

Tubiaku, seine Idole um sich ausgebreitet, schwenkt den Stab mit der Glocke, verhüllt sein Gesicht hinter den Zotteln seiner Kopfbedeckung. Er singt:

>»Mein Name ist der Wasseradler.
>Die Bewohner von sieben Ländern, die in der Stadt
>leben,
>ziehen das Wasser vom Sommerplatz.
>Sie werden mit kaltem Wasser erzogen.
>Der Tag, der von mir verhüllt ist,
>wird von Hotarie, dem Wassersturm,
>dem Meister des Wasserweges, geöffnet werden.«

Die Glocke rasselt, helles Trommelschlagen, die Stimme ist nur ein Geräusch, dann wieder Worte:

>»Am Anfang dachte ich zu sagen:
>am Mittsommer-Gott-Tag
>für den Birkenanbau geeignet,
>für den Rispenanbau geeignet,
>für gehörnte wilde Rentiere geeignet,

als mein Laub gerissen wurde,
am Tag, als ich eintrat, kamen meine Gäste
                              aus der Ferne.
Wenn der warme Tag vorbei ist,
am Tag des schauerlichen Gottes,
wenn die Zeit der Rentierhörner vorbei ist,
an diesem Tag, meine Gäste,
während sie die Türe benutzten, um den Mutterleib
                              sicher zu verlassen,
vorbei an den schlechten Jahren,
um wieder heimzukehren.«

Nichts ist zu sehen, nur zu hören ist etwas, wer kichert
denn da, wer macht sich lustig, Ruhe hier drin, es sind
Fremde im Tschum, sie schweigen. Tubiaku dreht sich
auf der Stelle, seine Stimme überschlägt sich, beruhigt
sich wieder:

»Kurz, ich dachte mir:
Wenn ich mich sicher auf das
Erscheinen von Maden mit Fliegenfliegen verlassen
                              kann,
auf das Auftreten von Fliegenmaden,
auf das Erscheinen von Maden,
die von Sonnenstrahlen aufgezogen werden,
dann lass meinen kopfberuhigten Kopf
die Stütze für seine Beine finden.
Das Sprechen von Hotarie wird gehört werden.
In das Land, in das du gehst,
in dem die Fliegen tanzen,
als du dort angekommen warst,

von wem hast du das Wort der Rückkehr gehört?
Sie werden dich an deiner Stimme erkennen und für
den Falschen halten.
Wie ist dein Name, will er wissen?
Du hast ihm deinen Namen nicht gesagt?«

Peter glaubt zu erwachen. Er tastet um sich, robbt ein Stück vorwärts, erkennt nur Schemen, Küchenzeug, einen Kessel, einen weiteren Topf. Seine Hände tasten durch kalte Asche. Seine Kehle ist trocken. Er erinnert sich an Tubiaku, an ihre Ankunft bei den Nganasanen. Aber wo ist Paul, wo sind sie alle? Er dreht sich auf die Seite. Als er das nächste Mal wach zu werden glaubt, liegt ein diffuser Schimmer im Zelt, und Paul hockt vor ihm am Feuer, stochert mit einem Stock in der Glut, neben ihm kauert ein junger Hund. Peter will wissen, was er dort macht, am Feuer.

»Du hast den Brief gelesen«, sagt Paul.

»Was meinst du?«

»Livs Brief«, Paul streichelt den Kopf des Hundes, sanft und gleichmäßig. »Du hast in meinen Sachen gewühlt und ihn gelesen.«

»Er ist nicht von Liv.«

»Willst du ihn sehen?«

Er weiß nicht, wie spät es ist. Er tastet nach seiner Uhr, aber sie haben ihm alle Sachen ausgezogen. Sie haben mich beraubt, denkt er, alles haben sie mir genommen. Drüben am Eingang, schwach gegen das Licht, lehnt Paul im Overall und kaut auf etwas herum. Er sieht zu ihm hin.

»Denkst du oft an sie, an Liv, an die Kinder?«, fragt Paul.

»Wieso fragst du mich das?«

»Glaubst du, dass sie dich erwartet, dass sie am Hafen stehen wird, wenn wir zurückkommen? Glaubst du, sie wird dich erkennen? Oder wird sie dich verwechseln mit einem anderen, der dir ähnlich ist? Wird sie den anderen in die Arme schließen und mit in ihr Haus, mit in ihr warmes Bett nehmen? Dass es nicht mehr deine Hände sein werden, die ihren Körper berühren. Waren es denn deine, bist du dir sicher? Wer, glaubst du, schaut dich an, wenn du in Thores Gesicht blickst?«

»Paul?«

»Du hast im Schlaf gesprochen.«

Paul hockt neben ihm. Ein Geruch nach Schweiß und Rauch liegt um sie, Kinderstimmen sind zu hören.

»Wo ist die Uhr?«, Peter richtet sich auf.

»Es ist alles da«, sagt Paul und deutet auf den Rucksack zu seinen Füßen. »Hast du Hunger?«

»Wie lang habe ich geschlafen?«

»Sehr lang.«

Es kommt mir vor wie ein ganzes Jahr, denkt er.

»Und du?«

»Ich habe auch geschlafen. Dann war ich mit Tubiaku bei den Hunden.«

»Wir müssen weiter.«

»Nicht in deinem Zustand«, Paul reicht ihm eine Tasse Tee. »Du hattest einen Anfall. Hätte Tubiaku uns nicht gefunden«, er stockt, fährt sich über den Mund.

Peter nippt am Tee (kommen sie aus dem Licht? Denn wir müssen auch dorthin, ins Licht, zu den anderen, wir erzählen ihnen nichts von den Knochen).

»Wir bleiben, bis du wieder bei Kräften bist. Tubiaku hat für dich gesungen. Hier, du sollst essen.«

Paul reicht ihm eine Schüssel mit gebratenem Fisch.

»Können wir ihnen vertrauen, den Leuten hier?«

»Was bleibt uns anderes übrig.«

Peter beginnt zu essen. Der Fisch schmeckt säuerlich, er spült die Bissen mit Tee herunter. Nadezhda huscht vorüber, schaut kurz zu den beiden hin. Er will sich bei ihr bedanken, aber da ist sie schon wieder verschwunden.

»Wir haben es fast geschafft«, sagt Paul, »es sind nur noch etwa zweihundert Werst bis Dikson. Dann ist es ausgestanden.«

Peter nickt und isst noch etwas Fisch. Alles um ihn ist verschwommen, er bekommt die Dinge nicht mehr scharf in den Blick. Er sieht Paul jetzt in der Glut stochern.

»Ich dachte, ich würde sterben«, sagt Peter leise.

»Es war nur ein Anfall, wahrscheinlich von der Kälte, der Anstrengung.«

»Du würdest dich um sie kümmern, nicht wahr? Du würdest sie nicht allein lassen, sie und die Kinder. Du kennst sie fast so gut wie ich.«

Paul starrt ihn an. Sein Gesicht ist gerötet und rissig, wie aufgedunsen erscheint es.

»Du würdest sie nicht allein lassen, Paul.«

»Was redest du?«

»Liv und die Kinder. Du kümmerst dich um sie.«

»Nein, du wirst dich um sie kümmern, wie du es immer getan hast. Es wird alles so sein wie zuvor. Du in Tromsø, ich auf irgendeinem Schiff.«

»Und wenn ich dich darum bitte?«

»Liv würde es auch ohne uns schaffen, sie braucht niemanden. Hätte sie es gekonnt, dann wäre sie jetzt bei uns. Sie wäre mit auf die *Maud* gegangen. Wahrscheinlich hätte sie die Erde längst umrundet.«

Ja, sie kommt ohne uns zurecht, denkt Peter. Sie braucht niemanden. Trotzdem macht ihn der Gedanke an Liv alleine in Tromsø verrückt.

»Ich will nicht, dass sie zur Witwe wird«, murmelt er. »Dass alle sie anstarren.«

»Das wird nicht geschehen«, Paul steht auf. »Wir sind schon so weit gekommen. Ruhe dich aus, hier sind wir sicher!«

Er verschwindet nach draußen. Peter isst noch etwas Fisch, dann holt er seine Uhr aus dem Rucksack hervor, hält sie sich ans Ohr. Sie hat aufgehört zu ticken. Eine Weile blickt er auf das goldene Gehäuse (ein guter Navigator gibt seine Uhr niemals aus der Hand, niemals), fremd kommt ihm das Ding vor. Er zieht die Uhr auf, leise ist das Ticken zu hören. Er blinzelt, sinkt zurück und starrt hinauf in die Spitze des Tschums, an die Stelle, wo die Stäbe sich kreuzen und ein Stück vom Nachthimmel zu sehen ist.

Irgendwann hört er geschäftiges Hantieren, das Feuer wird angefacht, der Kessel darübergehängt, Qualm treibt ihm Tränen in die Augen. Er richtet sich auf. Nadezhda rührt etwas an, die Kinder sind bei ihr, sie wagen sich langsam bis zu ihm vor, bleiben vor ihm sitzen. Ihr Haar ist dicht und schwarz, die Gesichter an den Wangen eingefallen, eins der beiden trägt eine Kappe, das andere hat die Haare geflochten. Peter zeigt ihnen die Uhr. Sie kommen noch näher, neugierig und misstrauisch zugleich. Schließlich halten sie sich das Gehäuse ans Ohr, sie kichern und ahmen das Ticken nach: tick, tick, tick, tick. Er versucht, ihnen das Geheimnis dahinter zu erklären, die Bedeutung der beiden Zeiger, warum sie sich im Kreis drehen, doch nach wenigen Worten stockt er, die beiden beachten seine Worte nicht, sie sind ganz auf das glänzende Ding fixiert.

Er betrachtet die beiden, struppig sind sie, schmutzig, und er fragt sich, ob es nicht seine Pflicht wäre, sie mit nach Norwegen zu nehmen, weg von diesem Ort, um ihnen eine bessere Zukunft zu ermöglichen. Er sieht Thore vor sich, die kleine Solveig. Müsste er nicht hier, in diesem Zelt, mit dem Erneuern beginnen? Er lächelt, betrachtet seine Hände. Er weiß, ohne sie, ohne Tubiaku, Nadezhda und die anderen Nganasanen wäre er längst tot, erfroren, verhungert. Er ist der Fremde, der in ihre Welt gekommen ist. Er ist der, den man retten muss.

Schweigend reicht Nadezhda ihm Tee, scheucht die Kinder hinaus. Tubiaku tritt ein, hockt sich vor ihn, sieht ihm schweigend ins Gesicht, befühlt seine Wangen.

»Du hast lange geschlafen. Siehst besser aus.«

»Ich fühle mich auch besser.«

»Hast du hören können, was sie dir sagten?«

Peter weiß nicht, was Tubiaku meint, schüttelt den Kopf.

»Alle drei waren hier, haben sich über dich gebeugt. Es ist nicht so schlimm, wie ich dachte, noch hast du alle Zehen und Finger.«

Er steht im Overall vor dem Zelt und atmet die frostige Luft. Die Eiseskälte spießt ihn nicht mehr von innen auf. Er geht einige Schritte, unsicher, noch zittern ihm die Beine, doch mit jedem Schritt geht es besser. Firn knirscht unter den Stiefeln.

Die Hunde liegen angeleint etwas abseits der beiden Zelte. Aiko beschnüffelt seine Hand, er streicht dem Leithund durchs Fell, sieht sich um. Der Himmel ist nicht auszumachen, trübes Nachmittagslicht liegt über der Ebene. Hinter sich hört er Schritte, es ist Paul, er raucht eine Zigarette und trägt nur einen Pullover.

»Willst du auch mal«, sagt er und hält ihm die Zigarette hin. »Tubiaku hat sie von einem russischen Händler.«

Er schüttelt den Kopf.

»Den Hunden geht es gut«, sagt Paul.

»Wann brechen wir auf?«

»Wenn's dir besser geht. Übermorgen.«

Er nickt. Noch etwas schlafen, denkt er, dann geht es wieder, dann geht es heim.

Tubiaku will ihnen die Fallen zeigen. Mit zwei weiteren Männern, Oko und Boris, stapfen sie in die Tundra hinaus. In regelmäßigen Abständen haben sie Fallen aufgestellt; Fleischbrocken eines Fuchskadavers dienen als Köder. Gerät ein Tier hinein, wird es zwischen zwei schnell und hart aufschnellenden Balken eingeklemmt und zu Tode gequetscht. Die Tiere dürfen nicht bluten, erklärt Tubiaku, da sonst das Fell Schaden nimmt und kaum etwas wert ist. Die meisten Fallen, die sie an diesem Morgen absuchen, sind unberührt. In den beiden letzten, am nördlichsten gelegenen aber, hängen die steif gefrorenen Körper zweier Eisfüchse.

»Wir müssen sie mehrmals am Tag kontrollieren«, erklärt Tubiaku, »sonst fressen die Lebenden die Toten.«

Peter hat keine Schmerzen mehr, sein Blick ist klar, seine Schritte kräftig. Er stapft hinter dem Nganasanenoberhaupt durch den Schnee.

»Du hast es überstanden«, sagt Tubiaku.

Auf dem Rückweg schießt Paul zwei Schneehühner mit dem Gewehr. Tubiaku bietet ihm daraufhin zehn Pelze für die Waffe. Paul lehnt ab, verspricht aber, sie abends erneut zu begleiten. Eine Zeit lang folgen sie dem Lauf des Flusses; an mehrere aus dem Eis ragende Hölzer sind bunte Bänder geknotet, als Dank für den erfolgreichen Fischfang. Oko und Boris kontrollieren die in Eislöcher hinabgelassenen Netze, verstauen die Fische in Beuteln, schlagen das frische Eis ums Loch herum weg, dann setzen sie ihren Weg fort. Ein Kinderschlitten steckt halb versunken im Schnee, davor Pfeile und ein kleiner Bogen.

»Wenn sie früh gehen, kommen sie auch früh wieder zurück«, sagt Tubiaku, und das ist das Einzige, was er dazu sagt.

Später essen sie etwas Fisch, dann wird geraucht. Peter spürt eine wohlige Müdigkeit, sinkt zurück; er glotzt ins lachende Gesicht Nadezhdas, schaut zu Tubiaku, der etwas mit seinen Händen beschreibt und dabei den Mund weit aufreißt. Peter schläft ein, und als er erwacht, kauert Nadezhda vor ihm; sie trägt ein einfaches Wollhemd, und Peter kann ihre kleinen, festen Brüste sehen.

Sie fragt ihn etwas, er schüttelt den Kopf (wenn ihr jene seid, jene aus dem Licht, dann nehmt mich mit zu euch, der Horizont steht schon in Flammen).

Nebel zieht schwer und feucht von der Pjassina über die Ebene. Die Kinder hocken am nur noch kümmerlich glimmenden Feuer und halten ihre Hände über die Glut. Draußen holt Nadezhda Fisch aus einem Erdloch, den sie in Fett ausbrät. Dann hockt sie sich hin und beginnt, ein Stück Oberpelz auszubessern. Peter sitzt in ein Fell gehüllt da und beobachtet sie. Er weiß, dass er nicht hier sein sollte, dass dieser Ort nicht für ihn bestimmt ist, und doch wirkt das Leben der Nganasanen nicht fremd, er fühlt eine eigentümliche Vertrautheit, wenn er Nadezhda bei ihrem Tun beobachtet, wenn er neben Tubiaku sitzt; nie gibt es einen Grund, die Stimme zu erheben, jeder kennt seinen Platz, weiß etwas mit seiner Zeit anzufangen; die Kinder sind da und lernen, indem sie den Großen auf die Hände schauen, nichts wird erklärt; draußen die Rene, manchmal Hundegebell. Es gibt keinen Grund, etwas schnell oder voreilig zu tun.

Paul kommt ins Tschum, das Gewehr über der Schulter, hinter ihm ihr Gastgeber. Alle rücken zusammen.

»Ihr müsst mit uns nach Süden ziehen«, sagt Tubiaku.

»Nein, wir müssen nach Dikson. Das ist unser Auftrag.«

»Was wollt ihr dort?«, der Nganasane winkt ab. »In Dikson gibt es nichts, und wie wollt ihr von da wegkommen? Das Meer ist vereist, kein Schiff fährt. Kommt mit uns, wir bringen euch bis Dudinka.«

»Das ist viel zu weit im Süden.«

»Dort verbringt ihr den Winter. Ihr könnt telegrafieren. Und im Frühling kommen die Schiffe.«

»Wir haben keine Zeit«, sagt Paul und sieht zu Peter. »Wir müssen heim.«

Zwei junge Hunde drängen sich zwischen die Sitzenden, werden mit Fleischresten gefüttert, zur Seite geschoben.

»Ihr seid Sturköpfe, doch ich verstehe euch. An eurer Stelle würde ich ebenso handeln. Ein Mann gehört dorthin, wo er geboren wurde, nicht wahr? Würden das alle verstehen, gäbe es keine Kriege.«

»Schon möglich«, sagt Paul. »Aber dann wäre die Welt noch immer eine Scheibe, und wir würden weiter in Höhlen hocken.«

Der Nganasane lacht hell, schiebt sich ein Stück Fleisch in den Mund. »Ihr mit eurem Eroberungswahn«, sagt er kauend. »Ist das eigene Feuer nicht der beste Platz, umgeben von den Frauen, Kindern und Freunden?«

»Auf mich wartet niemand«, sagt Paul.

»Und du?«, Tubiaku sieht Peter an. »Du schweigst und grübelst. Du weißt, wovon ich rede, nicht wahr?«

»Manche von uns zieht es hinaus, andere wissen, dass sie an einen festen Ort gehören.«

»Schön herausgewunden«, Tubiaku spießt Fleisch auf sein Messer und hält es ihm hin. »Aber ich muss dir recht geben: Auch von uns wollen einige immerzu den Fluss befahren, anderen genügt sein Rauschen. Fahrt ihr also nach Dikson. Doch ihr müsst wiederkommen, im Sommer, wenn die Tundra blüht.«

»Wir werden darüber nachdenken«, sagt Paul.

»Ihr denkt zu viel!«

Paul kramt das Schachbrett aus seinem Rucksack und baut es auf.

»Hier ist nachdenken nützlich«, sagt er.

Tubiaku und die Kinder verfolgen die Züge der beiden, und der Hausherr erklärt in der leisen Sprache der Nganasanen, was er auf dem Brett zu sehen glaubt, einen Kampf, ein Gezänk darum, wer recht hat, dumme Gedanken von Menschen. Im Licht der Petroleumlampe schlägt Peter einen Bauern nach dem anderen, nimmt Paul auch Pferd und Springer. Der zieht die Stirn in Falten und wird schließlich ins Matt gesetzt.

Am nächsten Morgen beginnen sie mit den Reisevorbereitungen. Die Nganasanen brechen rasch die Zelte ab, sammeln die Fallen ein und treiben die Rene zusammen. Tubiaku will über den zugefrorenen Fluss stracks nach Süden. Peter und Paul bekommen Renfleisch, Räucherfisch und jeder ein Paar Pantoffeln aus weichem Seehundfell. Man werde sich also im Sommer wiedersehen, sagt der Nganasanenanführer und wünscht den beiden eine gute Reise. Paul, der die Pakete auf dem Schlitten fest verzurrt hat, wühlt zwei Messingtassen hervor und reicht sie ihm.

»Danke für eure Hilfe. Wenn wir wiederkommen, bringen wir mehr mit.«

»Zucker und Mehl, darüber freut sich Nadezhda. Und für mich Tabak, Schwarztee und eins dieser Gewehre.«

Paul nickt. Tubiaku reicht ihm die Hand und klopft Peter auf die Schulter.

»Hotarie kennt jetzt deinen Namen«, sagt er. »Du brauchst keine Angst mehr zu haben.«

Dann setzt sich der Tross in Bewegung und ist bald schon hinter einer Flussbiegung verschwunden, leise sind nur noch die Rufe der Treiber zu hören, im Schnee bleiben die kreisrunden Flecken der Feuerstellen zurück.

Nun sind sie wieder allein. Paul vorneweg auf dem Schlitten, Peter dahinter auf Skiern. Leichter Schneefall setzt ein, sie halten Kurs West. Die Hunde sind satt und erholt. Immer wieder blickt Peter sich um, zurück zu dem Ort, dem er sein Leben verdankt. Schon jetzt erscheinen ihm die Menschen aus dem Eis wie Geister, als habe er das alles nur geträumt.

Gegen Mittag legen sie eine kurze Rast ein, essen Fisch. Es schneit noch immer, um sie herum bloß stumpfes Grau, wohin sie auch blicken.

»Wir hatten großes Glück«, murmelt Paul.

»Wirst du sie wirklich im Sommer besuchen?«

»Ich will nach Dikson, so wie du. Nur noch weg von hier.«

Tromsø
1911

Farblos reihten sich die Wochen aneinander, es war
Winter geworden, und es wurde Frühling, dann kam
der Sommer. Die Tage waren graublau, waren grüngelb
und wurden heller, dehnten sich aus. Es war ein Sonntag
im Juli, als Peter sich sorgfältig die Haare kämmte und
die winzigen Flecken vom Mittagessen aus dem Hemd
rieb. Er war nervös und lächelte, und sein Ebenbild im
kleinen Spiegel lächelte zurück. Er nahm den Brief vom
Tisch, schob ihn in die Tasche und zog seine Sonntagsja-
cke an. Er trat ans Fenster und sah auf die Straße hinaus.
Noch war nichts von ihr zu sehen. Er konnte seine Mutter unten in der Stube hören, der Vater war noch mal
in die Werkstatt gegangen, nicht um dort zu arbeiten,
sondern um auf der Bank davor in Ruhe seine Pfeife zu
rauchen. Von den Brüdern war nur Leif zu Hause, der
Älteste, morgen schon würde er wieder nach Kristiania
abreisen. Beim Essen hatten sie über Amundsen gesprochen, in Framheim habe sich nichts verändert, noch immer sitze die kleine Gruppe in der Bucht der Wale fest
und warte auf einen geeigneten Zeitpunkt, um den ge-
planten Angriff auf den Südpol zu starten. Leif war der

Ansicht, Amundsen müsse augenblicklich aufbrechen, schließlich wisse man nicht, was Scott auf Kap Evans plane, der Vater widersprach, Geduld sei gefragt, nicht Hast und Eile, die schon so manchen Eisfahrer ins Verderben geführt hätten.

Peter sah wieder auf die Straße. Er hatte Liv lange nicht gesehen. Das letzte Mal hatten sie schweigend beieinander am Hafen gestanden und der *Foka* nachgeschaut, dann hatte er zurück in die Werkstatt gemusst, und sie wollte noch Einkäufe erledigen. Vor einigen Tagen hatten sie sich dann zufällig auf der Kirkegata getroffen, und Liv hatte ihn gefragt, ob er am Sonntag einen Ausflug zum Prestvannet mit ihr machen wolle; er hatte nur nicken können und schnell seinen Weg fortgesetzt. Sie werde ihn mit dem Rad abholen, hatte sie ihm noch hinterhergerufen.

Seit die *Foka* mit Paul den Hafen verlassen hatte, glaubte er, leichtes Fieber zu haben. Er schwitzte, seine Handflächen waren feucht, und nachts erwachte er mehrfach und tastete orientierungslos um sich, bis ihm klar wurde, wo er war. Dann hockte er sich hin und starrte auf den matten Widerschein des Polartags an der Wand. Paul, dachte er, verdammter Paul. Während der Arbeit schreckte er manchmal auf, so als habe ihn jemand an der Schulter berührt. Aber da war nichts außer den gewohnten Dingen, die Werkbank, ihre Geräte, der gebeugte Rücken des Vaters, Staub und Licht.

Er verabschiedete sich von seiner Mutter und verließ das Haus. Er wollte auf der Straße warten, lehnte sich an einen Zaunpfahl und blinzelte in die Sonne. Er befühlte den Brief in seiner Tasche, zog ihn jedoch nicht heraus.

Als die Kirchturmglocken ihren letzten Ton schlugen, war Liv am Ende der Straße zu sehen. Sie näherte sich auf dem Fahrrad, sprang ab, als sie ihn erreicht hatte, und klopfte sich den Staub aus der Hose.

»Tolles Ding«, sagte er.

»Willst du etwa so los?«, sie musterte ihn von oben bis unten, »wir gehen nicht in die Kirche.«

»Ich dachte … weil heute Sonntag ist.«

»Na gut, aber ich fahre. Du sitzt hinten.«

Sie drehte das Rad und stieg auf. Peter setzte sich auf den Gepäckträger, streckte die Beine zu den Seiten aus. Dann rollten sie los, zuerst so schwankend, dass er glaubte, sie würden jeden Moment zur Seite kippen, doch dann nahmen sie Tempo auf und sausten durch Tromsøs Straßen. Liv trat kräftig in die Pedale, er hörte sie schwer atmen. Bald schon hatten sie die letzten Häuser hinter sich gelassen und rollten in die Wiesen hinaus, dem Prestvannet entgegen.

Irgendwann bremste Liv, und sie stiegen ab.

»Ich habe das Rad von Hedda Kielland geliehen«, sagte sie und stellte sich davor, als würde man sie jeden Augenblick fotografieren, »der Gepäckträger ist nachmontiert.«

»Du triffst dich mit Hedda Kielland?«

»Ja. Hast du was dagegen?«

»Ich? Nein, nein, bin nur erstaunt, dass sie dir dieses Fahrrad …«, er stockte. »Ich dachte, sie muss es doch selbst fahren, bei dem ganzen Aufruhr, den sie stiftet.«

»Aufruhr nennst du das?«, Liv ging los, schob das Rad neben sich. Er folgte ihr. »Ich nenne es eine längst überfällige Sache.« Sie blieb stehen, sah ihn an. Ihr Blick war ernst. »Wir Frauen sind nicht dumm, auch wenn ihr Männer das denkt. Ihr glaubt, euch allein sei es vorbehalten, die Welt zu erobern. Aber schau dir mal an, zu was das alles führt. Es kommt nichts Gescheites dabei raus. Die Dummen, das seid doch ihr.« Sie ging weiter. Peter war verwirrt. »Jetzt schau mich nicht so an«, Liv lächelte. »In ein paar Jahren wird es ganz normal sein, wenn auch wir wählen gehen und im Storting unseren Platz haben.«

Sie folgten einem schmalen Weg zwischen den Birken. Das Grün der Bäume und Wiesen war so stechend, dass Peter die Augen zukniff. Er sah Liv von der Seite an, und mit Verwunderung stellte er fest, dass sie längst nicht mehr das Mädchen war, mit dem er um die Wette gerannt war und das er hatte beeindrucken wollen; sie lieh sich jetzt das Fahrrad von Hedda Kielland, die seit einiger Zeit die Frauenbewegung in Tromsø laut und unerschütterlich anführte; sie trug lange Hosen und sprach wie jemand, der ganz genau wusste, was er wollte. Sie ist wie Paul, dachte er, und da begriff er, dass Paul immer zwischen ihnen sein würde, ganz gleich, ob er gerade in Tromsø war oder irgendwo weit draußen im Nordmeer.

Liv lehnte das Rad an einen Baum, und sie gingen vor an den See. Dort zog sie ihre Schuhe aus, schlug die Hosen hoch und watete ins Wasser. Peter blieb am Ufer.

»Was ist los mit dir?«, fragte sie, als sie wieder bei ihm war und sich neben ihn in den Schatten einer Birke setzte.

»Paul hat geschrieben«, sagte er, zog den Brief aus der Tasche und faltete ihn auf.

Paul musste die Zeilen schnell verfasst haben, denn die Buchstaben neigten sich nach rechts, außerdem nutzte er ausschließlich Kleinschreibung. Er schrieb über das Wetter und die ersten Eisschollen. Die *Foka* habe den fünften Längengrad passiert und die Insel Jan Mayen erreicht, wo sie Frischwasser gebunkert hätten. Dann sei es entlang der Westküste Grönlands gegangen, immer in Sicht der blau schimmernden Eisberge. Jeden Tag hätten sie Robben und Bären geschossen, es sei eine Fahrt des reinsten Überflusses, und die Kälte sei nie schlimmer als in Tromsø, nichts, was ihn beunruhige. Bei schönstem Wetter hätten sie Frederiksdal auf Grönland erreicht, wo ein paar kauzige Missionare mit ihren Schafen lebten, aber sie lebten gut, in stabilen, warmen Hütten. Zwei Tage später dann seien sie in Julianehåb eingelaufen, einem Städtchen, das ihn an Tromsø erinnere, dort habe er nun Zeit zum Schreiben gefunden, und er hoffe, dass dieser Brief ihn noch vor dem Herbst erreiche. Es sei ihm nie besser gegangen, Peter solle auf Liv aufpassen und sie keine Dummheiten machen lassen.

An dieser Stelle lachte Liv hell auf, zog eine Grimasse, die einen strengen Paul nachahmen sollte. Er hoffe auf einen guten Fang und grüße ihn herzlichst, der Brief schloss mit: *Dein Freund Paul Knutsen.*

Peter faltete das Papier zusammen. Er hatte einen pelzigen Geschmack auf der Zunge, als hätte er etwas Verdorbenes gegessen.

»Das Gleiche hat er auch mir geschrieben«, sagte Liv. »Fast dieselben Worte.«

Sie sah ihn an.

»Warum so ernst, Peter Tessem?«

Er zuckte die Schultern.

»Lass uns spazieren gehen«, sagte Liv.

Die Luft war stickig und voller Mücken, die Erde roch intensiv. Ein warmer Sonntag draußen am Prestvannet, die Jacke zerknittert, der Hemdsaum lose wieder in die Hose gestopft. So saß Peter zwischen den Stämmen der Birken, ihm summte der Kopf, sein ganzer Körper zitterte noch, und er sah zu Liv, die vorn im flachen Wasser des Sees hockte und sich wusch. Er fragte sich, ob sie zu weit gegangen waren oder ob bereits mit ihrem ersten zarten Kuss die Zukunft besiegelt gewesen war. Sie waren am Ufer entlanggegangen, irgendwann hatte Liv seine Hand genommen. Es war keine beiläufige Bewegung, sie sah ihn dabei an, und dann strich sie ihm die Haare aus der Stirn.

»Was meinst du«, hatte sie gesagt, »sollen wir es versuchen, wir beide?«

Jetzt kam sie zu ihm zurück, zog sich die Hose an und setzte sich neben ihn. Sie fragte, ob er eine Zigarette habe, aber er hatte keine. Beide schwiegen, wischten mit den Händen durch die Luft, um die Mücken zu verscheuchen. Peter hatte einen trockenen Hals, er schluckte ein paarmal. War es wirklich geschehen? Hatte er Liv wirklich so berührt, hatte sie ihn zu sich heruntergezogen, hatte sie ihre Hose abgestreift und ihr Becken so gehoben, dass er es einfacher hatte, hatte er sie wirklich geschmeckt, war er so nah bei ihr gewesen wie niemals zuvor? Ihm wurde fast übel beim Gedanken an den morgigen Tag, die kommende Woche, übel beim Gedanken an die Werkstatt, an Pauls Brief. Er sah Liv an. Sie blickte zum See, er wagte nicht zu sprechen.

Er schob das Fahrrad, die Jacke über den Lenker gelegt, und dachte dabei an Hedda Kielland, sah nur ihren Mund vor sich, aus dem unentwegt Worte sprudelten. Sie kümmerte sich nicht darum, was andere von ihr hielten, schon damals in der Schule nicht, und jetzt kannte man ihren Namen weit über Tromsø hinaus.

Er blieb stehen, sah Liv an. Und plötzlich wurde ihm klar, dass sie zwei völlig verschiedene Menschen waren, sie lebten auf weit auseinanderliegenden Inseln, verstanden einander, ohne jedoch genau den Sinn der Worte und die Bewegungen des anderen deuten zu können. Sie waren längst keine Kinder mehr, sie bemühten sich darum, vernünftig zu sein, und etwas, das er früher nie verstanden hatte, die Müdigkeit seines Vaters und seiner Mutter nach dem Mittagessen, am Abend, die gereizte Trägheit an manchen Tagen, nun spürte er sie auch.

»Was tun wir jetzt?«, fragte er.

»Was meinst du?«

»Nachdem wir …«, Peter suchte nach Worten, »wir sind doch Freunde, Paul, du und ich.«

»Paul ist nicht hier, und ich wollte es so. Genau so.« Sie ging ein paar Schritte weiter, drehte sich zu ihm um und lächelte. »Und jetzt komm, bevor uns die Mücken auffressen. Es ist Sommer, Peter Tessem, alles kann passieren.«

»Liv ist da, sie will mit dir sprechen.« Peters Mutter Alma stand in der Tür zur Werkstatt und wischte sich die Hände an einem Lappen ab. »Sie scheint es eilig zu haben.«

Peter richtete sich auf. Vertieft in seine Arbeit an einem Schrank, hatte er Alma nicht kommen hören, hatte sich ganz auf seine Hände konzentriert, die die Schublade in die Fassung einpassten. Jetzt aber, da sie Livs Namen genannt hatte, wurde der Schrank zu einem einfachen Stück Holz. Er schlug sich die Späne von den Ärmeln und eilte an seiner Mutter vorbei in den Garten und vor an den Zaun, wo Liv auf ihn wartete.

Sie war schön wie immer, trug die Haare zu einem Kranz um den Kopf geflochten, ihre Wangen waren gerötet, wahrscheinlich war sie den Weg hinauf zum Haus gerannt. Als er bei ihr ankam, nahm sie seine Hand. Da wusste er, dass etwas geschehen war.

»Ich bekomme ein Kind«, sagte sie leise.

Er sah sie an. Liv, das Mädchen, dem er hinterhergejagt war, die ihn eingeholt und überholt hatte, die wie eine Schwester für ihn gewesen war.

»Hörst du, Peter, ich bekomme ein Kind.«

»Woher weißt du das?«

»Ich weiß es, jede Frau weiß es, wenn es so weit ist.«

»Du bist dir sicher?«

»Ganz sicher«, sie lächelte, ließ seine Hand nicht los.

»Und ich bin der … Vater?«

»Du wirst Vater, Peter.«

Der Nachmittag und der Abend zogen unbemerkt an Peter vorbei. Seine Hände arbeiteten, sein Mund kaute, seine Augen blickten Mutter und Vater an, doch mit al-

len Gedanken und Sinnen war er bei Liv und dem un-
geborenen Kind, und nachts, wenn alle schliefen, verließ er das Haus und ging den schmalen Pfad hinunter zum Sund. Er stand am Wasser und sah hinaus, die
Sonne war bereits hinter den Bergen und ließ die Landschaft unwirklich schimmern. Er dachte an Pauls Brief
und daran, was er ihm wohl schreiben würde. Ich werde
Vater, Paul, ich bin hier in Tromsø geblieben, und Liv
wird ein Kind zur Welt bringen, das meinen Namen tragen wird. Wie weit willst du hinausfahren, um das zu
vergessen, Paul, wie weit?

Liv

Ist es denn seinetwegen, habe ich Dich gefragt, ist es wegen Paul? Und Du hast gelächelt und mich in die Werkstatt geführt, wo ein neues Möbelstück stand, ein Tisch oder ein Stuhl, und darauf hast Du gezeigt und gesagt: Das ist alles. Ich habe es nicht verstanden, Du hast gesagt: Das ist alles, was übrig bleibt von mir, ein Tisch und ein Stuhl, doch da muss es noch mehr geben. Es gibt Thore und Solveig, habe ich gesagt, es gibt mich. Ich weiß, hast Du gesagt. Warum willst Du ins Eis, was willst Du denn dort draußen, Du kennst sie doch, die Geschichten von denen, die gegangen und nie wiedergekommen sind, und Du siehst mich an und sagst: Manchmal, sagst Du, manchmal glaube ich, dass sie nach mir rufen, und Du schaust dabei zu Boden. Jeden Morgen gehst Du hinaus in die Werkstatt, ich kann Dich von der Küche aus sehen, wie Du einige Zeit stehen bleibst und dorthin blickst, wo die Masten der Schiffe über die Dächer ragen, dorthin, wo das Wasser ruhig steht und sich dahinter die Berge erheben, was ist schon ein Tisch, was ist schon ein Stuhl?

Vielleicht muss es da wirklich noch etwas anderes

geben, etwas, das über uns hinausgeht, ein Zimmermann kann zum Seemann werden, ein Seemann zum König. Vielleicht hast Du recht, vielleicht genügen uns ein Tisch und ein Stuhl nicht, vielleicht genügen uns ein Garten und eine Stube nicht. Früher träumte ich davon, so zu sein wie Alexander von Humboldt, und ihr habt mich ausgelacht, eine Frau hat ihr Nähzeug, eine Frau weiß um die Sorgen ihres Mannes. Aber was weißt Du denn von mir? Glaubst Du, ich sitze bis ans Ende meiner Tage in der Stube und warte darauf, Deine Schritte draußen im Gang zu hören? Glaubst Du, ich lebe weiter unter Deinem Namen und mit der Erinnerung an Dich in diesem Haus, hier in Tromsø, im Schatten der Berge? Ich zerhaue alle Stühle und alle Tische und werfe sie ins Feuer. Ich werde eine Axt nehmen und die *Maud* in Stücke schlagen, dieses stolze Schiff, ich werde sie im Sund versenken, und ins Feuer, das am Strand auflodert, werfe ich die Takelage und die Walhaut und die Robbenfelle und alles Papier, das ich finden kann mit Amundsens Namen drauf, dieser selbstsüchtige, eitle Mann, was kümmert den ein Erfrorener, was kümmert den Liv Tessem? Glaubst Du, ich lasse das alles mit mir geschehen?

Wieder heiraten soll ich, vergessen, was war. Mutter spricht mit mir, leise und mit von Sorge erfüllter Stimme, ich solle endlich zur Vernunft kommen und einsehen, dass es so nicht weitergehen kann. Sie könnten mir nicht länger beistehen, hätten ja selbst kaum genug für sich. Ich brauche niemanden, sage ich, ich sage es so, dass es auch Vater hören muss, sie wissen nichts von dem Brief an Greta und ihrer Antwort, wissen nichts von dem Dampfer, der auslaufen und den

Sund hinauffahren wird. Wir stehen an der Reling und sehen Tromsø verschwinden, ich bin erstaunt, wie wenig es mir bedeutet und wie einfach ich diese Häuser hinter mir lasse, und wenn es in ihren Augen aussieht wie eine Flucht, so ist es für mich doch eine Befreiung. Sie ahnen ja nicht, was sich sonst tut in der Welt. Greta schreibt von einer neuen Bewegung, der Bauhaus-Bewegung, wo Kunst und Handwerk ganz neue Wege gehen und Frauen nicht nur den Kaffee kochen, sondern mitmachen, entscheiden, gestalten, davon ahnen sie nichts, ganz Tromsø weiß nichts davon, hier stinkt es nur nach Fisch und Tran, hier kennt man den kalten Tod, gebleichte Knochen zwischen den Eisschollen.

Du würdest es mir gleichtun, Du würdest alle Tage gezählt haben, alle Stunden, alle Minuten. Du würdest die Briefe immer und immer wieder lesen und Dir vorstellen, wie ich eines Tages verstumme. Du würdest das Warten nicht mehr ertragen, die Stille würde Dir entgegenbrüllen. Hoffnung ist ein schmeichelhaftes, dummes kleines Wort, es belügt sich selbst. Du würdest es wissen, wie ich es weiß, und würdest einen letzten Brief schreiben, um dann in den Süden zu gehen.

73° 40′ N, 83° 51′ O

Alfred Karlsen war es, der am 29. August 1921 an der Mündung der Zeledeyewa beim Pinkeln auf nassem Fels den Halt verlor, ins Rutschen kam und nur von einem Wall aus Treibholz vor dem Sturz in die Karasee bewahrt wurde; sich die schmerzenden Knie reibend, kam er wieder auf die Beine und sah direkt vor sich an einem weiß geschliffenen Ast ein Stück Papier im Wind flattern. Als er genauer hinsah, war es nicht nur ein Papier, überall um ihn herum lagen, zerfleddert und aufgeschwemmt, weitere Schriftstücke. Er ging ein paar Schritte, entdeckte zwischen Treibholz eine geborstene Kiste, dann eine Eisenpfanne, Überreste von Stoff, zerschlissen und schon halb verrottet. Er wollte rufen, brachte aber keinen Ton heraus, fuhr sich übers Gesicht. Ein zerbrochener Tank da vor ihm, genauso einer, wie auch sie ihn für die Kerosinvorräte benutzten, und das hier, war das einmal eine Socke gewesen? Er sah über sich. Der Hang war nicht besonders steil, aber die Stelle, an der er stand, unmöglich von oben einzusehen. Er arbeitete sich weiter vorwärts, schob Äste auseinander und stieß auf ein Paket, nahezu unversehrt, in Ölpapier gewickelt. Vorsichtig hob er es hoch und las: *Mr. Leon Amundsen, Kristiania. post, manuskripte, fotos, karten, skizzen.*

»Das darf nicht wahr sein«, murmelte er. Die beiden Trapper hatten also nicht gelogen. Das, was er hier gefunden hatte, waren die Überreste der Post, die Tessem und Knutsen nach Dikson hatten bringen sollen.

»Begitschew, Jakobsen, Konde, hierher!«, brüllte er jetzt, beide Hände um den Mund gelegt. »Kommt her, kommt schnell!«

Kurz darauf erschien über ihm an der Kante Kondes Kopf. Karlsen winkte ihm zu. Dann tauchten auch die anderen beiden auf.

»Bist du verletzt?«, rief Begitschew.

»Nein, aber hier, schaut, ihre Post!«, rief Karlsen. »Hier liegt sie, alles verstreut. Das müsst ihr euch ansehen!«

Begitschew stand da und versuchte, die kaum noch entzifferbare Schrift auf einem Stück Papier zu lesen. Er bückte sich nach dem nächsten, sah auf. Wieder einmal spielte ihnen das Schicksal in die Hände und brachte sie den Vermissten ein Stück näher. Jakobsen kam vom Meer zu ihm herauf, hielt in der Hand einen Taschenkalender und deutete nach unten.

»Da ist noch mehr«, sagte er. »Teile ihrer Ausrüstung, ein Theodolit, Reste von Kleidung.«

»Wir haben ein seltsames Glück«, murmelte Begitschew.

»Und das alles nur, weil Alfred pinkeln war«, sagte Jakobsen und starrte auf den aufgeschwemmten Kalender. »Wir wären sonst einfach vorbeigefahren.«

»Nehmen wir es einfach so hin«, sagte Begitschew, »es macht einen sonst …«, er stockte, sah den Kapitän an und war sich nicht sicher, ob Jakobsen alles verstand, was er sagte. »Es hilft uns nicht weiter.«

Jakobsen nickte schweigend.

Sie trugen alle Fundstücke bei den Schlitten zusammen: zwei Pakete aus wasserabweisendem Material, das eine gerichtet an *Leon Amundsen*, das andere an *Direktor L. A. Bauer, Carnegie Institution for Science, Washington*; beschriebene und zerrissene Hefte, die nicht mehr lesbar waren; ein Theodolit, ein zerbrochener Kerosintank, eine Eisenpfanne, Holzreste von Kisten, Knöpfe, Schnallen, Fetzen von Wollstrümpfen und Unterwäsche. Sie standen um die ausgebreiteten Dinge und besahen sie sich in ungläubigem Schweigen: Als würde sich ein Riss in der Zeit auftun und den Blick freigeben in die Vergangenheit, auf einen Tag im Dezember des Jahres 1919, als würden sie geradewegs in eine stürmische Dunkelheit hineingeführt, ein Mensch kauert dort an den Felsen, was er auch tut, er kommt nicht mehr vom Fleck, er spürt seine Hände schon nicht mehr, er weiß, er muss leichter und schneller werden, er lässt alles hinter sich.

»War es hier zu Ende?«, fragte Karlsen. »Starb er hier, der andere?«

Keiner erwiderte etwas.

»Jedenfalls wissen wir, dass er bis hierher gekommen ist«, sagte Begitschew. »Und wir wissen, er war allein. Nein, ich denke nicht, dass er hier gestorben ist«, er sah zu Karlsen. »Ich denke, er musste hier eine Entscheidung treffen.«

»So muss es gewesen sein: das eigene Leben gegen die Post von der *Maud*«, sagte Jakobsen.

»Vielleicht gab es Schwierigkeiten mit den Hunden, und er musste das Gewicht des Schlittens reduzieren, vielleicht war er ernsthaft krank und glaubte, mit weniger Gepäck schneller voranzukommen«, sagte Begitschew. »Jedenfalls ließ er hier alles zurück, was er nicht unbedingt brauchte. Die beiden Pakete hat er wahrscheinlich im Treibholz versteckt, in der Hoffnung, sie später noch holen zu können.«

»Und trotzdem hat er Dikson nie erreicht«, sagte Karlsen.

Er ging in die Hocke, nahm den Taschenkalender und blätterte darin. »Es muss wirklich schlecht um ihn gestanden haben«, sagte er und sah auf. »Wer lässt schon ohne Not all das hier zurück, setzt alles auf eine Karte?«

»Er wusste, dass er kurz vor seinem Ziel war«, sagte Begitschew. »Es sind noch etwa einhundert Werst. Er muss es gewusst haben.«

Sie konnten nicht mehr tun, als die gefundenen Gegenstände einzupacken, die Zelte aufzubauen und Tee zu kochen, wie schon in den Tagen und Wochen zuvor. Zumindest hatten sie nun die Gewissheit, dass sie die ganze Zeit über der richtigen Spur gefolgt waren, dass ihre Reise nicht umsonst gewesen war. Trotzdem legte sich am Abend eine beklemmende Stimmung über die Gruppe; die Tatsache, dass es einer der beiden Verschollenen bis hierher geschafft hatte, an die Mündung der Zeledeyewa, dass er hier eine weitreichende Entscheidung hatte treffen müssen, dem Ziel so nah, lastete schwer auf jedem Einzelnen. Was war ihm auf den letzten Werst zugestoßen? Hatte er sich verirrt, war er orientierungslos durch die Dunkelheit geirrt? Hatte er gewusst, dass am Horizont schon der Rauch von Dikson aufstieg?

Jakobsen wanderte über einen Werst durch den Schnee in südliche Richtung und schoss zwei Blässgänse an einem Tümpel. Er kniete sich neben die Tiere, das Gewehr in der Armbeuge. Es hatte leicht zu regnen begonnen, und er zog die Schultern hoch, versuchte, tiefer in seinen Mantel hineinzuschlüpfen. Er sah auf die beiden reglos daliegenden Vögel. Er wollte kein Held sein, legte keinen Wert auf Ehrungen und Auszeichnungen. Er wollte nur zurück nach Norwegen, zurück zu Mette und nichts mehr mit Meer und Eis zu tun haben. Er merkte, dass ihn die Knochen schmerzten, dass er alt wurde; manchmal, wenn er nachts erwachte, schien sein ganzer Körper zu brennen, dann konnte er sich kaum mehr bewegen und wartete mit offen stehendem Mund, bis der Schmerz wieder verebbte.

Jakobsen richtete sich auf, blinzelte im Wind. Dann nahm er, deutlich vom Horizont abgehoben, eine Bewegung wahr, als richte sich da drüben etwas auf, als schaffe sich jemand auf die Beine, strecke sich, blicke sich um. Er kniff die Augen zusammen, fuhr sich über den Mund, schulterte das Gewehr. Er ging einige Schritte, hob schließlich den Arm und winkte.

»Ist da wer?«, rief er. Dann leiser und mehr zu sich: »Was um alles in der Welt soll das sein?«

Die Bewegung, die er gerade noch klar und deutlich beobachtet hatte, erstarrte; für einen Augenblick war es ein Schatten, eine dunkle Eintrübung, die rasch in sich zusammenfiel und verweht wurde. Jakobsen wischte sich Tränen aus den Augenwinkeln.

»Himmel noch mal«, sagte er. »Da war doch wer?«

»Was meinst du?«

Jakobsen fuhr herum, dabei rutschte das Gewehr von seiner Schulter, der Riemen glitt ihm den Arm hinunter, die Waffe prallte gegen seinen Oberschenkel. Er starrte in das bärtige Gesicht von Karlsen.

»Ah, du bist's. Ich dachte …«, Jakobsen wandte sich erneut um, sah in die verlassene Weite hinaus und suchte nach den passenden Worten. »Für einen Moment dachte ich … ach, es spielt keine Rolle. Das da habe ich geschossen«, er zeigte auf die Gänse und zog das Gewehr wieder auf die Schulter.

»Wir haben es bald geschafft«, sagte Karlsen. »Wenn das Wetter stabil bleibt, sind wir in drei Tagen am Ziel, sagt Nikifor.«

»Und dann ein warmer Ofen und ein Bett«, sagte Jakobsen.

»Tabak.«

»Ja, Tabak. Und Brot.«

»Warmes Wasser.«

Jakobsen lächelte schmal.

»Ich bin froh, wenn alles vorbei ist«, sagte er. »Seit Kap Vilda habe ich das Gefühl, mich in einem Trauerzug zu befinden. Nichts als den Tod gibt es hier draußen. Wir sind nur da, um Überreste aufzusammeln.«

»Bis jetzt wissen wir nur von einem der beiden sicher, dass er tot ist«, sagte Karlsen.

»Du bist einfach nicht davon abzubringen, Alfred«,

Jakobsen ging in die Hocke. »Du glaubst wirklich, den anderen noch finden zu können.«

»Ich glaube an gar nichts mehr, bevor ich es nicht mit meinen eigenen Augen gesehen habe. Wie oft dachten wir schon, alles sei völlig umsonst, um im nächsten Moment über ihre Ausrüstung zu stolpern?«, Karlsen fuhr sich durch den Bart. »Schicksal, Zufall, Glück, egal, was für Worte du nimmst, es bleibt ein und dasselbe.«

»Es spricht alles gegen sie«, sagte Jakobsen.

»Mag sein, aber ich werde stur bleiben«, Karlsen lächelte. »Es ist scheinbar das Einzige, was hier hilft.«

Sie machten sich zusammen auf den Rückweg. Karlsen trug die beiden Gänse. Jakobsen sah sich noch einige Male um.

»Du hast noch alles vor dir«, sagte er leise. »Ich wäre ein schlechter Kapitän, wenn ich versuchen würde, dir die Zukunft auszureden.«

Den nächsten Tag verbrachten sie vor, neben und hinter den Schlitten; sie schoben, zerrten, blieben keuchend stecken. Die Temperaturen waren wieder gestiegen, es regnete ohne Unterlass, der Schnee wurde grau und schwer. Das Wasser mischte sich mit dem Schweiß, rann ihnen über die Gesichter. Ihre Overalls glänzten speckig, und als sie sich am Abend in den Zelten erschöpft der Stiefel entledigten, waren ihre Füße durchweicht und voller Blasen. Die meiste Zeit sprachen sie nicht, sondern konzentrierten sich aufs Vorwärtskommen. Am Morgen des 1. September tötete Konde eines der Rentiere, indem er es erdrosselte; es hatte apathisch im Schlamm gelegen.

Am Abend, nachdem sie gegessen hatten – Begit-schew schrieb einige Zeilen in sein Tagebuch, Jakobsen blätterte in Gogols *Nase*, ohne richtig zu lesen –, steckte Konde Karlsen eine Fingerspitze feuchten Tabaks zu; es war der Rest dessen, was er sich über Wochen aufge-spart hatte. Karlsen sah ihn erstaunt an, griff dann aber zu und nickte dankbar. Die beiden entfernten sich vom Feuer, kauerten sich an einen Schlitten. Konde stopfte die Pfeife. Karlsen zog als Erster daran und lächelte. Auch Konde verzog das Gesicht zu einem Grinsen.

»Danke für den Tabak«, sagte Karlsen.

»Was wirst du tun, wenn wir in Dikson sind? Wirst du nach Norwegen zurückfahren?«

Karlsen zuckte mit den Schultern.

»Ich weiß nicht. Ich könnte das hier alles kartografie-ren. Damit sich keiner mehr verläuft.«

»Wir sollten tauschen.«

»Was meinst du?«

»Du bekommst mein Haus und meine Herde und kannst hier forschen und Karten malen, und ich fahre mit dem Dampfer nach Norwegen, lerne deine Spra-che, kaufe mir einen Anzug und mache Geschäfte. Was meinst du?«

Karlsen lachte auf.

»Mensch, Konde, du hast Einfälle! Norwegen ist ein kleines Land, du würdest dich fühlen wie in einem Ge-fängnis.«

»Mir genügen ein Haus und so ein Automobil. Wir könnten eine Handelsgesellschaft gründen.«

»Mit was willst du denn handeln?«

»Da wird sich schon was finden lassen, Alfred Karlsen. Die Böden hier sind voller nützlicher Dinge. Wir lassen Straßen bauen bis nach Avam, Fabriken, dann kaufen wir uns Taschenuhren und essen abends im Restaurant. Elektrisches Licht, Alfred, die Straßen von Avam leuchten bald schon in elektrischem Licht, und unsere Kinder sprechen Englisch miteinander.«

»Lass uns erst mal nach Dikson kommen, dann machen wir uns Gedanken über die Zukunft«, sagte Karlsen.

Es war Konde, der am folgenden Tag die Hütten als Erster entdeckte. Sie waren nur noch knapp sechzig Werst von ihrem Ziel entfernt, Nebel jagte aufs Meer hinaus, und am Ufer der Uboynaya bildete das Treibholz seltsam ineinander verkeilte Skulpturen. Es waren eher Höhlen als Hütten. Bei einer war der hintere Teil bereits eingestürzt, die Balken hatten sich gesenkt, das Dach war abgerutscht. Beide waren verlassen. Begitschew trat durch die Tür in ein muffiges Halbdunkel; leere Konservendosen lagen verstreut herum, in einer Ecke Knochen, wahrscheinlich von Gänsen oder Enten. Ein Unterschlupf für Trapper, die den Sommer über in der Gegend jagten. Begitschew konnte sich nicht ganz aufrichten, drehte sich und sah Konde im Eingang stehen.

»Wie kann man so hausen?«, fragte er, und Begitschew zuckte die Schultern.

Dann hörten sie Jakobsen rufen.

Die beiden stürzten aus der Hütte und hinüber zur anderen, in der es nicht viel heller war. Karlsen stand mit dem Rücken zu ihnen und hielt, wie Jakobsen, etwas Langes, Schmales in der Hand. Begitschew trat näher. Jakobsen zeigte ihm einen der Skier.

»Hagan & Co.«, sagte er.

Begitschew verstand nicht und schüttelte den Kopf.

»Eine norwegische Firma«, erklärte Karlsen und drehte sich zu ihnen um. »Sie stellen Skier her.«

»Skier«, wiederholte Begitschew.

»Es sind zwei Paar«, sagte Karlsen mit leiser Stimme. »Skier für zwei Männer.«

der achte tag unserer fahrt mit dem schlitten. der
wind kommt eisig aus no, steht uns also im rücken
und lässt uns übers eis fliegen. wir befinden uns
auf 77° breite und bewegen uns nach s. die hunde
sind gute, starke tiere, fressen uns aber die haare
vom kopf. eisbären sehen wir in der ferne. sie haben
uns längst gewittert, stellen sich auf die hinterbeine,
wir vertreiben sie mit gebrüll. ich erzähle Sverdrup
von der fahrt auf der Eclipse, denn hier ganz in
der nähe saßen die ~~russen sowjets~~ männer damals
fest. alles hätte in einer tragödie geendet, wenn wir
nicht gekommen wären. Sverdrup sagt, Otto sei
ein cousin dritten grades von ihm, er habe ihn aber
nur zweimal als kind gesehen, ein mann mit selt-
samem bart, vor dem er sich immer gefürchtet hat.

so weit das auge reicht nur eis! was für ein er-
habener anblick. Sverdrup und ich, wir schrumpfen,
alles wird winzig & bedeutungslos. hier draußen
geht es nur um eins: atmen, in bewegung bleiben,
den primus zum laufen bringen! ich träume von
nichts. meine gedanken sind alle weiß. als könnte
ich jeden augenblick ein ganz anderer sein. ~~zum
teufel mit Paul Knutsen~~! wie kleingeistig wir doch
sind, woran wir uns nur immer klammern, an was
für nichtigkeiten! wenn ich jetzt an Liv

wie leicht es wäre, hier einfach zu verschwinden.
pissen ist eine herausforderung.

wenn wir abends in den schlafsäcken liegen &
frieren, ist der gedanke an ein warmes bad auf
der Maud das einzige, was mir im kopf rumspukt.
es ist das erste, was ich tun werde: ein bad neh-

men. Sverdrup sagt, bald kommt der sommer. da kann ich nur müde lachen.

morgen erreichen wir voraussichtlich die Simsa-Bucht.

Paul Knutsen, 8. April 1919

Tromsø
1913

Alles leuchtete. Der Sund, die Berge, ihre Gesichter. Paul saß am Ruder der Jolle und steuerte das kleine Boot sanft gegen die Wellen, vorüber an der südlichen Spitze Tromsøyas auf die unbewohnte Insel Grindøya zu. Liv saß, den kleinen Thore auf dem Schoß, im Bug des Schiffs, Peter Paul gegenüber. Trotz der Sonne war der Wind kalt, er kam aus Norden. Sie wollten an den Strand der Insel und dort picknicken. Immer wieder schlug die Gischt auf und zerstäubte über ihnen. Das Segel stand gut im Wind, Paul hielt das Steuer fest umfasst. Peter sah zu ihm, seine blonden Haare waren länger geworden, der helle Bart verlieh seinem Gesicht den Ausdruck von Erfahrenheit; er trug einen Wollpullover und abgewetzte Hosen, die Pfeife, die er sich im Hafen angesteckt hatte, war längst erloschen.

»Thore macht sich gut«, rief er. »Siehst du, wie er die Arme hochreißt, wie er lacht?«

»Er wird mal Kapitän«, sagte Peter.

»Einer wie Amundsen«, Paul nahm die Pfeife aus dem Mund und steckte sie in die Hosentasche. »Klug und wagemutig.«

So einer wie du, dachte Peter, einer, der sich hinauswagt und wieder zurückkehrt, nur um gleich wieder aufzubrechen.

»Denkst du manchmal daran, ins Eis zu fahren?«, Paul sah ihn nicht an, sondern blickte auf den Sund hinaus. »Die Russische Geographische Gesellschaft stellt gerade eine Expedition zusammen, Sverdrup wird sie anführen. Es geht in den Osten, entlang der sibirischen Küste. Sie soll Wladimir Russanow finden, der seit einem Jahr als verschollen gilt. Sverdrup sucht noch fähige Leute.«

»Es ist viel zu tun in der Werkstatt«, sagte Peter, aber gleichzeitig erkannte er in der Art, wie Paul sprach und ihn jetzt ansah, den herausfordernden Blick ihrer Jugend, erkannte jenen Jungen wieder, der mit ihm um die Wette laufen, der ihm davonschwimmen wollte.

»Die Heuer ist gut, so viel verdienst du in einem Jahr nicht mit der Werkstatt. Im Frühling soll's losgehen.«

»Ich werde hier gebraucht.«

Seit einer Woche war Paul wieder in Tromsø, es war seine zweite Ausfahrt auf der *Foka* ins Nordmeer gewesen, diesmal war er fast ein halbes Jahr weggeblieben. Als er zwei Jahre zuvor das erste Mal aufgebrochen war, hatte er noch regelmäßig geschrieben, drei Briefe hatten Peter aus dem Eis erreicht, in denen der Freund vom Leben an Bord berichtete, langweilig sei es die meiste Zeit, und es jucke jeden in den Fingern, endlich mit der Jagd zu beginnen, die Landschaft, das Eis, es sei schwer zu beschreiben, manchmal sei es totenstill, dann wieder veranstalteten die Schollen einen Lärm, als herrsche Krieg. Von seiner zweiten Ausfahrt schrieb er nicht mehr. Zur

Hochzeit von Peter und Liv im Sommer 1912 war Paul da gewesen, er hatte sie beide umarmt, hatte ihnen alles erdenklich Gute gewünscht, alles Glück der Erde, und dann hatte er sich betrunken und war in Peters Werkstatt zwischen den unbearbeiteten Brettern eingeschlafen. Für zwei Tage war er danach in die Berge gegangen, hatte am dritten Tag eine Weile mit Liv auf der Bank vor der Werkstatt gesessen. Sie hatten nichts gesprochen. Peter hatte die beiden durch das Werkstattfenster beobachtet, bis Paul aufgestanden und gegangen war. Da hatten sie sich das letzte Mal gesehen.

Der Wind brachte sie rasch voran. Pauls Laune war ausgezeichnet, immer wieder winkte er Liv und Thore, zog Grimassen, und der Junge lachte glucksend. Liv strich sich die Haare aus dem Gesicht und wirkte glücklich. Kurze Zeit später erreichten sie einen flachen Strandabschnitt der Insel, Paul steuerte das Boot so weit, bis es knirschend auf Grund lief, dann sprangen beide heraus und zogen es weiter an Land. Es war wunderbar still, Tromsø schimmerte in der Ferne.

Sie breiteten eine Decke aus, richteten das Essen. Thore stolperte den Strand entlang und sammelte Steine und Hölzchen. Paul öffnete für jeden eine Flasche Bier, und sie stießen an.

»Wie früher«, sagte er. »Auf die Vergangenheit und die Zukunft!«

»Auf die Zukunft!«, sagte Liv.

Paul hob Thore hoch und ließ ihn im Kreis fliegen. Der Kleine kreischte und streckte die Ärmchen aus, seine Stimme war weithin über den Strand zu hören.

»Die beiden mögen sich«, sagte Liv zu Peter.

Sie saßen nebeneinander auf der Decke; die Beine von sich gestreckt, lehnte sie an seiner Schulter. Ähnlich wie Paul hatte Thore strohblondes Haar, das wild nach allen Seiten wucherte.

»Er wird bald wieder weg sein«, sagte Peter. »Irgendwann vergisst er uns.«

»Paul ist dein Freund«, sagte Liv. »Er wird dich nicht vergessen.«

»Nein, du bist es, die er nicht vergessen wird. An dich wird er sich auch noch auf dem Sterbebett erinnern.«

Peter stand auf und ging ein Stück den Strand hinunter, den beiden entgegen. Nein, Paul würde ihn nicht vergessen. Immer wieder würde er nach Tromsø zurückkehren und ihn daran erinnern, dass Paul es gewesen war, der hinausgefahren war, und er es nicht gewagt hatte. Paul hatte sich nie mit Taelbrets Geschichten zufriedengegeben, nein, er hatte alles mit eigenen Augen sehen wollen, die weiten Eisflächen, den blassen Mond, die Einöde. Also hatte er sich weiter hinausgewagt als alle, die Peter kannte, und wenn Paul in die Stadt zurückkehrte, konnte er sich der anerkennenden Blicke sämtlicher Schuljungen Tromsøs sicher sein.

Thore wankte mit ausgestreckten Armen auf Peter zu. Der nahm ihn in den Arm.

Paul warf einen Stein hinaus in die Wellen.

»Dass du mir Liv weggenommen hast, werde ich dir wohl nie verzeihen«, sagte er und sah Peter dabei nicht an, sondern blickte weiter auf die Stelle, wo sein Stein ins Wasser gefallen war. Thore spielte mit Peters Nackenhaaren und gluckste vor sich hin.

»Himmel, Peter, dein Gesicht«, Paul brach in schallendes Gelächter aus, so kräftig und bellend, dass das Kind zusammenzuckte. »Nein, ich beglückwünsche dich zu Frau und Kind, das wirst du mir immer voraushaben.«

Er legte ihm die Hand auf die Schulter, und so standen sie einige Augenblicke schweigend nebeneinander.

Dann begann der Kleine zu nörgeln. Peter ließ ihn herunter und folgte seinem Sohn vom Strand hinauf in die sattgrünen Wiesen. Der Wind strich durch die Baumwipfel, über ihren Köpfen kreiste hoch oben ein Habicht.

Er war froh, hier zu sein, in Tromsø mit Liv und Thore, und doch glaubte er manchmal, leise, kaum merklich ein Flüstern aus dem Wind herauszuhören; es kam vom Meer den Sund herauf und erzählte von den Weiten jenseits der Berge, von fremden, neuen Gesichtern, Gerüchen und Tönen; mit rasendem Herzen fuhr er dann aus dem Schlaf, blickte zu Liv, oder er setzte sich zu ihr, wenn sie Thore im Arm hielt. Er war glücklich, doch wenn er Paul ansah, wenn er ihn reden und lachen hörte, wurde ihm klar, dass seine Welt in Wahrheit winzig war, winzig und bedeutungslos im Vergleich zu jener, die Paul durchstreifte.

Thore hatte Kaninchen nachgestellt, war hingefallen, jetzt zog es ihn zurück zu seiner Mutter. Peter sah Liv und Paul beieinander auf der Decke sitzen. Paul hatte sich die Pfeife angesteckt, und sie rauchte eine Zigarette. Er berührte sie nicht, aber die Art, wie er sich zu ihr hinbeugte und sie nicht zurückwich, zeigte das tiefe Vertrauen, das sie seit Kindertagen verband. Peter wurde warm in seiner Weste, plötzlich fiel ihm das Atmen schwer, eine Enge legte sich um seine Brust, und er erinnerte sich plötzlich an das Wasser und den Drachenfels, erinnerte sich an die Kälte, die ihn gepackt hatte, die Angst, dass er den Fels niemals wieder würde verlassen können. Ein ganzes Leben konnte binnen Augenblicken verweht werden, nichts blieb von einem übrig, nicht mal der Name.

Thore lief auf seine Mutter zu, sie schloss ihn in die Arme. Peter trat durch das hohe Binsengras zu ihnen und kniete sich neben Liv auf die Decke.

»Paul hat mir von den Eisbären erzählt«, sagte Liv. Ihre Wangen waren gerötet, ihre Augen strahlten.

»Die sind eine echte Delikatesse«, sagte er, »bis auf die Leber. Vor der musst du dich hüten. Die Inuit würden sie niemals essen. Es bringt dich um, wenn du zu viel davon isst, die Haare fallen dir aus, du bekommst schreckliche Kopfschmerzen, Schwindel.«

»Erzähl noch mehr von diesen Menschen«, bat Liv.

»Die Inuit sind ein Phänomen«, fuhr Paul fort. »Scheinen einen inneren Kompass dafür zu haben, wo es was zu jagen gibt, und ihre Kleidung, ich habe nie etwas Besseres gesehen. Sie würden nie Wollsocken tragen, die saugen die Feuchtigkeit auf wie ein Schwamm und beginnen zu faulen. Ihre Mäntel sind aus dichtem Robbenfell, und nachts schlafen sie beinahe nackt in ihren Schneehäusern, ohne dass sie frieren oder krank werden. Wir dagegen müssen ihnen wie Trampeltiere erscheinen.«

Peter hörte alles mit an und sah dabei zu seinem kleinen Jungen, der im Arm seiner Mutter lag, ruhig und schon träumend, die Augen halb geschlossen.

Dann aßen sie noch etwas, Wolken zogen von Osten heran, schließlich packten sie zusammen.

Die Fahrt zurück nach Tromsøya war unruhig. Thore erwachte und fing an zu weinen, als das Boot über die Wellen sprang und die Gischt sprühte. Mit starrem Blick saß Paul am Ruder und sah zum Land hin, Peter blickte zurück auf die schneebedeckten Kuppen der umliegenden Berge. Obwohl er erst vierundzwanzig Jahre alt war, fühlte er sich in manchen Augenblicken wie ein alter Mann, seinem Vater nicht unähnlich, als habe er bereits Jahrzehnte in der Werkstatt verbracht, den Holzstaub einatmend und wieder aushustend, leise vor sich hin murmelnd.

Sie passierten die Südspitze Tromsøyas, andere Schiffe waren zu sehen, jemand winkte ihnen, und Paul winkte zurück. Der kleine Thore stand jetzt, von Liv gehalten, am Mast, und alle jubelten ihm zu, riefen seinen Namen. Sie lachte, und Paul winkte zu allen Seiten hin. Sie kamen heim von einer langen Fahrt, müde, aber erfüllt von so viel Leben, dass es für sie alle reichen würde.

Tromsø leuchtete. Niemand jubelte, niemand rief ihre Namen. Sie waren nur eine müde Familie auf dem Heimweg, die sich nach der Behaglichkeit ihrer warmen Stube sehnte.

Weiße Finsternis
Mündung der Zeledeyewa, 1919

»Dort soll es Land für jeden geben, das schönste, das du dir ausmalen kannst, an einem sanften Berghang gelegen, umgeben von Palmen und Bananenbäumen, und das Licht ist so warm, dass überall Pflanzen aus dem Boden schießen. Alles gibt es im Überfluss, die Fenster stehen Tag und Nacht offen.«

Sie hocken im Zelt, fischen das halb gare Fleisch aus der Brühe und kauen darauf herum. Das funzelnde Licht der Petroleumlampe erlischt immer wieder mit den Windstößen. In Gedanken aber haben sie es warm, in Gedanken steht über ihnen die Äquatorsonne an einem wolkenlosen Himmel, sie hören das aufgeregte Kreischen einer Papageienkolonie, die in den Bäumen jenseits des Hauses nisten, hören den Wind in den Ästen, können spüren, wie er warm über ihre Gesichter streicht.

»Was hältst du davon?«, Paul lehnt sich vor. »Wenn das hier ausgestanden ist, schiffen wir uns nach Südamerika ein. Von Hamburg aus gehen wöchentlich Dampfer über den Ozean.«

»Ich spreche kein Spanisch.«

»Yo hablo español. Als ich auf der *Monticello* war, hatten wir auch zwei Spanier an Bord, lustige Kerle. Die haben mir ein paar Sachen beigebracht. Mi nombre es Peter. Versuch's mal.«

»Mi nombre es Peter.«

»Jetzt kannst du Spanisch«, Paul wischt sich über den Mund. »Sie haben von Brasilien erzählt, irgendein Neffe lebt dort unten wie die Made im Speck.«

Peter trinkt einen Schluck Tee, dann kriecht er tiefer in den Schlafsack.

»Ich will nirgendwo mehr hin«, sagt er leise.

»Du hast Glück, du kannst zurück in dein Haus, zu Liv.«

»Du hättest nicht gehen müssen«, sagt Peter, ohne Paul anzusehen. »Du hättest Tromsø nicht verlassen müssen.«

»Wäre dann auch alles so gekommen, wie es ist? Ich glaube, es war dir nicht unrecht, dass ich fortgegangen bin.«

»Was meinst du?«

»Du weißt es.«

»Du meinst …«, Peter richtet sich auf. Paul hockt da im schwachen Licht der Lampe, das Gesicht im Schatten, nur das Weiß seiner Augen schimmert noch. »Du meinst, Liv hätte sich für dich entschieden, wenn du geblieben wärst?«

Paul zuckt mit den Schultern.

»Was bringen diese Fragen? Es konnte nicht ewig so bleiben, mit uns, zu dritt. Einer musste fortgehen. Das war ich. Damit ist diese Geschichte zu Ende.«

Der Wind schlägt ins Zelt. Peter betrachtet nachdenklich seine Hände (wir waren wie Brüder, Paul). Er zieht sich den Ring vom Finger, betrachtet auch diesen eine Weile schweigend. Dann fädelt er ihn auf einen Strick und schlingt ihn sich um den Hosenbund, verknotet ihn. Paul schaut mit fragendem Blick zu.

»Ich würde es nicht mehr merken, wenn mir der Ring vom Finger rutscht«, sagt Peter.

Nach Westen, auf Dikson zu. Sie bewegen sich entlang der Küste, wie Tubiaku es ihnen geraten hat. Immer wieder zwingt sie der Wind, das Tempo zu verringern, sich in eine Mulde zu kauern und abzuwarten. Draußen ist das Eis in Bewegung, sie hören es; manchmal als dumpfes Grollen, manchmal wie Kanonenschläge und dann wieder nur als dünnes Säuseln. In den Pausen, wenn sie etwas gegessen haben, döst Peter; unruhige Bilder ziehen durch seinen Geist. Er ist wieder in Tubiakus Lager, sie schlachten ein Ren, auch Liv ist dabei, dunkel liegen die Eingeweide im Schnee, ein Sturm rast heran, die Masten eines Schiffs knicken um wie dürres Holz, er sieht Amundsen übers Eis hetzen.

Paul drängt sie weiter, auch durch den Sturm. In der Nähe der Zeledeyewa kauern sie sich an schwarze Felsen und warten auf besseres Wetter. Am Mittag mischt sich Regen unter den Schnee, ihre Overalls sind feucht, die Pullover klamm, im Zelt zittern die Beine, sie können nichts dagegen tun.

»Fünf oder sechs Tage noch, dann sind wir in Dikson«, murmelt Paul beim Blick auf die Karte.

Sie spielen nicht mehr, hocken bloß in ihren Schlafsäcken und lauschen dem Wind. Das Kerosin geht zur

Neige, das Lampenöl auch; und trotzdem lassen sie die Flamme brennen, ein Schimmer Licht in sonst endloser Dunkelheit. Peter schläft mit trockenem Mund ein, er geht über weite Ebenen, sieht Städte, Dörfer, die Tundra brennt.

»Peter!« Er schreckt auf, sieht Paul über sich, der ihn an der Schulter gepackt hat. Ein irres Tosen ist um ihn, Geheul, Jaulen. »Die Hunde! Sie sind weg!«, brüllt Paul. »Die Hunde sind weg!«

Wie eine wuchtige Faust schlägt ihm der Wind ins Gesicht. Blinzeln ist nutzlos gegen die harte Graupel. Hinter Paul taumelt er durchs Gestöber zum Schlitten, wo die Geschirre im Schnee liegen, wo eine der Kisten zerfetzt ist, gesplittertes Holz, verstreut liegen Patronen, Wollsocken, ihr Feldtheodolit.

»O Gott, Paul«, stöhnt Peter, es würgt ihn. Paul steht da vor ihm, die Hose schlottert um seine Beine, er ist ganz bleich, schaut sich um.

»Aiko!«, brüllt er. »Hierher, mein Guter, hierher!«

»Hierher!«, brüllt auch Peter.

Der Wind reißt ihnen die Worte vom Mund. Sie stolpern im Kreis um den Schlitten, Spuren führen weg von dort. Paul geht in die Hocke.

»Da war etwas«, sagt er, »etwas war hier.«

Paul hält die Winchester im Arm. Peter schultert den Karabiner. Paul geht voran, folgt den Spuren, die sich im Dämmer abzeichnen.

»Aiko!«, brüllt er. »Hierher, Aiko!«

Peter blinzelt wie verrückt, wischt sich ständig übers Gesicht, doch es ist kaum mehr zu erkennen als die Umrisse von Felsen, ansonsten Dunkelheit. Sie rutschen über vereistes Gestein, Peter schlägt sich das Schienbein blutig, spürt nichts dabei.

»Aiko! Ihr Guten!«, brüllen sie abwechselnd (du hast sie verloren, sagst du, die Erinnerungen an die Schönheit der aufgehenden Sonne, ich auch, Paul, ich weiß nichts mehr davon).

Keuchend bleibt Paul stehen. Da vor ihnen ist etwas, riesenhaft und nah, sie gehen in die Hocke, die Gewehre im Anschlag. Der Wind dröhnt gegen die Felsen, da draußen öffnet sich gähnend weit die Karasee, aufgetürmte Eismassen. Plötzlich setzt Hundebellen ein. Paul feuert das Gewehr ab, grell leuchtet das Mündungsfeuer.

»Sie sind da vorn!«, brüllt er. »Es muss ein Bär sein, ein Bär!«

Er springt auf, schlittert einen Abhang hinab, Peter folgt ihm, den Karabiner hinter sich herschleifend. Unter ihnen knackt und kracht das Eis, Paul steigt, die Waffe vor sich, dem heiseren Bellen hinterher, ruft ins Dunkel hinaus. Auch Peter arbeitet sich vorwärts, stolpert, geht in die Knie. Er kann Paul nicht mehr erkennen. Vor ihm ist Blut im Schnee. Er bewegt sich weiter, hält den Karabiner bereit. Unter seinen Knien knirscht Geröll. Wo ist Paul? Er richtet sich etwas auf, da vorn ist ein schwarzer Fleck, noch mehr Blut, über die Steine verteilt.

»Paul!«, ruft er. »Hier ist Blut, Paul!« Da vor ihm liegt Takito, der kleinste und wildeste. Sein Kopf ist halb vom Rumpf gerissen, die Hinterbeine sind verdreht. »Paul!«, brüllt er. Er hockt sich hin, greift dem Hund ins Fell, starrt in die weiße Finsternis. Rechts von ihm kracht die

Winchester. Im Mündungsfeuer kann er Paul kurz sehen, riesenhaft, die Haare wirr im Wind. Was er brüllt, kann Peter nicht verstehen. Er rappelt sich auf, geht auf ihn zu, der fasst ihn an der Schulter.

»Takito ist tot.«

Paul nickt. »Der Bär«, keucht er, dann sagt er nichts mehr.

In der Ferne ist wieder Gebell zu hören. Paul stürzt drauf zu, auch Peter rennt los, sie schlittern über Geröll, stehen atemlos da und glotzen zu Aiko, ihrem Leithund, der in einer Blutlache liegt. Peter kann noch schwach das Herz des Hundes schlagen spüren.

»Mein Gott«, hört er Paul neben sich.

Wieder sind weiter weg ihre Tiere zu hören, ein helles Jaulen, das der Wind fortreißt.

»Die Hunde«, stammelt Paul. »Wir haben die Hunde verloren!«

Halb erfroren schleppen sie sich zurück. Wieder und wieder rufen sie die Namen der Hunde, doch außer dem Wind ist nichts mehr zu hören. Dann stehen sie wieder am Schlitten. Eine Kiste ist heruntergerissen und zertrümmert, der Renfleischvorrat fortgeschleift.

»Ich habe ihn nicht kommen hören«, sagt Paul. »Plötzlich war er da, die Hunde, sie haben sich auf ihn gestürzt.«

»Unsere Vorräte sind weg.«

»Ich habe ihn nicht gehört.«

»Was machen wir ohne unsere Vorräte?«

»Ich habe ihn einfach nicht gehört.«

In ihren steif gefrorenen Overalls hocken sie im Zelt

und zittern so heftig, dass sie außerstande sind, Tee zu kochen. Sie sitzen nur da und starren ins Leere. Peter hält seine Hände fest, Paul hat die Arme um die Knie geschlungen. Das Zelt bebt.

»Was sollen wir jetzt tun?«, fragt Peter.

»Wir fahren auf den Skiern weiter«, Paul richtet sich auf. »Wir lassen alles zurück, was wir nicht mehr brauchen.«

»Wir dürfen den Schlitten nicht aufgeben«, murmelt Peter. »Ohne den Schlitten sind wir verloren.«

»Wir können ihn nicht ziehen, unmöglich. Wir lassen die Post hier und holen sie später.«

Ein scheuer Dämmer zieht auf. Peter ist übel, und wieder ist da der überwältigende Wunsch, sich einfach hinzulegen, nichts mehr denken zu müssen, nichts anderes mehr zu wollen, als dazuliegen, hinter den geschlossenen Lidern breitet sich eine Landschaft aus, weit und öd.

Endlich gelingt es Paul, den Primus anzufachen. Ihre Finger zeigen im bläulichen Licht deutliche Spuren von Erfrierungen, große, schmerzhafte Blasen, Rötungen an den Gelenken. Sie schmelzen etwas Schnee, krümeln getrocknete Rinderbrühe in den Topf und trinken es lauwarm. Sie haben Hunger. Dösend warten sie auf etwas, das nie kommen wird, die Sonne, Schiffe, Hundegespanne.

»Ein Bär, es war ein Bär«, murmelt Paul.

Ein ausgehungerter Riese, der sich dem Schlitten näherte und dem die Hunde hinaus in die Tundra nachjagten; ein Bär, der Takito zerriss und auch Aiko tötete.

Peter beobachtet Paul. Ein Fremder, der ihm da ge-

genübersitzt, einer, der nur die eigene Haut retten will, Paul Knutsen, ein Junge aus Tromsø, einer mit breitem Grinsen und wachen Augen, einer, der den Brief seiner Geliebten bei sich trägt, der gegen alle Widerstände zurückkehren will, einer, der an der Robbe vorbeischießt, die Hunde im Eis verliert und von Bären fantasiert. Einer, der Geister anlockt. Schwer wölbt sich der Schmerz über Peter, breitet sich in seinen Adern und Gefäßen aus wie Gift.

»Du willst mich loswerden«, murmelt Peter, »von Anfang an wolltest du das.«

»Was redest du?«

»Du hast das alles geplant, Paul, du lockst mich ins Eis, um mich hier zurückzulassen. Die Hunde, du hast sie laufen lassen und auf sie geschossen, es gibt keinen Bären.«

Paul lacht auf.

»Und Schokolade frisst du die ganze Zeit. Du hast ihren Brief dabei, bemitleidest mich, tust so, als würde dir etwas an mir liegen, dabei wartest du nur darauf, dass ich sterbe.«

»Du bist verrückt geworden, Peter!«

»Und wennschon.«

»Wenn ich dich hätte töten wollen, hätte ich dich längst erschossen und vergraben.«

Peter starrt ihn an. Da kauert er, Paul Knutsen, das Gesicht gerötet, mit einem Blick, aus dem der Abscheu spricht: Ohne dich wär ich längst in Dikson, Peter Tessem, ohne dich.

»Du liebst Liv«, sagt Peter, »du erträgst es nicht, dass sie meine Frau geworden ist. Deshalb sind wir hier.«

»Niemand hat dich gezwungen, dich von Amundsen anwerben zu lassen. Du hättest in Tromsø bleiben sollen.«

Paul zieht die Schultern hoch, hockt da wie ein Fels.

»Du liebst sie.«

»Nicht mehr oder weniger als du. Liv war vernünftig, sie ist bei dir geblieben. Etwas anderes konnte sie gar nicht tun, als ihr klar wurde, dass sie ein Kind haben würde.«

»Thore ist ...«, stammelt Peter und spürt den Schmerz hinter seinen Augäpfeln pochen.

»Du glaubst, Thore ist dein Sohn?«

»Er ist es«, flüstert Peter.

»Du glaubst, Liv liebt nur dich. Du bist ein Idiot. Wir haben immer alles geteilt.«

Zaghaft, noch ohne Kraft, versucht Peter, nach Pauls Overall zu greifen, und verfehlt ihn. Paul richtet sich auf und gibt ihm eine Ohrfeige.

»Wer, glaubst du, bist du? Seit Kap Tscheljuskin schleppe ich dich durchs Eis. Was willst du mir beweisen, was willst du Liv beweisen? Du bist ein Idiot, ein Kindskopf!«

Peter flimmert der Zorn vor den Augen, das Zelt schrumpft zusammen und wird zu einem Netz. Er schnellt hoch und wirft sich auf Paul, umfasst ihn mit beiden Armen und reißt ihn zu Boden. Keuchend, mit den Füßen ausschlagend, rollen sie an die Zeltwand. Er hält Pauls Leib umfasst und drückt mit aller Kraft zu, er hört ihn röcheln, ein Schlag trifft seine Stirn oberhalb des rechten Auges, doch er lässt nicht los. Wieder trifft ihn ein Schlag, er lockert den Griff, prustet. Sie drücken sich mit den Füßen ab, das Zelt sackt über ihnen zusammen. Paul nutzt die Verwirrung; er befreit sich aus der Umklammerung, schlingt Peter die Arme um die Brust, reißt ihn nach hinten und wälzt sich auf ihn; er drückt ihm, Hand über Mund und Nase, den Kopf nach unten. Peter japst nach Luft.

»Reiß dich zusammen!«, keucht Paul. »Wir bringen das hier zu Ende, wir kehren nach Tromsø zurück, dann kannst du machen, was du willst.« Er rollt sich von ihm.

Keuchend liegt Peter da, fährt sich übers Gesicht (wir sind wie Brüder, Kain erschlug Abel, warum wehrte Abel sich nicht, warum erhob er nicht seinerseits die Faust?).

Paul richtet sich auf.

»Wir bringen es jetzt zu Ende.«

Sie zerren den Schlitten auf dem zugefrorenen Fluss Richtung Küste zu den Felsen, an denen sich das Treibholz türmt. Dort wollen sie einen sicheren Ort für die Pakete finden. Sie tragen Holz zusammen und bauen daraus eine Art Käfig; sie wickeln die Pakete in Filzlappen und legen sie in das Gewirr aus Ästen und Wurzeln, decken es ab. Sie wissen, was ihnen bevorsteht, ein knapp einhundert Werst langer Marsch entlang der Küste auf ihren Skiern, kaum noch Kerosin, kaum noch Renfleisch, etwas Tee. Jeder wird für sich kämpfen müssen und kann keine Rücksicht auf den anderen mehr nehmen. Die eingewickelten Kisten erscheinen Peter wie die lächerlichen Überreste einer Welt, die es nicht mehr gibt, einer Welt, in der Buchstaben und Zahlen mehr wert sind als Menschenleben, in der sich zwei draußen im Eis wegen eines Schneehuhns totschlagen.

Ein kehliges Lachen dringt aus seiner Brust. Paul sieht ihn düster an.

»Wir sind Idioten«, sagt Peter leise. »Wir hätten einfach nur um die Wette schwimmen sollen, dann wär uns das hier erspart geblieben.«

Alles, was ihnen nicht mehr nützlich ist, lassen sie zurück, die Pfanne, den zerschlagenen Theodolit, die Pantoffeln von Tubiaku. Paul schultert die Winchester, Peter den Karabiner, dann brechen sie auf.

Es ist Mittag, dämmrig, der Wind kommt scharf aus Nordost. Das Eis ist wie Stein. Sie tragen Schneebrillen. Wie ein Geist erscheint Paul, der da vor ihm gegen den Wind ankämpft; die Zipfel seines Overalls flattern wie Gefieder.

Immer wieder knirscht es unter den Skiern, sie schieben sich über blank gewehtes Geröll. In einer Senke gelingt es ihnen, den Primus anzufeuern; Paul krümelt den letzten Brühwürfel ins Wasser, die letzten Reste vom Renfleisch, die sie hastig herunterschlingen. Er beobachtet Paul, und Paul beobachtet ihn. Jedem steht die gleiche Menge an Nahrung zu, die gleiche Ration Tee, bis alles aufgebraucht ist.

Nach der Pause fährt Peter voraus (Schritt, Schritt, immer abwechselnd, in den Armen ist schon kein Leben mehr, die Beine sind eisige Stümpfe, aber immer weiter, Schritt, Schritt, es sind nur noch siebenundneunzig Werst bis Dikson, Schritt, Schritt, sechsundneunzig, jetzt Eisregen, schließ die Augen, wirf einen Blick auf den Kompass, noch immer sechsundneunzig, die Richtung stimmt, du kannst kurz innehalten, lehn dich auf die Stöcke, warte, atme, schließ die Augen, schließe sie).

Liv

Es ist früher Morgen, ich bin seit Stunden wach. Solveig kam in der Nacht zu mir, ihr warmer Körper macht mich unruhig, ich stehe auf und gehe hinaus in den Garten. Schon ist der Winter zu ahnen, alles liegt im Nebel, und die Kälte kriecht unter meine Weste. Wie eine Fremde blicke ich auf Haus und Garten, wie eine, die hier nicht geboren ist und weiterziehen wird. Wo gehören wir hin? Dorthin, wo das Vergangene sich eingenistet hat, wo jedes Haus, jeder Weidezaun, jeder Baum mehr ist als nur ein Haus, ein Zaun und ein Baum? Oder dorthin, wo vor uns alles weiß ist? Wohin gehören wir?

Noch schlafen die Kinder, es ist früher Morgen, und ich sitze in der Stube und schreibe Dir. Du bist ein guter Mensch, Deine Hände sind ruhig und warm, Deine Augen betrachten die Dinge genau, sehen Kleinigkeiten, die anderen entgehen. Du hast Geduld, Du sorgst Dich um uns. Peter Tessem, sagten alle, als wir heirateten, Peter Tessem ist ein guter Mann, du hast Glück. Peter Tessem weiß, wohin er gehört, er kennt seinen Platz, er ist ein vernünftiger Mann mit klaren Augen und tüchtigen Händen. Aber seit wir zusammen durch Tromsø streiften, gibt es auch Dich, Paul Knutsen. Die Geschichten der Eisfahrer sind Dir zu Kopf gestiegen, und jetzt quälst Du Dich da draußen in der Kälte. Du wirst noch erkennen, was Du an Tromsø hast, wenn Dir erst mal zwei Finger fehlen, Du wirst Dich zurücksehnen, wenn Du frierend im Eis feststeckst, Paul. Kräftig bist Du, aber das allein genügt nicht. Du willst hinaus, immerzu geht Dein Blick in die Ferne. Wir waren eins, doch jetzt sind wir drei, der eine wollte weg, der andere nicht, der eine schlachtete Wale, der andere baute ein Haus. Wisst ihr denn nicht, dass ich es längst satthabe, dass ich euch durchschaut habe und dass von nun an ihr es sein werdet, die auf mich warten, wisst ihr das?

Ich schreibe Dir von den letzten Jahren unseres Lebens hier in Tromsø. Es soll ein Abschied sein und auch ein Anfang, damit Du verstehst. Ich schreibe davon, wie groß Thore geworden ist, schon fast ein Mann, und wie schön Solveig ist, ein mutiges Mädchen, das sich von niemandem etwas vormachen lässt. Ich schreibe Dir, wie ich alles im Gleichgewicht zu halten versuche, wie ich jeden Morgen aufstehe, manchmal habe ich Schmerzen, manchmal sind es Ahnungen von Träumen, die mich bei meinen ersten Schritten schwanken lassen. Ich stehe auf, ich koche Tee, bereite den Kindern das Frühstück zu, dann beginnt der Tag, und er endet. Ich schreibe, dass wir in der ersten Zeit viel von Dir sprachen, uns damit beruhigten, dass ihr ein Lager errichtet haben würdet, um die Schneeschmelze abzuwarten. Dann kam der Sommer, und die Nachrichten blieben aus. Wir hörten, dass Otto Sverdrup mit der Suche nach euch beauftragt wurde und ein Schiff hinausschickte. Kapitän Jakobsen versprach mir, das Menschenmögliche für eure Rettung zu tun, dann versank alles wieder in Stille und im Nebel des nachtkalten Winters.

Eine Woche vor dem Auslaufen der *Maud* im Sommer 1918, ich muss Dir das schreiben, eine Woche davor, ziehe ich mir die Weste über und sage, dass ich hinunter in die Stadt gehe. Eine Weile stehe ich ratlos auf der Storgata zwischen den Menschen herum, vor mir der Laden von Wilhelmsen, Töpfe, Geschirr, Hemden, Felle. Kinder laufen vorbei, ich weiß nicht mehr, was ich wollte, und gehe den halben Weg zurück, bleibe unschlüssig vor der Treppe stehen und gehe dann hinauf. Du bist da, siehst mich erstaunt an, ich dränge mich schnell hinein. Was ich wolle, fragst Du. Ich starre Dich an, Deine blonden Haare, Deine Augen. Versprich mir, dass ihr zurückkommt, sage ich. Versprich mir, dass Du Dich um ihn kümmerst, Du bringst ihn zurück nach Tromsø. Meine Stimme zittert nicht, ich schaue Dich an. Versprich es mir, sage ich.

Dieser Brief ist für Dich, wenn Du zurückkommen solltest, falls Du diese Tür öffnest, falls Du Dich nicht mehr erinnerst an das, was war, vor Deinem Aufbruch, was dieses Haus bedeutet hat, der Garten, der Weg hinunter nach Tromsø. Lies diesen Brief! Darin gibt es eine Frau, sie heißt Liv, und zwei Kinder, Thore und Solveig, und wenn Du denkst, ich erinnere mich jetzt, Thore kommt ganz nach Paul und Solveig ganz nach Peter, dann kannst Du Dich ausruhen. Falls Du zurückkommst, findest Du alles aufgeräumt und an seinem Platz, Staub wird über den Dingen liegen und ein mattes Licht. Falls Du zurückkommst, suche nicht nach uns!

Tromsø
1917

Neues Leben in Tromsø, kreischend machte es auf sich
aufmerksam. Liv hielt Solveig im Arm und beruhigte
das aufgebrachte Kind. Thore wich nicht von ihrer Seite,
erklärte der Schwester die Namen der Dinge, der Tiere
und Vögel und wurde wütend, wenn er seinem Vater zur
Hand gehen sollte. Peter arbeitete viel und träumte nicht
mehr, schon den ganzen Sommer über hatte er nicht
richtig geschlafen. Er legte sich neben Liv und Solveig
und erhob sich wieder, und all das, was bis dahin geschehen war, schien wie ausgelöscht. Er hatte das Haus
der Sahlquists erworben, Freunde seiner Eltern, deren einziger Sohn Jens Ole nach der von Anthony Fiala
geleiteten Ziegler-Expedition zum Nordpol nicht aus
dem Eis zurückgekehrt war. Kurz hintereinander waren im letzten Herbst auch die beiden Alten gestorben,
und schon zuvor hatten sie den Wunsch geäußert, Peter möge der neue Besitzer ihres Hauses werden. Es war
baufällig, kleiner als sein Elternhaus, doch es würde ihm
gehören. Im verwilderten Garten wollte Liv Kartoffeln,
Rüben und Kohl pflanzen. So war Peter nach der Arbeit auch noch im neuen Heim zugange, den Schuppen

wollte er zur Werkstatt ausbauen, neue Fensterrahmen mussten eingesetzt, die Dielen ausgebessert, das Dach neu eingedeckt werden. Wo er konnte, ging sein Vater ihm dabei zur Hand.

Das Jahr 1917 führte zum Sturz des russischen Zaren Nikolaus II., im riesigen Land im Osten herrschten Aufstand und Unruhe, und auch in Tromsø waren deren Auswirkungen zu spüren, waren nun Stimmen wie die von Hedda Kielland noch lauter und nachdrücklicher zu hören, die das Wahlrecht für Frauen einforderten, die Mitbestimmung der Arbeiter. Der große Krieg auf dem europäischen Kontinent hinterließ Tod, Schlamm, Hunger und gasgetränkte Luft, war hier aber nur eine weitere Schlagzeile in der Zeitung, die Peter am Morgen mit Kopfschmerzen überflog, bevor er sich an die Arbeit machte.

Paul war wieder aus dem Eis zurückgekehrt, es war seine dritte oder vierte Fahrt gewesen. Peter wusste es nicht mehr. Seit der Rettung der russischen Expedition durch Sverdrup, die bis ins Frühjahr 1915 angedauert hatte, stach Paul Knutens Name unter denen zahlloser Eisfahrer hervor; er war nicht länger irgendein Seemann auf Walfang, sondern einer, der sich in der Kälte bewährt hatte. Peter freute sich, den Freund wiederzusehen, empfand jedoch auch stille Erleichterung, wenn Paul wieder verschwand. Im Frühjahr war er aus Kristiania zu ihnen gekommen, hatte Geschenke für Liv und Thore mitgebracht und auf Drängen des Jungen von seinen Abenteuern erzählt: wie sie auf den längsseits geholten Wal gestiegen waren und Brocken von Fett aus dem riesigen Leib herausgeschnitten hatten; wie er die schlotternden

Matrosen des festsitzenden russischen Eisbrechers *Wai-gatsch* durchs Eis geführt hatte und ihnen die Eisbären gefolgt waren. Atemlos hatte Thore seinen Worten gelauscht. Peter erklärte dem Jungen am Abend, dass nicht jeder ins Eis hinausmüsse, um sich zu bewähren, dass es jedem selbst überlassen sei, was er aus seinem Leben mache. »Du entscheidest, was für ein Leben du führen willst und ob es das richtige ist«, sagte er.

Er zeigte Paul das neue Haus, den Garten, und der nickte anerkennend. Sie rauchten Pfeife.

»Ich habe Amundsen getroffen«, sagte Paul und blieb neben einem Himbeerstrauch stehen. »Er will wieder raus, durch die Nordostpassage. Gerade lässt er ein neues Schiff bauen. Er will sich wie Nansen um den Pol treiben lassen.« Er stieß eine Rauchwolke aus und blickte Peter verschwörerisch an. »Er sucht noch fähige Männer, Männer wie dich.«

Peter zog unwillkürlich die Schultern hoch und sah sich um.

»Stell dir mal vor, wir beide Teil der größten Expedition seit Nansen. Peter Tessem und Paul Knutsen!«

Peter begann zu frieren.

»Jedenfalls habe ich Amundsen deinen Namen genannt. Er und Helmer Hanssen werden bald nach Tromsø kommen, auf der *Maud*, ihrem neuen Schiff. Du solltest ihn kennenlernen.«

»Aber ich habe hier alles, was ich brauche«, sagte Peter und sah sich nach dem Haus um.

»Wirklich?«, Paul klopfte die Pfeife aus und ging den Pfad zum Haus zurück.

Still und friedlich lag das Haus um ihn. Wenn er erwachte, roch er das frische Holz, glaubte, die schwere Erde zu riechen, Livs Duft, der sich langsam aufzulösen begann. Er lag still und mit geschlossenen Augen da und versuchte, an nichts zu denken. Das pochende Kopfweh war zu einem gleichmäßigen Schmerz geworden; am Morgen hatte er sich kaum aufrecht halten können, war bis vor die Tür getaumelt, hatte sich erbrochen und wieder zurück ins Bett geschleppt. Liv hatte die Vorhänge zugezogen und die Tür verschlossen.

Er lauschte jetzt, aber es war nichts zu hören. Er öffnete die Augen, blinzelte und richtete sich langsam auf. Das Schlimmste war wohl überstanden. Eine Weile blieb er im Bett sitzen und fuhr sich über Schläfen und Stirn. Hinter den Vorhängen glomm ein endloser Tag. Er stand auf und tappte zum Schrank hinüber. Von Liv und den Kindern war nichts zu vernehmen, weder von unten aus dem Haus noch aus dem Garten. Er zog die Schranktür auf und begann, nach seiner Weste zu suchen. Gerüche wurden zu Erinnerungen: Liv und Thore im verschneiten Garten, auf dem Weg zur Kirche, ihre Gesichter im Schein der Kerzen, Liv draußen am Prestvannet, das Laub leuchtend, alles um sie herum klar wie nach einem Regenschauer.

Er schob ihre Mäntel zur Seite, Livs alten Wollpullover, schon griff er nach seiner Weste, als in seinem Augenwinkel etwas zu Boden glitt. Er bückte sich und hob den unbeschrifteten Umschlag auf, drehte ihn. Festes Papier. Er zog sich die Weste an und trat ans Fenster, öffnete die Vorhänge einen Spalt. Er betrachtete den Umschlag genauer. Hatte er ihn dort hineingelegt und vergessen? Oder war es ein Schreiben von Greta? Er wollte ihn zurücklegen, aber das raue Papier zwischen seinen Fingern erinnerte ihn an etwas, und vorsichtig öffnete er das Kuvert. Die kleine, akkurate Schrift erkannte er sofort. Er las:

wir haben den 5. längengrad passiert, sind gestern
in Jan Mayen eingelaufen. ein trostloses eiland
mit einem weiß aufsteigenden vulkan in der mitte.
das geschrei der vögel ist ohrenbetäubend

Peter hörte kurz zu lesen auf, als er bemerkte, wie er zu zittern begann.

mach dir keine sorgen um mich, Liv, einen besseren
ort als dieses schiff gibt es nicht für mich. wenn
ich könnte, würde ich dich mitnehmen, ich weiß,
wie sehr es dich aus Tromsø hinausdrängt, aber
jedem ist eine andere aufgabe gegeben. ich halte
es für das klügste, wenn du dortbleibst, an Peters
seite, er wird für ein haus sorgen & auch einen
warmen ofen. ich sehe dich gerade vor mir, mit ver-
schränkten armen, mit diesem blick. beleidigt &
stolz sagst du, dass du niemanden brauchst, der
dir den ofen anfeuert.

Schwarze Flecken tanzten vor seinen Augen. Das Licht bleichte seine Finger, knochenweiß waren sie und eiskalt.

während der wachen stelle ich mir vor, dass wir eines tages zusammen ein schiff besteigen, aber damit fahren wir nicht ins eis, sondern dorthin, wo es warm ist. südamerika. allein das wort lässt mich schwitzen. In brasilien nehmen wir uns ein stück land & pflanzen bananen und kakao.

Peter fror entsetzlich.

alles könnte ich zurücklassen, in jedes noch so entlegene meer könnte ich hinaussegeln, aber dann muss ich doch immer zu dir zurück, Liv, wie kann ich dich aus Tromsø losreißen, was soll ich tun, damit du mit mir kommst?

Er saß in der Küche und hörte Thores Stimme langsam näher kommen. Er wusste nicht, wie lange er schon dort saß, Stunden, Tage, immer im selben Licht. Er betrachtete seine Hände, die ihm so nutzlos und dumm erschienen, Stuhl und Tisch, nichts weiter brachten sie zustande, sie waren nicht einmal mehr in der Lage, Liv über die Wange zu streichen. Er lauschte den Schritten. Liv ermahnte den Jungen, still zu sein, als sie in den Flur traten. Dumpf klang alles, Pauls Schritte in der Höhle, Pauls Schritte auf dem Schiffsdeck. Die Tür wurde aufgestoßen, der Kopf eines blonden Kindes erschien, Pauls Lächeln. Ein kalter Windzug strich um seine Beine, keinen Moment länger wollte er bleiben, er spürte Übelkeit aufsteigen. Sein Sohn kam bis an den Tisch.

»Geht es dir besser?«, hörte er Liv fragen.

Der Junge plapperte drauflos, Großvater habe ihm

gezeigt, wie man einen Fisch esse, ohne an den Gräten zu ersticken. Peter stand auf. Vor seinen Augen tanzte die Welt. Er musste hinaus. Er würde Paul nicht länger das Vorrecht überlassen, immer und immer wieder heimzukehren mit einem neuen Blick, nein, er würde ihm die Welt nicht überlassen! Er würde selbst Teil davon werden, zum Teufel mit Tisch und Stuhl!

»Ich werde mit Amundsen fahren«, sagte er, als Liv hinter ihm stand, Solveig auf dem Arm. »Ich werde ins Eis fahren.«

Atemzüge

Polyniya-Bucht, 1919

Er bleibt stehen. Hände und Füße sind taub, in seinen Ohren ein helles Pfeifen, das manchmal wie Lachen klingt. Dann plötzlich dumpfe Donnerschläge wie von einem Segler, der sich freizusprengen versucht, doch er weiß, es ist das Eis, nur das Eis, immer wieder diese Erschütterungen, als versuche es, die Welt aus den Angeln zu heben. Seit Stunden sind sie auf den Skiern, scheinen jedoch nicht vom Fleck zu kommen. Alles sieht gleich aus, als treibe der Wind sie stets zum Ausgangspunkt zurück. Sie gehen auf festem Boden, hier gibt es keine Drift, keine Bewegungen. Schritt um Schritt um Schritt. Unter den Skiern Geröll, manchmal nur nackter Fels, der Wind hat den Schnee von den Hochflächen geweht und lässt glatt poliertes Gestein zurück. Er weiß, sie sind zu langsam. Er blickt hinter sich (wann sehen wir es, die winzigen Lichter? Rauch wird aufsteigen, und die Hunde werden anschlagen, da wird ein Licht sein, seit Tagen gehen wir im Kreis, ein guter Navigator, dieser Stein, dieser Vorsprung, hier waren wir gestern schon einmal, was hilft die Uhr, der Kompass ist nutzlos, wir gehen im Kreis). Keuchend starrt er ins Dämmerlicht.

»Es sind noch vierzig Werst«, dringt Pauls Stimme zu ihm. »Hörst du, Peter, vierzig Werst bis Dikson!«

Woher will er das wissen? Diese verdammte Wetterstation, verfluchter Ort im Eis, Bretterbuden, ein paar Hunde, nicht mehr. Wieder bleibt er stehen, lässt die Skistöcke fallen.

»Was ist los mit dir?«

Paul ist jetzt neben ihm, groß wie ein Bär, ein Ungeheuer. Wir hätten noch einmal zum Drachenfels hinausschwimmen sollen, denkt Peter, das hätte genügt, nur einmal noch hin und wieder zurück, während sie am Ufer auf uns wartet. Was mit ihm los sei, er hört Pauls Stimme wie ein Echo. Er hebt den Blick und bleckt die Zähne, geht in die Knie.

»Ich muss ... Luft holen, nur etwas ... Luft holen.«

»Es sind doch nur noch vierzig Werst!«

»Woher willst du das wissen? Es können auch achtzig Werst sein oder hundert.«

»Komm jetzt hoch. Es ist nicht mehr weit!« Paul macht einige Schritte auf ihn zu.

»Du kannst ... geh voraus«, murmelt er. »Ich werde hier nur kurz Luft holen, nur kurz ... dann komme ich nach. Kannst schon mal den Ofen anheizen.«

»Da drüben ist Dikson«, Paul deutet mit dem Arm voraus. »Dort, hinter den Hügeln. Man kann schon fast die Hunde hören.«

Peter lächelt schmal, legt den Kopf schräg. Der Wind schlägt ihm in den Mantel, ins Gesicht. »Dikson, ja«, sagt er, »ich glaube, ich habe mir in die Hose gepinkelt.«

Paul fährt sich über den Mund.

(hast schöne weiße Zähne, Paul, hast dunkle Augen, die weit hinter den Horizont blicken, dort steht alles in Flammen, Paul, alles steht in Flammen, den Ort, zu dem wir zurückkehren wollten, es gibt ihn nicht mehr, alles in Flammen, wir sind noch am Leben, die *Maud* steckt im Eis, sie können das Inferno mit bloßem Auge erkennen, sie schreien, Sundbeck schreit, Tønnesen schreit, das Wasser, Paul, es beginnt zu brodeln).

»Es ist deine Entscheidung«, sagt Paul leise. »Ich kann dich nicht tragen.«

Sie sehen einander an. Und mit einem Mal wird Peter klar, dass nicht er es ist, dem sich die Angst durch die Eingeweide frisst, es ist Paul, der mit geöffnetem Mund dasteht und zum ersten Mal das vor sich sieht, was Peter schon seit Wochen begleitet: ein flüchtiger Schatten, mal vom Wind zerstreut, vom Mond wieder hervorgelockt, hinter einem Pressrücken kauernd, ums Zelt schleichend; wenn sie schlafen, setzt er sich zu ihnen und betrachtet ihre kältegeschundenen Gesichter mit einem Lächeln: Schlaft nur, ich werde wachen, schlaft ruhig! Ihm wird klar, dass Paul nicht damit gerechnet hat, dass es so weit kommen würde, um den letzten Rest Anstand ringend.

»Ich … ich komme gleich«, murmelt er.

Der Wind bringt die Steine zum Knistern. Paul schüttelt den Kopf und wendet sich um.

»Vierzig Werst nach Südwest, es ist nicht zu verfehlen«, er senkt den Kopf und macht sich wieder auf den Weg.

Endet es also hier, da Paul langsam in der Dunkelheit verschwindet und schließlich nicht mehr zu sehen ist? Niemand würde ihm die Schuld an Peters Tod geben, niemand würde ihm Fragen stellen, wenn nur er allein zurückkäme. Wie viele sind im Eis zurückgeblieben, mutlos, erschöpft und überwältigt von der Endlosigkeit des Himmels?

Nein, so wird es nicht enden. Schritt um Schritt um Schritt. Er bleibt nicht sitzen, er ergibt sich nicht dem Verlangen, alles von sich zu werfen, den Rucksack, die Stöcke, und blind hinaus ins Eis zu taumeln, dem Meer entgegen. Er muss weiter.

Er rappelt sich auf, schnallt die Skier ab und legt sie sich über die Schulter. Zu Fuß wird er besser vorankommen (hier die Uhr, ein guter Navigator geht nie ohne, der Kompass darf nicht fehlen, wenn wir in Tromsø sind, feiern wir Weihnachten, dann werden die Lichter, die Lichter, dort am Horizont). Er rutscht immer wieder aus, rappelt sich auf. Der Wind schleudert ihm Graupel ins Gesicht. Schritt um Schritt.

Endlich fällt die Ebene etwas ab, der Wind lässt nach, es geht leichter voran. Vor sich sieht er ein Licht, ein klägliches Schimmern. Er geht drauf zu, kann die Umrisse zweier Hütten erkennen, davor Paul über ein Flämmchen gekauert. Als er ihn erreicht hat, sieht der auf.

»Ein paar Dosen sind noch drin.«

Mit dem Jagdmesser schabt Paul Reste aus einer Dose und schiebt sie sich in den Mund. Er hat versucht, Feuer zu machen, vor ihm kokeln die Reste von Papier. Peter betritt eine Hütte, stellt die Skier ab und beginnt, in den herumliegenden Dosen zu suchen. Mit dem Finger kratzt er harte Stücke Fett heraus, schiebt sie sich in den Mund. Ein pelziger Geschmack bleibt auf der Zunge.

Eine Zeit lang hockt er dort und kaut, denkt an nichts, sieht nur die Dose, etwas im Mund. Dann rollt er den Schlafsack aus, kriecht hinein. Er umfasst den Ring am Strick um seine Taille, hält ihn fest. Ich werde ein anderer Mensch sein, denkt er, ich werde wissen, wohin ich gehöre.

Geräusche von Wasser, von Stimmen.

Er schreckt auf, wischt sich Speichel aus dem Bart. Er hört, wie Paul seinen Overall auszieht, irgendwo in der Hütte, wie er in den Schlafsack kriecht und dann, halb sitzend, halb liegend, wartet.

»Südamerika«, hört er ihn leise murmeln.

Mit halb geschlossenen Augen liegt er da. Pauls Stimme wird zum Wasserlauf, zum Glucksen, ein Raunen. Unbekannte Tiere umschleichen ihn, er kann ihre Augen schimmern sehen, ihr Fell spüren, neben sich, über sich, in der Ferne das Geschrei von Vögeln, oder kommt auch das nur aus dem Eis?

Die Hütten liegen hinter ihnen, sie haben die Uboynaya-Mündung verlassen und gehen weiter westwärts, die schwarze Sonne im Rücken. Das Marschieren fühlt sich leichter an, der Untergrund ist fest, seine Beine zittern nicht mehr. Nein, es ist nicht alles verloren, und er muss jetzt lächeln über seine Mutlosigkeit gestern, über den Wunsch, einfach sitzen zu bleiben und alles zu vergessen. Schritt um Schritt um Schritt. Ist das schon Dikson, das Flimmern am Horizont? Er denkt darüber nach, seine Überlegungen mit Paul zu teilen: Dass man in Dikson ein mächtiges Feuer errichtet hat, um ihnen den Weg zu weisen, dass man sie erwartet mit einer Feier, dass es Zigarren geben wird, Wodka, Schokolade, eingelegtes Gemüse (wir sind ja nur noch halbe Menschen, wir beide, Füße und Hände haben wir noch, aber unsere Herzen, Paul). Er stolpert, fängt sich und folgt dem Schatten des anderen. Welches Datum ist heute, fragt er sich und beschließt: Es muss der 23. Dezember sein, der Tag vor Heiligabend, der, so erinnert er sich, schon immer von ganz besonderer Nervosität geprägt war. Kribbelnd und unerhört. Er lächelt, schiebt sich den Schal über Mund und Nase und atmet schneller ein und aus, damit er seine Lippen wieder spüren kann.

Schwarz liegt das Meer vor ihnen, Eis türmt sich gegen das Land. Paul ist stehen geblieben, deutet hinaus. »Hätte nicht gedacht, dass ich noch mal froh sein würde, Eis zu sehen. Das muss die Polyniya-Bucht sein«, sagt er und sieht Peter an.

»Mmh«, mehr kommt nicht über seine Lippen.

»Wir kürzen den Weg ab übers Eis. Von der anderen Seite der Bucht sind es nur noch etwa zehn Werst.«

»Zehn Werst, ja.«

»Wir haben es so gut wie geschafft, Peter!«

»Wenn du es sagst.«

Paul geht voraus, und er folgt ihm. Das Eis knirscht und schmatzt unter ihren Stiefeln; es weiß nichts davon, einen Menschen zu tragen, plötzlich bildet es Risse, wo es vorher fest und sicher schien. Noch einen Tag, dann werden sie in Dikson sein.

Erst ist es nur ein Knistern, doch es verstärkt sich rasch, ein paarmal knackt es, und noch bevor das Eis birst, kommt es ihm vor, als höre er das Wasser seufzen, ein langes, erleichtertes Geräusch. Paul bricht zuerst ein und geht sofort unter. Nahezu geräuschlos öffnet sich die weiße Fläche, lässt sie ins Eiswasser rutschen. Peter hat Glück, sein rechtes Hosenbein bleibt hängen, so kann er sich über Wasser halten. Sekunden vergehen, Sekunden, die ihm das Schwarz vor Augen treiben, er kann nicht atmen. Panik rast ihm das Rückgrat hinauf. Er brüllt Pauls Namen, sieht nichts. Er windet sich aus den Rucksackriemen, und es gelingt ihm, das Ding auf festen Grund zu schleudern, während sein linkes Bein im Wasser strampelt; er versucht, sich weiter hinaufzuziehen, rutscht jedoch nur tiefer hinein. Unerklärlicherweise folgt auf den Schock Erleichterung: Ich lebe, ich bin noch am Leben, ich atme! Er lässt das Strampeln sein, schiebt den rechten Fuß Stück für Stück zurück aufs Eis, legt all sein Gewicht darauf und unternimmt den Versuch, sich hinaufzurollen, rutscht ab. Wieder brüllt er Pauls Namen. Er weiß, dass es sinnlos ist, beruhigt sich und konzentriert sich auf sein Atmen, auf das rechte Bein. Wenn er noch einmal abrutscht, ist er verloren. Er wartet, horcht. Das Eis ist still, auch der Wind macht Pause, und so ist da nur dieser endlose Himmel über ihm. Ich hätte nie gehen dürfen, denkt er, niemals, und rollt zur rechten Seite, paddelt mit dem linken Bein, knirscht verbissen mit den Zähnen, krallt die Finger ins Eis. Nicht hier, nicht so, also weiter, bis der Sog endlich nachlässt, das linke Bein ist aus dem Wasser, ein letztes Mal wirft er sich herum, rollt keuchend zurück aufs Eis. Reißt die Augen auf. Paul.

Er schaut hinüber. Ein schwarzes Loch. Dann eine Bewegung, ein Arm, eine Hand, die ins Leere greift. Peter öffnet den Mund, bringt nichts heraus. Da taucht er auf, schlägt mit den Armen um sich, blondes Haar, zwei Augen. Er starrt hinüber. Er weiß, dass Paul ihn sehen kann, sehen muss (meinen Namen, Paul, ruf meinen Namen). Der Kopf verschwindet, der Arm verschwindet, zuletzt die Hand. Er hustet, spuckt aus, dann schiebt er sich auf allen vieren in Richtung des Lochs (ich habe dich, Paul, deinen Arm, deinen Arm habe ich und deinen anderen auch, so werde ich dich tragen, ich trage dich jetzt, und du musst nichts tun, du bleibst einfach liegen, du kannst die Sterne betrachten, Paul, sind sie nicht schön, erzählen sie dir nicht eine Geschichte, mach den Mund nur zu, Paul, es genügt, durch die Nase zu atmen, keine Angst, ich werde dich nicht im Stich lassen, hier werde ich dich nicht im Stich lassen, du bleibst bei mir, sei ohne Sorge). Er greift ins Wasser und bekommt einen Ärmel zu fassen; er zieht, zerrt. »Paul«, brüllt er, »Paul!« Er rollt auf die Seite, lässt den Arm nicht los. So kann er nach und nach den Körper aus dem Wasser zerren. »Verdammt, Paul, mach dich nicht so schwer!« Blind für die Gefahr wirft er sich herum, schleift den Körper ein paar Meter weiter, kann nicht mehr und hockt sich hin. Paul atmet, der Brustkorb hebt sich ein wenig. Das Eis ächzt. Sie müssen weg. Er beginnt, den anderen auszuziehen: zuerst der Rucksack, der Overall, die Pelzhose. Er zerrt ihm den Pullover über den Kopf, die blonden Haare sind steif gefroren. »Paul«, sagt er, wieder und wieder sagt er es. »Erinnerst du dich an Tromsø, Paul, an die Feuer, an das Licht?« Es gelingt ihm, den Schlafsack über dessen Beine zu zerren und weiter hinauf bis an die Brust. »Bleib liegen. Wir müssen runter vom Eis, ich werde dich ziehen, Paul.« Er schlingt einen Riemen um Pauls Beine, das andere Ende um den eigenen Bauch, greift nach den Rucksäcken und macht sich auf den Weg zum Ufer.

Er sieht auf. Wer hat da gesprochen? Er atmet pfeifend, kann nicht genug kriegen von der Luft. Er schaut sich nicht um (fürs Eis ist der nicht, aber das liegt jetzt hinter uns, alles liegt hinter uns und vor uns die Lichter von Dikson, kannst du sie sehen?). Er setzt einen Fuß vor den anderen. Der Riemen zieht sich mit jedem Schritt fester um seinen Leib. Schritt um Schritt um Schritt. Der Himmel ist übersät von Lichtern, wenn er den Blick hinauf richtet, wird ihm übel. Endlich knirscht Kies unter seinen Stiefeln, er hat das Ufer erreicht.

Da hinten hebt sich etwas ab. Er geht drauf zu. Er sieht, es ist ein altes Boot, eine Schaluppe. Es liegt kieloben da, von einer mächtigen Welle an den Strand gespült. Teile des Rumpfs sind gebrochen. Er geht in die Hocke. Der Hohlraum darunter ist windgeschützt. Er kriecht hinein, sieht sich um. »Jetzt haben wir doch auch einmal Glück«, ruft er laut.

Er zerrt den anderen ins Trockene, sinkt nieder, beugt sich über dessen Brust. Ein schwaches Pfeifen ist zu hören, noch ist da Leben. Er windet sich aus dem Overall, deckt den anderen damit zu und starrt ihn aus der Hocke an. Plötzlich muss er heftig zittern. Wir müssen essen, denkt er, ein Feuer machen, die Kleidung trocknen. Er schafft es, den Primus anzufachen und seine Hände so weit aufzuwärmen, dass er in einem der Rucksäcke nachsehen kann. Zwischen Pauls Unterhosen und Socken findet er einen Schokoladenrest und das Notizbuch. Er schiebt sich die braune Masse in den Mund, hart wie Stein, beugt sich zu Paul und streicht über sein Gesicht. Ganz bleich ist er, die Augen aufgerissen, sehen aber können sie ihn nicht, Pauls Blick geht ins All und weiter. Das Flämmchen erlischt.

Er schlägt das Notizbuch auf, der Brief fällt ihm entgegen. Die Seiten kleben aneinander. Eine feine Handschrift, die jetzt zerlaufen ist, doch er weiß, es sind ihre Worte. »Siehst du, hier?«, Peter hält das Papier vor Pauls Gesicht. »Erinnerst du dich? Er ist von Liv.« (du kannst nicht mehr sprechen, Paul, dir fehlt die Luft, nicht wahr, jetzt fehlt dir die Luft, doch ich ahne, was du sagen willst, dass alles wahr ist, es gibt keinen Unterschied zwischen uns, Paul oder Peter, Peter oder Paul). Er zerreißt das Papier und schiebt sich einen Streifen nach dem anderen langsam in den Mund; er stiert vor sich hin, kaut und schluckt den ganzen Brei herunter. »Es sollte nicht so kommen«, flüstert er zitternd, »ich hab das alles nicht gewollt, verzeih mir! Ich werde nach Dikson gehen und Hilfe holen.« Er schluchzt, zieht Paul zu sich, zerrt den Körper des anderen an seinen und hält ihn umfangen. Er dämmert weg. Paul regt sich, wird wach, streckt sich aus und fragt, ob er noch etwas zu rauchen habe, ob er eine Partie Schach mit ihm spielen wolle, irgendwann müsse ja auch er mal gewinnen, er lacht: Ich muss es doch einmal schaffen, dich ins Matt zu setzen, Peter Tessem! Paul steht auf: Komm, lass uns Liv besuchen, lass uns schwimmen gehen, das Meer ist glatt und ruhig, wir schwimmen, so weit es geht, wie weit kommst du hinaus?

Paul ist zur Seite gerutscht. Es könnte früher Morgen sein, der Weihnachtstag. Wie die Kinder sich jetzt in die Stube schleichen, vor Aufregung zittern sie in der morgendlichen Kälte, wie sie dastehen und den schönen Baum bestaunen. »Es ist Weihnachten, Paul«, flüstert er. Doch der sagt nichts, regt sich nicht. Lange starrt er den Körper an. Der andere ist ganz kalt an Stirn und Fingern. Am Leben bleiben, denkt er (du bist der Leib, der Laib Brot bist du, denn ich muss zurückkehren, verstehst du, ich kann nicht länger hierbleiben, es liegt noch ein Leben vor mir).

Schwankend steht er vor der Schaluppe. Hat er geschlafen? Er zittert nicht mehr. Der Rucksack sitzt fest auf seinem Rücken, nur das Nötigste hat er bei sich. Er ist klar und bei Verstand, die Schmerzen sind nicht mehr seine Schmerzen. Er geht um das Boot herum und kippt den Rest vom Kerosin über dem Rumpf aus. Rasch entflammt das Zündholz in der hohlen Hand, er lässt es fallen und wartet. Bläuliche Flammen züngeln auf. Er schiebt die Mütze aus der Stirn, blickt auf den Kompass: Kurs Südwest. Dikson ist so nah. Er geht rasch über das Ufergeröll. In seinem Rücken steigt Rauch auf, doch er blickt nicht zurück.

73° 32′ N, 80° 49′ O

Begitschew sah in die Weite der Polyniya-Bucht hinaus.
Das Meer war ruhig, der Horizont verlor sich im Dunst,
und irgendwo dahinter stand, knapp über dem Wasser,
die Sonne; ein trübes Licht flutete den Kiesstrand. Morgen würden sie in Dikson ankommen. Er konnte nicht
sagen, was und ob sie überhaupt etwas erreicht hatten.
Alle Spuren waren vage geblieben.

Die Skier, die Jakobsen in der Hütte entdeckt hatte,
gaben neue Rätsel auf. Wenn einer der Vermissten auf
Kap Primetny gestorben war, warum hatte der andere
dann beide Paare mitgeschleppt und das eine nicht mit
den Papieren an der Zeledeyewa zurückgelassen? Karlsen war seit dem Fund der Skier der festen Überzeu-
gung, dass es den Toten auf Kap Primetny nicht gegeben
hatte. Sicher, da waren die Knochenfunde, aber diese gehörten seiner Meinung nach weder zu Tessem noch zu
Knutsen; die beiden hatten die Pjassina erreicht, waren
gezwungen gewesen, die Papiere zurückzulassen, und
dann zu dieser Hütte gelangt, so seine Schlussfolgerung.
Jakobsen hatte gefragt, was das denn noch für eine Rolle
spiele, Wind und Eis trieben doch sowieso ihr Spiel mit

ihnen, sie würden getäuscht, glaubten an Dinge, die es nicht gab. Und Konde hatte bloß gemurmelt, das einzig Sichere sei der Tod der beiden.

So schlüssig Karlsens These im ersten Moment auch schien, ganz anschließen wollte Begitschew sich ihr nicht; er wusste, dass auch Jakobsen recht hatte, dass das Eis beständig die Landschaft veränderte, unwirkliche Lichtspiegelungen erzeugte, Dinge zum Vorschein brachte, die jahrelang verschwunden waren, andere für immer verborgen hielt. Sie hatten einige Dinge gefunden, die zweifellos Tessem und Knutsen gehörten, aber was bedeutete das schon? Wann war der eine gestorben, wohin hatte der andere sich geschleppt? War es zu einer Tragödie gekommen, oder war jeder still für sich im Eis erfroren? Fragen, die wahrscheinlich nie jemand würde beantworten können.

Er sah sich um. Sie lagerten landeinwärts. Jakobsen klagte seit einem Tag über Nierenschmerzen und konnte nur schlecht laufen, die meiste Zeit über hockte oder lag er auf dem Schlitten, so auch jetzt. Noch einmal waren sie aufgebrochen, um nach Spuren zu suchen, Begitschew war dem Strand gefolgt, Konde und Karlsen marschierten landeinwärts.

Begitschew zog den Gewehrriemen straff und ging weiter. Auch hier überall Treibholz, er stieß auf eine rostige Konservendose, dann auf den Kadaver eines Tieres. Rund hundert Fuß entfernt entdeckte er ein seltsames Gebilde, und als er näher heranging, erkannte er die Spanten eines Bootsrumpfs. Es war nicht ungewöhnlich, dass solche Boote zurückgelassen oder angeschwemmt wurden. Das Ding lag auf der Seite, einige Spanten waren verrußt, schienen Feuer gefangen zu haben. Er ging in die Hocke, und als er in den Hohlraum darunter blickte, entfuhr ihm ein tiefer Seufzer. Schnell schlug er das Kreuz vor der Brust. Dann rief er nach den anderen.

Konde und Karlsen hatten den kranken Jakobsen in ihre Mitte genommen und näherten sich dem wartenden Begitschew. Der hockte vor dem Rumpf und hielt etwas in der Hand, etwas, das ihn sprachlos zu machen schien, denn er erwartete sie schweigend, schüttelte nur immer wieder den Kopf.

»Was ist los?«, sprach Karlsen ihn an, als sie bei ihm waren.

Begitschew streckte den Arm aus und öffnete die Hand. Darin lag eine goldene Uhr an einer Kette.

»Das ist Tessems Uhr«, sagte er. »Mach sie auf!«

Karlsen nahm sie und öffnete den Verschluss. *Für P. T. In Erinnerung*, las er. Er zeigte die Inschrift den anderen beiden.

»Woher hast du die?«

»Von hier, unter dem Boot«, sagte Begitschew und deutete auf den Rumpf. »Er liegt dort.«

Nacheinander krochen sie alle unter den Schiffsrumpf, um sich zu überzeugen. Der Körper war bereits skelettiert, Teile von Füßen und Händen fehlten. Jakobsen presste sich die Hand vor den Mund und kroch wieder ins Freie. Die anderen kauerten schweigend da und starrten auf den Toten. Karlsen zog sich die Mütze vom Kopf. Einige Kleidungsreste waren noch zu erkennen, lose Fetzen eines Pullovers der Firma Jaeger, ein Stück dunkelblaues Flanell, Überbleibsel einer Pelzhose und von Stiefeln. Daneben der Rest eines Rucksacks, ein paar Patronen, ein Wollhandschuh.

»Und die Uhr lag bei ihm?«, fragte Karlsen.

»Ja, hier, da bei ihm«, Begitschew deutete auf einen Punkt neben dem rechten Arm des Toten.

»Dann ist es sicher«, sagte Karlsen. »Das hier ist Peter Tessem.«

Begitschew nickte schweigend.

»Endlich«, murmelte Karlsen und kroch hinaus ins Freie. Die anderen beiden folgten ihm.

»Er fand hier Unterschlupf und starb. Verhungert, nehme ich an«, Begitschew sah zum Meer.

»Und das Feuer?«, fragte Karlsen. »Das Boot hat gebrannt. Er wird es kaum selbst angezündet haben. Nein, ich glaube vielmehr, sie waren hier noch beide zusammen, Knutsen und Tessem, sie waren beide hier. Das würde auch die Sache mit den Skiern erklären. Sie sind zu Fuß hier angekommen. Tessem starb, und Knutsen wollte ihn verbrennen.«

»Warum hätte er das tun sollen?«, fragte Begitschew. »Hätte er nicht eher versucht, nach Dikson durchzukommen, um mit einem Hilfstrupp zurückzukehren?«

»Vielleicht versuchte er tatsächlich, nach Dikson zu kommen, und wurde dabei von einem Bären angegriffen. Vielleicht verirrte er sich.«

»Bloße Vermutungen, die uns nichts mehr nützen.«

»Oder sie wurden beide erschlagen.«

»Erschlagen? Von wem?«

»Hast du nicht selbst gesagt, dass sich hier neuerdings seltsame Leute herumtreiben?«

»Deine Fantasie geht mit dir durch, Alfred«, Begitschew hatte allmählich genug von Karlsens Spinnereien. Dem Jungen ging die Sache nah, das konnte er sehen, aber noch immer war er, Begitschew, der Leiter dieser Expedition und somit verantwortlich dafür, dass keiner den Verstand verlor und alle sicher nach Dikson zurückkamen.

»Und wenn es doch ganz anders war?«, sagte Jakobsen leise. Er war bleich, die vergangenen Tage hatten ihm zugesetzt. »Wenn es nun nicht das Eis war, nicht die Kälte, kein Bär. Schon auf der *Maud* schrieb Knutsen oft von Liv Tessem.«

»Du meinst, sie haben sich gegenseitig …«, Karlsen hielt inne.

»Ich meine, es gibt Dinge, die außerhalb dieser Landschaft liegen, weit weg vom Eis«, sagte Jakobsen. »Andere Menschen, geliebte Menschen.«

»Wir kennen sie nicht, keinen der beiden«, Begitschew ging ein paar Schritte, rieb sich die Stirn. »Ja, vielleicht ist es so, und einer der beiden verlor die Nerven, vielleicht hat ihr Verschwinden nichts mit dem Eis und der Dunkelheit zu tun, sondern mit dem, woher sie kamen, was sie verband. Aber es ändert nichts an den Tatsachen, es macht sie nicht wieder lebendig.«

Sie schwiegen. Waren es nicht die Menschen selbst, die sich gegenseitig belauerten und beäugten, die überall dunkle Schatten sahen und irgendwann nicht mehr zwischen Schein und Wirklichkeit unterscheiden konnten? Waren sie nicht als Freunde zusammen auf große Fahrt gegangen, Tessem und Knutsen, und hatten sie auf ihrem einsamen Weg nicht in hohlwangige, bleiche Gesichter geblickt und waren dabei zu Tode erschreckt?

Hier draußen gab es nichts mehr außer glatt geschliffenen Steinen, Wind und den Überresten eines Bootes. Jakobsen runzelte die Stirn, Begitschew sah auf seine Stiefel, Karlsen knetete seine Finger.

»Sie sind tot, beide sind sie längst tot«, Konde trat hinter dem Bootsrumpf hervor. »Das waren sie schon im Winter und im Winter davor. Warum seid ihr noch hier, wenn es nicht wegen der Rubel ist? Warum ist es so wichtig, *wie* sie gestorben sind?«

»Weil einer von uns zu ihr gehen muss«, sagte Jakobsen. »Einer muss Liv Tessem erzählen, was geschehen ist.«

Sie entschieden, rasch aufzubrechen und den restlichen Weg bis Dikson hinter sich zu bringen. Begitschew wollte dann noch einmal zurückkehren, um den Toten zu bestatten und den Ort genauer zu untersuchen. Als sie am Nachmittag des 3. September 1921 schließlich die trist aus dem Nebel ragenden Hütten der Wetterstation erreichten, fühlten sie kaum einen Unterschied zur Einsamkeit während der Wochen draußen in der Tundra.

Karlsen zog sich die Mütze vom Kopf, Jakobsen knöpfte seinen Mantel zu. Begitschew ging ihnen voran. Stimmen waren aus einem der Gebäude zu hören. Nikolai Timofeyevskiy, der Stationsleiter, kam ihnen schließlich entgegen. Er schüttelte Hände und klopfte Schultern.

»Schön, Sie alle heil wiederzusehen«, sagte er. »Kommen Sie, kommen Sie herein, wir müssen auf Ihre Expedition anstoßen!«

Drinnen war es so warm, dass sie sich rasch ihrer

Mäntel und Überhosen entledigten und sich schließlich in langer Unterwäsche, Flanellhemden und Socken an den groben Tisch setzten, auf dem bereits aufgeschnittenes Brot lag, dazu gab es Salz und gebratenes Fleisch. Neben Timofeyevskiy waren zwei weitere Männer dabei, ein Schmaler mit tränenden Augen namens Igor und ein Gedrungener mit Glatze und stechendem Blick. Der Stationsleiter schenkte großzügig Wodka aus, sie hoben die Gläser, stießen an und tranken. Sofort fühlten die vier Reisenden sich leichter, die Strapazen der vergangenen Wochen fielen für den Moment von ihnen ab. Sie hatten es hinter sich gebracht, hatten es tatsächlich überstanden. Timofeyevskiy hieß sie, kräftig zuzugreifen.

Später verteilte er Zigaretten. Begitschew erzählte in groben Zügen von ihrer Suche und dem, was sie in Erfahrung gebracht hatten. Als er schließlich den Toten draußen in der Polyniya-Bucht erwähnte, bekreuzigten sich auch die drei Männer von der Wetterstation. Begitschew sagte, er wolle am nächsten Tag mit einem Boot dorthin zurückkehren, um den Leichnam zu beerdigen. Timofeyevskiy sicherte ihm jede erdenkliche Hilfe zu.

Satt und vom Alkohol entspannt, saß Karlsen unterdessen in einer Wolke aus Zigarettenrauch. Neben ihm Konde.

»Fühlst du dich … wohl?«, fragte der junge Nganasane.

»Nur müde.«

»Das hier mag ich an den Leuten aus dem Süden«, Konde zeigte auf den Wodka und drehte seine Zigarette zwischen den Fingern. »Denk daran, was wir vorhaben. Ich zähle auf dich.«

Karlsen nickte und stieß mit ihm an: »Auf uns und die Zukunft!«

Man wies ihnen eine Hütte mit zwei Doppelstockbetten und Holzofen zu. Ohne Umschweife ließen die Männer sich auf die Matratzen fallen, zogen die Decken bis unters Kinn und waren bald eingeschlafen.

Jakobsen blieb im Bett, während die anderen frühstückten. Dem Kapitän ging es nicht gut. Begitschew hatte den Stationsleiter gebeten, die Nachricht über ihre glückliche Rückkehr dem Volkskommissariat für Auswärtige Angelegenheiten zu telegrafieren und einen Dampfer zu schicken, der die Norweger schnell in ihre Heimat zurückbringen sollte. Dann rüsteten sie sich für die Fahrt hinaus in die Polyniya-Bucht. Die Wetterstation verfügte über ein motorbetriebenes Boot, das Igor steuern würde; man plante eine Übernachtung in der Bucht ein, nahm Zelte, Werkzeug, Kaffee, Zigaretten und etwas Verpflegung mit an Bord und wollte zeitig aufbrechen. Jakobsen würde der Fürsorge Timofeyevskiys überlassen bleiben, der stündlich nach dem Kapitän sehen wollte und diesen damit zu beruhigen versuchte, dass er fast einmal Arzt geworden sei und deshalb über ein gewisses Grundverständnis des menschlichen Körpers und dessen Funktionen verfüge.

Es war sonnig und windstill, als die Männer aufbrachen. Über ihren Köpfen zogen Schwärme von Gänsen südwärts. Niemand sprach ein Wort. Begitschew saß am Bug und sah auf das vorübergleitende Land, eine flache, einsame Gegend, und zum ersten Mal seit ihrem Aufbruch drei Monate zuvor sehnte er sich nach Bäumen, nach dem satten Grün der Gärten in Dudinka und den kleinen Dörfern am Jenissei. Er sehnte sich zurück in seine Hütte, wo es einen Ofen gab, ein Bett, wo er barfuß bleiben konnte, wo der Fluss nicht weit war, die Kinder, Hühner und Hunde. Der Motor brummte dumpf und spie Rauchwolken aus, vereinzelt trieben Eisschollen im Wasser und gaben widerstandslos den Weg frei.

Sie beschlossen, den Toten oberhalb des Strands zu bestatten, dort, wo der Boden weicher war und der Blick aufs Meer hinausging. Schweigend trugen sie die Werkzeuge vom Boot heran und begannen mit der Arbeit. Obwohl sie zu viert waren, wurde es Mittag, bis ein ausreichend tiefes und breites Loch ausgehoben war. Igor machte Feuer und rührte einen Eintopf an.

»Wir werden es sicher nicht mehr erleben«, sagte er, »aber man wird hier einmal ganze Städte errichten und den Boden nach Schätzen durchwühlen. Das hier ist reiches Land. Auch die Genossen in Moskau beginnen, das langsam zu verstehen. Es wird uns alle eines Tages reich machen.«

»Man sollte es besser sich selbst überlassen«, erwiderte Begitschew. »Bis jetzt diente der Norden nur der Geltungssucht einiger weniger, Hunderte sind im Eis geblieben. Ich sehe da keinen Nutzen.«

»Damit werden sich die Genossen nicht zufriedengeben«, beharrte Igor. »Wer einen gesunden Menschenverstand hat, der weiß, dass es auch hier Fortschritt geben muss, Schulen und Krankenstationen. Jeder weiß doch, dass der Mensch immer weiter will.«

»Gesunder Menschenverstand!«, Karlsen lachte auf. »Der ist doch nur ein Spielzeug, nichts weiter. Alles kann sich plötzlich auf den Kopf stellen. Was wissen wir schon!«

Begitschew schwieg und sah hinaus in die Bucht. Der gesunde Menschenverstand, Geduld, Ruhe, Klarheit, beschützt einen vor dem Wahnsinn und davor, einfach ins Eis hinauszulaufen; wie sonst hätten die Völker des Nordens, hätten Konde und seine Leute, über Generationen hinweg hier überlebt. Andererseits, er wusste es, war das, was man Verstand nannte, nur ein Teil von allem. Einer wie Konde dachte *und* fühlte; natürlich achtete er auf die Zeichen der Natur, auf das Wetter, beobachtete das Eis, folgte den Spuren der Tiere, doch zugleich war da auch immer jene Welt, die nicht mit Augen und Ohren zu erfassen war, waren da die Schatten der Toten, die Seelen der Rene, Füchse und Vögel, Stimmen in den Wipfeln alter Bäume, und das alles war so selbstverständlich wie die Steine am Ufer und das Eis selbst.

Während sie den Eintopf löffelten, erzählte Igor von den langen Wintern in Dikson, von schwarzen Stürmen, die so heftig waren, dass Hunde und sogar ganze Fässer durch die Luft gewirbelt werden konnten und alles zu einem finsteren Trichter wurde. Da könne man sich nur noch in der Hütte verkriechen und hoffen, dass es bald vorüberzog.

Nach dem Essen machten sie sich an das Begräbnis. Sie hoben den Toten vorsichtig in ein großes Leintuch, Karlsen zitterten dabei die Hände, er fürchtete, der Leichnam würde auseinanderfallen, zu Staub werden. Schließlich gelang es ihnen aber, sie wanden zwei Seile um das

Tuch und trugen den Toten so über den Strand. Langsam senkten sie ihn hinab in die Grube, standen ums Grab. Karlsen sprach das *Vaterunser* in seiner Landessprache. Schließlich errichteten sie ein hölzernes Kreuz, in das Karlsen die folgenden Worte ritzte:

Hier ruht P. T., norwegischer Seemann,
Mitglied der Maud-*Expedition, gestorben 1919.*

Die Suche nach den beiden vermissten Seeleuten Peter Tessem und Paul Knutsen war zu Ende. Konde rüstete bereits am nächsten Tag seinen Schlitten für die Fahrt zurück nach Avam, nicht ohne Karlsen noch mehrfach zu mahnen, zu ihm zu kommen und die gemeinsame Zukunft zu planen. Der junge Norweger versprach es.

Begitschew setzte ein weiteres Telegramm auf, das sowohl an das Volkskommissariat als auch an das norwegische Außenministerium gerichtet war und diese vom Ende ihrer Suche unterrichtete. Dann bereitete auch er seine Abreise vor. Vom Stationsleiter erhielten sie die Nachricht, dass in zwei Tagen die *Aurora* in Dikson eintreffen und Jakobsen und Karlsen nach Murmansk bringen werde. Jakobsen war erleichtert über diese Nachricht, Karlsen dagegen hatte schlechte Laune.

»Du willst es einfach nicht hinnehmen«, sagte der Kapitän. Sie saßen am Tisch, tranken Tee.

»Man müsste nur etwas genauer suchen«, meinte Karlsen. »Noch etwas mehr Zeit aufwenden.«

»Aber der Winter ist im Anmarsch.«

»Ich glaube nicht, dass Knutsen noch hier ist, in der Nähe von Dikson, meine ich. Er ist sicher in den Süden gegangen.«

»Und das willst du auch tun, in den Süden gehen?«

Karlsen nickte.

»Ich will mit Begitschew nach Dudinka. Von dort kann ich über den Jenissei nach Krasnojarsk gelangen und weiter mit der Eisenbahn nach Moskau.«

Jakobsen lächelte schmal.

»Wenn du glaubst, etwas zu finden …«

»Was spielt es für eine Rolle, ob ich jetzt oder in drei Monaten in Tromsø ankomme. Keiner wird fragen.«

Der Kapitän stand auf. Seine Beschwerden hatten sich etwas gebessert, er hatte viel geschlafen, ausreichend gegessen und, am Ofen sitzend, den Gogol zu Ende gelesen.

»Dann sehen wir uns im Frühjahr wieder«, sagte er und reichte dem jungen Landsmann die Hand.

Die Abschiede waren herzlich und voller Anerkennung. Man versprach, einander zu besuchen, zu schreiben. Einen Tag, nachdem sie Konde verabschiedet hatten, setzten sich auch die Schlitten von Begitschew und Karlsen in Bewegung. Jakobsen stand vor der Hütte und blickte ihnen nach. Er war sich sicher, die beiden niemals wiederzusehen.

Der aufkommende Wind ließ den Winter erahnen, vereinzelt schon wirbelte Schneegraupel über das Deck der *Aurora*. Jakobsen stand achtern und sah auf das hinter ihm liegende Land. Die kleine Ansiedlung von Dikson war noch gut zu erkennen, die gedrungenen Hütten, der Rauch aus den Schornsteinen und die Gruppe um den Stationsleiter Nikolai Timofeyevskiy, die an der Pier stand und jetzt nicht mehr winkte. Was für ein trister

Ort, dachte Jakobsen, klein, schmutzig und doch weit und breit das einzige Zeichen von Menschlichkeit und Wärme. Seine Rührung empfand er als albern, dennoch wandte er den Blick nicht ab. Er begann zu frieren. Das Land wurde schmaler, verblasste. Dann war es nur noch ein dunkler Streifen über dem Horizont, ging über in die raue Karasee und wurde zu einer Erinnerung, schemenhaft wie aus einem Traum kurz vor dem Erwachen.

Jakobsen presste die Lippen zusammen und schob die Hände in die Manteltaschen. Er dachte daran, wie sie sich auf Kap Vilda um den Papierfetzen in Begitschews Hand geschart hatten und voller Hoffnung gewesen waren: ein erster Hinweis auf die Vermissten, ein Lebenszeichen, das Tessem und Knutsen für kurze Zeit aus der Welt der Toten zurückgeholt hatte.

Er zog die Schultern hoch, wandte sich um und ging unter Deck.

<u>was für neuigkeiten!</u> es geht zurück nach Tromsø!
noch in diesem herbst werden wir aufbrechen, aber
der reihe nach:

das eis um unsere Maud hat sich den sommer
über gut gehalten, zum leidwesen von uns allen,
erst seit ein paar tagen sind deutliche risse zu erkennen.

Peter geht es ~~miserabel~~ nicht gut. seit einer woche liegt er in seiner koje, klagt über ~~gliederschmer-
zen~~ furchtbare migräne. Sverdrup gibt ihm aspirin
(bleibt meist wirkungslos), kleine dosen kokain.
damit geht es etwas besser. Amundsen spricht lange
mit ihm.

gestern versammlung in der messe nach dem
abendessen. Amundsen teilt uns mit, was er mit
Hanssen, Sverdrup und Peter beschlossen hat: er
wird ihn zurück nach Norwegen schicken. ~~auf
dieser expedition werde es keinen toten geben.~~ alle
schweigen. Peter bleich, aber aufrecht unter uns.
~~Olonkin legt ihm die hand auf die schulter.~~ Amundsen fährt fort: er gehe davon aus, dass die drift der
Maud weitere zwei bis drei jahre dauern werde.
die bisherigen entdeckungen und aufzeichnungen
verlangten aber danach, an die öffentlichkeit zu
gelangen. er beauftrage also Peter und einen weiteren freiwilligen dazu, die post nach Norwegen
zu bringen   rundheraus fragt er mich: Knutsen,
gehen sie mit ihm? sie sind sein freund, und sie
kennen sich aus in der gegend. später verrät er mir,
er habe zuerst Tønnesen mit Peter schicken wollen, traue dem jungen aber die tour nicht zu, lieber

wisse er mich an Peters seite. ihnen, Knutsen, sagt
er und steckt mir eine zigarre zu, ihnen vertraue ich
voll und ganz.

den sommer werden wir nutzen, um einen
schlitten zu bauen & mit den skiern zu üben. im
herbst werden wir aufbrechen, dann, wenn alle
buchten voller eis sind und wir den direkten weg
nehmen können. Peter schon lebhafter. die aussicht
auf Tromsø scheint für ihn die beste medizin.

was wird Liv sagen   wird sie uns gleich er-
kennen?

Paul Knutsen, 23. Juni 1919

Liv

Ich werde Tromsø verlassen und zur Greta nach Kristiania gehen. Mutter hat mich schweigend angesehen, Vater hat die Hand auf den Tisch geschlagen: Und wenn ich sage, dass du bleibst? Aber schon brach ihm die Stimme, denn er wusste, es waren nur Worte, und Worte wiegen nicht mehr als Schnee in der Hand. Vielleicht ist es besser so, murmelte er gleich darauf und schaute zur Seite. Vielleicht muss es so sein, sagte er. Liv, meine Tochter, wir werden hier sterben, aber du hast das Leben vor dir. Dann gingen sie hinaus, gebückt, entlang der letzten welken Dolden im Garten.

Es wird Arbeit genug geben, schreibt Greta, es wartet ein neues Leben auf dich, komm zu mir, lass Kälte und Dunkelheit hinter dir und komm dorthin, wo du wieder leben darfst. Und das will ich: wieder leben. Mit Dir würde ich leben, aber nicht am Rand eines Grabes. Ich habe lange genug gewartet und bin dabei selbst fast zu einem Geist geworden. Du könntest hier sein und überall zugleich, vielleicht bist Du längst wieder in Tromsø, schleichst durch die Gassen, suchst Zuflucht in der Kirche, wärmst Dich auf in einer der Kneipen, hörst dem breitmauligen Gerede der andern zu. Du aber sagst nichts, bist stumm. Eine Weile stehst Du vor den erleuchteten Fenstern und siehst dahinter schwach die Schatten derer, die Du verlassen hast. Ich weiß, dass Du uns begleiten wirst, egal, wohin wir gehen. Wir werden Dich nicht vergessen, aber wir werden nicht mehr jeden Tag an Dich denken müssen, es wird ganz natürlich sein. Du wirst bei uns sein am Tisch und in der Stube, Tromsø verblasst, die Insel Kvaløya verschwindet im Nebel.

Wir räumen auf, trennen uns von Dingen, die uns überflüssig erscheinen, verpacken Liebgewonnenes und Notwendiges in Kisten. Ich werde bald alles Geld ausgegeben haben für die Schiffsreise, die Kisten, für Lebensmittel, Brot, Hering, Gurken. Wenn wir in Kristiania ankommen, werde ich nichts mehr haben, dann muss alles neu beginnen. Ja, ich habe Angst davor, aber noch mehr ängstigt mich die Stille dieses Hauses. Ich weiß, dass weder Vater noch Mutter mich verstehen können, aber sie werden mich nicht hindern, denn es ist meine Trauer, meine Wut, die ich mitnehme.

Ich weiß, dass jemand kommen wird. Ich weiß, dass Kapitän Jakobsen irgendwann den Weg zum Haus hinaufgeht, um mir zu sagen, dass es nichts zu sagen gibt, dass alle, die nach Dir gesucht haben, mit verschlossenen Mündern aus dem Eis zurückgekehrt sind. Diese großen, albernen Leute wie Amundsen, wie Nansen, wie Du auch immer einer sein wolltest. Mit strenger Miene fahrt ihr hinaus, mit strenger Miene messt ihr, lotet aus, wollt alles begreifen, alles einnehmen. Sie werden jemanden schicken, der an diese Tür klopfen und meinen Namen sagen wird, aber es wird niemand mehr da sein, der dann Antwort gibt.

Thore und Solveig schauen mich fragend an, als wir in der Küche zusammensitzen, vielleicht das letzte Mal an diesem Ort. Ich sehe sie an und weiß, dass sie noch mehr Angst haben als ich, dass sie sich an mich klammern werden und dass ich es aushalten muss, ihre Liebe, ihre Furcht. Ich nehme ihre Hände, schaue sie an. Wir drei, sage ich, wir drei haben keine Angst. Wir werden leben und riechen und schmecken. Wir gehören nicht zu denen, die verzweifeln, hört ihr, wir werden leben.

Die Lichter von Dikson
1919

(siehst du die Lichter von Dikson, kannst du sie sehen, jetzt endlich, da schimmern sie im Dunkel der ewigen Nacht, der Wind schlägt mir ins Gesicht, ich sehe kaum noch etwas, laufe immer weiter in die Richtung, die der Kompass anzeigt, da hinten liegt das Schimmern von Dikson, kannst du es auch sehen, da werden sie stehen und sich wundern über den, der da aus der Leere zu ihnen kommt, woher kommst du, fragen sie, und ich deute hinter mich, nach Osten, von dort, und sie klopfen mir auf die Schulter und beglückwünschen mich und fragen, wo sind die anderen, die anderen, sage ich, sie sind hinterm Horizont, sie verstehen das nicht, sie geben mir zu trinken und zu essen, und sie sagen, ist schon gut, Peter Tessem, ist schon gut, jetzt ist es vorbei, aus dem Osten also, sagen sie, was tut ihr da im Osten, und ich erzähle ihnen von der Sache mit Amundsen, von unserer *Maud* erzähle ich ihnen und davon, dass wir seit September bei Kap Tscheljuskin im Eis feststecken, dann haben sie uns losgeschickt, erzähle ich, Paul und mich, uns beide haben sie losgeschickt, und sie sehen mich an und fragen, und wo ist er jetzt, wo ist Paul?)

Er bleibt stehen und holt Luft. Kein einziges Mal hat er sich umgesehen, seit er das Boot zurückgelassen hat. Kein einziges Mal hat er innegehalten und sich gefragt, wohin ihn seine Schritte führen und ob das da vorn im Dunst wirklich Dikson ist oder nur das Abbild von etwas, das er für die Wetterstation hält, Luftspiegelungen, das trügerische Flimmern von gebrochenem Licht. Er befühlt sein Gesicht. Es ist nicht mehr zu spüren, Nase, Ohren, Lippen, wie die Teile einer Puppe. Ob er Hunger hat, weiß er nicht. Er kaut auf der Lippe, bis er etwas Metallisches schmeckt (habe ich mir gerade ein Stück der Lippe abgebissen, du bist nicht mehr vor mir, neben mir, hinter mir, um es mir zu sagen). Er macht einen Schritt nach vorn, noch einen. Unter seinen Sohlen knirscht es. Es ist jetzt nicht mehr weit, bald wird er wieder in Tromsø sein, dann weiß sie endlich, wer ich bin, denkt er, dann ist es unmöglich, meinen Namen zu verwechseln. (und sie sehen mich an und fragen, wo ist der andere, was soll ich ihnen sagen, er ist in ein Eisloch gefallen, plötzlich verschwunden, was soll ich ihnen sagen, hoffnungslos, ihr wisst es doch, ihr seid doch hier zu Hause, was fragt ihr mich das, und ich erzähle meine Geschichte, dass Amundsen mich nach Dikson schickte mit einem Schlitten und fünf Hunden, dass mir die Hunde davonliefen und ich mich auf Skiern weiter fortbewegte, sie sehen mich an und fragen, du bist ganz allein unterwegs, und ich nicke).

Wieder bleibt er stehen, fährt mit der Hand unter seinen Overall und tastet nach dem Ring. Wenn auch alle Welt mich vergisst, denkt er, sie wird mich nicht vergessen. Er stapft weiter gegen das Leuchten im Westen. Nur noch wenige Werst, drei, vielleicht vier, nicht mehr als ein Spaziergang sonntagnachmittags, ein milder Wind geht, und der Sund ist übersät mit weißen Segeln, der Himmel klar und weit.

Er will die Uhr hervorziehen, aber kann sie nicht finden. Ein Schreck durchfährt ihn, und panisch durchsucht er alle Taschen. Sie ist nicht da. Er sieht auf. Er muss sie unter dem Boot verloren haben, in der Nacht, als er den anderen eng umschlungen hielt. Dann soll er sie behalten, denkt er, dann ist das mein Geschenk an ihn.

Er windet sich aus den Riemen des Rucksacks und lässt ihn fallen. Zwei Werst noch, dann gibt es Tee und Brot, ein warmes Bett ganz nah am Ofen. Er zieht die Schultern hoch, schlägt die Arme um seinen Körper. Der Wind lässt etwas nach, die Wolken reißen auf, und drüben am Horizont flackert ein Nordlicht.

(da liegt die *Maud*, gute alte *Maud*, die Takelage zu Eis erstarrt, die Segel gerefft, zur Seite geneigt liegt sie da, stabil und sicher, ein warmes Licht strahlt in die Nacht, Tønnesen, Sundbeck, Olonkin und Hanssen sind auf dem Eis und spielen Fußball, Amundsen und Sverdrup oben auf Deck schauen zu und feuern sie an, und jedes Mal gibt's ein Gejohle, wenn eine Mannschaft die Lederkugel ins Tor drischt, da brüllen sie und liegen sich in den Armen, jetzt erscheint auch Paul an Deck und stellt sich neben Amundsen, der bietet ihm eine Zigarette an, fragt ihn, und?, und Paul zuckt nur die Schultern, was bedeuten soll, es hat keine Veränderung gegeben, der Kranke liegt noch immer mit offenen Augen da wie seit Tagen schon, seit Wochen, er starrt an die Decke, man kann deutlich sehen, dass er atmet, manchmal beugt sich Paul zu ihm oder hält ihm einen Finger unter die Nase, ja, der atmet noch, aber spricht nicht, dreht nicht den Kopf, rührt sich nicht, schluckt nur, wenn er ihm Tee einflößt, ihm Brei in den Mund schiebt, was träumst du, wo bist du gerade, nein, es hat sich nichts verändert, und Amundsen nickt und sagt, wir müssen ihn wegschaffen, runter vom Schiff, denn hier wird er bald sterben, und Sverdrup sieht ihn an und fragt, aber wohin, und Amundsen deutet nach Westen).

Er hat sich hingehockt, er weiß, da vor ihm liegt die Bucht, er weiß, dass sich auf der anderen Seite die Hütten drängen, es ist nicht mehr weit. Nichts ist zu sehen außer dunkelblauem Himmel und ödem Land, aber er weiß es. Er spürt keine Kälte mehr, nur allumfassende Müdigkeit. Einen Augenblick will er zu Atem kommen, um dann die letzten Meter zu gehen.

(wo beginnt der Mensch und wo hört er auf, nur ein Moment, die Dunkelheit, du weißt, wovon ich spreche, diese Dunkelheit ist nun vollkommen, sie ist so abgrundtief, ich kann das Eis hören, die Schollen sehen, und weiter hinten den Horizont, dort ist das Wasser offen, dort liegt die Zukunft, aber du hast recht, auch da draußen ist nichts, was mich beruhigen würde, einen Moment noch sitzen und atmen, nur das, und der Wind, ich habe jetzt endgültig das Ende meines Ichs erreicht, verstehst du, es gibt keinen Widerhall mehr, keine Erwiderungen, nur weiße Knochen, nicht mehr).

Er schreckt auf. Wer spricht da? Murmelnd, Worte kauend, versucht er sich aufzurichten, die Namen der Dinge kommen ihm abhanden, verkehren sich ins Ge-

genteil. Er will, er muss jetzt aufstehen. Er fasst nach dem Ring: noch da, kühl und fest zwischen seinen Fingern, ein gutes Zeichen. Er schafft es mühevoll, auf die Beine zu kommen, aber kaum steht er, ist der Wind wieder da, es ist, als reiße die Ungeheuerlichkeit der Landschaft ihm die Beine weg; er stürzt, schlägt hin und rutscht aufs Meer zu, stemmt verzweifelt die Füße gegen den glatten Fels, greift mit den Händen um sich.

Ruhig liegt er da und sieht in den Himmel. Er weiß nicht, wie lange er so liegt, auf den vom Eis polierten Steinen am schmalen Uferstreifen. Der Wind streicht sanft über sein Gesicht. Er betastet den Kopf. Haare knistern zwischen den Fingern.

Er liegt auf dem Rücken. Die Knöpfe seines Overalls sind geöffnet, unter der linken Hand spürt er den Stoff des Jaeger-Pullovers. Er versucht, Zeit und Erinnerungen zu ordnen; warum er jetzt hier ist, weiß er nicht. Er versucht, sich auf die Seite zu drehen, sodass er über die Bucht blicken kann, doch da ist nur Finsternis. Er schiebt die andere Hand in die Tasche, ertastet eine Packung Zündhölzer, nur die Uhr ist nicht da. Eine schöne Uhr mit goldenem Verschluss, feingliedrige Zeiger, ein Kunstwerk durch und durch, das sein Vater ihm vermacht hat, wie es Väter tun mit ihren Söhnen, ihnen etwas hinterlassen, von dem sie glauben, es sei von Dauer. Er versucht, den Kopf zu heben, doch es geht nicht mehr, es geht einfach nicht. Im Hohlraum unter dem Bootsrumpf liegt einer und schläft. Sein Name ist …

Er blickt hinauf in den Himmel. Früher waren es nur Lichter, so gewöhnlich wie Wolken, wie Regen und

Schnee, aber jetzt wird das Licht zum Flüstern, es ist ein feiner Gesang, der auf und ab geht, auf und ab, im Gleichklang seines müden Herzschlags.

In stiller Verblüffung betrachtet er die eigene Hand: geschwollene Gelenke, Frostbeulen, weiße Nägel. Sie kommt ihm riesig vor, als hätten die Wochen im Eis seine Knochen ausgedünnt und die Haut gebleicht. Er hat zwei Nägel verloren, sie müssen abgefallen sein wie welkes Laub. Er riecht an den Fingern, doch da ist kein Geruch, nur die schwere Luft um ihn, wie seit Wochen. Er streckt die Zunge heraus und leckt am Zeigefinger, steckt ihn in den Mund, lutscht daran, doch da ist nichts, kein Geschmack.

Liv. Der Duft ihrer Haut, ein feiner Schweißfilm im Nacken, wenn sie aus dem Garten in die Stube kam, wenn sie die Straße heraufgelaufen war, Thore an der Hand, der Geruch ihrer Armbeuge, nachdem sie geschwommen waren und sie sich eine Zigarette anzündete, der Geruch ihrer feuchten Haare. Ich weiß den Heimweg nicht mehr, murmelt er leise, verzeih mir, ich werde nicht da sein zum Fest, wenn das Haus geschmückt ist und alles nach Tannennadeln duftet, da sitzt ihr im Licht der Kerzen, ein schönes Bild, ich werde nicht da sein, verzeih!

Er versucht sich aufzurichten, rutscht jedoch nur ein Stück weiter ab. Verzweifelt umfasst er den Ring. Er weiß, dass in der Innenseite Worte stehen: *Din Liv* (ich hätte niemals, ich hätte dort in der Werkstatt bleiben sollen, ein Tisch und ein Stuhl, zwei schlichte Gegenstände, ich kann das Holz riechen, was würde ich jetzt drum geben, da ist der Stuhl, eine schlichte, schöne

Arbeit, aber jetzt, ich kann keinen Stuhl, kann keinen Tisch, ich habe nicht mal mehr Kraft, den Arm zu heben). Der Ring gleitet ihm aus den Fingern, er tastet vergeblich danach.

Über ihm fächert sich das Nordlicht auf, verliert an Kraft. Der Wind nimmt zu. Er spürt die Kälte durch Overall und Pullover, spürt den Atem des Eises auf den Wangen. Sein Unterleib schmerzt, und bei jedem Luftholen bohren sich Nadeln in seine Lungen. Er blickt zum Horizont, dorthin, wo das Licht seinen Ursprung hat, hört vom Land her Gesang. Es ist nur der Wind, er weiß es, nur der Wind, aber unter das schwere Stöhnen mischt sich Tubiakus Stimme. Zuerst versteht er nichts, ein Kauderwelsch aus kehligen Lauten, dann hört er einen Namen heraus: Hotarie, der achtbeinige Rentierhirsch. Der Schamane ruft ihn zu sich.

Er blinzelt (nicht verrückt werden, wir brachen im November von Kap Tscheljuskin auf, mit fünf Hunden und bei guter Gesundheit, ich möchte meine Finger, geschmolzene Schokolade, nicht verrückt, geschmolzene Schokolade). Ganz nah an seinem Ohr hört er Tubiakus Stimme, der durch Hotarie mit ihm spricht:

Ich kenne dich, ich habe dich nicht vergessen, dich nicht und den anderen auch nicht, deinen Freund, der dir das Leben gerettet hat, und jetzt liegst du hier, und alles scheint an ein Ende zu kommen, schon spürst du deine Hände nicht mehr, und ein eigentümliches Rauschen erfasst deinen Körper, alles kommt irgendwann zu einem Ende.

Er hebt den Kopf, rutscht ein Stück weiter der Kante entgegen, dorthin, wo das Gestein zum Meer abfällt, flüstert leise: *Min gud, min gud.* Er wischt sich Tränen aus
den Augen, will die Hose hochziehen. Seine Finger sind
wie dürres Astwerk, er hört den Hirsch:

> *Ich vergesse dich nicht, atme die kalte Luft und*
> *lass das Meer Meer und das Eis Eis sein, hab keine*
> *Angst, mein Freund, folge mir, steh jetzt endlich*
> *auf und folge mir.*

Er kann das Eis da draußen hören. Es bricht auseinander und treibt, Scholle an Scholle, langsam ostwärts auf
Kap Vilda zu. Er glaubt, Hunde bellen zu hören, und ist
das nicht schwacher, weißer Rauch, der sich da kräuselt?

Er schiebt die Hände unter den Pullover, dreht sich
auf die Seite und zieht die Beine an den Körper, so gut
es geht. Er weint: Lass mich nicht allein, lass mich hier
nicht allein. Er glaubt, Stimmen zu hören, sie kommen
übers Wasser. Er hebt den Kopf, und dann kann er es sehen: eine Reihe schwacher Lichter, die sich langsam auf
ihn zubewegen.

Sie kommen nicht übers Wasser, sie nähern sich von Osten her. Aber im Osten ist nichts, murmle ich, dort ist
doch nichts, was wollt ihr von mir? Die Lichter nähern
sich, das Gebell von Hunden ist nun deutlich zu hören,
es müssen Gespanne sein, denn Geschirre klirren, es
sind auch die Rufe der Lenker zu vernehmen, aber noch
sehe ich sie nicht. Ich versuche mich aufzurichten, ich
will sie stehend empfangen und nicht wie ein Säugling,

ich bin ja noch immer ein Mensch, ja, ein Mensch. Jetzt löst sich eine Gestalt aus der Dunkelheit und kommt auf mich zu. Deutlich ist der Pelz zu erkennen, in dem der schmale Körper steckt, unter der Mütze ragen helle Haare hervor. Die Gestalt bleibt stehen, schaut mich an, dann spricht sie.

Hotarie hat mich geschickt, der große Wasserhirsch, du sollst aufstehen, sagt er, steh auf, denn das ist nicht das Ende, steh auf. Ich versuche es. Die Gestalt blickt mich an. Wie heißt du? Ich huste, suche nach Worten. Peter Tessem, sage ich. Ich bin Peter Tessem aus Tromsø. Und ich habe überlebt.

69° 38′ N, 18° 57′ O

Kapitän Jakobsen schlug den Mantelkragen hoch und folgte der Straße weiter. Er ging an lärmenden Kneipen vorbei, ließ das stattliche Gebäude des Reeders Lunt links liegen und hielt sich rechts, den Hang hinauf. Es hatte leicht zu schneien begonnen. Jakobsen befühlte das in Papier eingeschlagene Bündel in seiner Manteltasche und blieb erneut stehen, sah sich um. Dort, über den Dächern, konnte er gerade noch die Masten der Schiffe erkennen, dann senkte sich die Dunkelheit über Tromsø. Er würde nicht länger als nötig bleiben. Er hatte ein Zimmer am Hafen gemietet. Nach einer Nacht und einem Frühstück würde er am nächsten Morgen wieder das Postschiff nach Trondheim besteigen und, so hoffte er, das alles endgültig hinter sich lassen.

Er ging weiter, vorbei an erleuchteten Fenstern. Manchmal sah er Gestalten dahinter auftauchen, sah Ausschnitte fremder Leben, einen Tisch, einen Ofen, etwas Gesticktes, Pfannen. Kinder drängten sich zwischen den Erwachsenen in den Küchen, wollten Milch, etwas Brot, dort war man müde, aber hatte es warm. Jakobsen dagegen fror, obwohl er Pullover und Mantel trug.

»Guten Abend, ich komme im Auftrag des norwegischen Außenministers«, murmelte er leise vor sich hin, »ich komme, um Ihnen zu sagen … um Ihnen mein Beileid … hier, nehmen Sie dieses Paket.«

Die Straße stieg an, verengte sich. Die Häuser wurden einfacher, kleine Gärten davor. Hier in der Nähe musste es sein. Er blieb stehen, blickte sich um. Er konnte den Sund sehen und auf der anderen Seite die Lichter vereinzelter Höfe.

»Entschuldigen Sie die Störung, ich bin Kapitän Lars Jakobsen, Sie erinnern sich vielleicht an mich.«

Der Schneefall wurde dichter, Flocken setzten sich auf seinen Kragen, seine Schultern. Schließlich fand er das richtige Haus, jedenfalls der Nummer nach. Es lag dunkel und verlassen da. Er griff in seine Tasche und ging den schmalen Pfad bis an die Tür. Bevor er klopfte, räusperte er sich. Er komme im Auftrag des norwegischen Außenministers und wolle ihr sein vollstes Beileid … Das Klopfen klang dumpf und viel lauter, als er erwartet hatte. Nichts rührte sich. Er wartete, aufrecht stehend, auf alles gefasst. Kein anderer konnte ihm diese Aufgabe abnehmen. Er war der Einzige, der Liv Tessem die Nachricht vom Tod ihres Mannes überbringen konnte.

Sechs Wochen zuvor war Kapitän Jakobsen nach Trondheim zurückgekehrt. Doch sein Wunsch, mit den Geschehnissen rund um Peter Tessem und Paul Knutsen abzuschließen, erfüllte sich nicht; vielmehr bat ihn das Außenministerium um einen letzten Dienst. Er, ein erfahrener Seemann und Eisfahrer, einer, dem man jedes Wort glauben würde, müsse nach Tromsø zu Liv

Tessem gehen, es gebe keinen Geeigneteren für diese Aufgabe. Von Begitschew hatte er seit ihrem Auseinandergehen in Dikson nichts mehr gehört. Karlsen hatte nur einmal ein Telegramm aus Dudinka geschickt, mit dem er ihn wissen ließ, dass es ihm gut gehe und er vorhabe, zu den Nganasanen nach Avam zu reisen, um dort nach weiteren Spuren zu suchen. Jakobsen hatte nur den Kopf geschüttelt und gelächelt.

Er spähte durch eins der Fenster, konnte die Umrisse eines Tischs erkennen, Stühle, dahinter den Herd. Er folgte dem Pfad am Haus vorbei in den Garten. Auch die kleine Werkstatt war verlassen, die Bank davor von einer Schneeschicht bedeckt. Das Paket in seiner Tasche wog schwer, war mit jedem Schritt schwerer geworden, als habe man Steine mit hineingepackt. Er sah sich um. Der Garten lag brach, nichts deutete darauf hin, dass hier vor Kurzem noch jemand gearbeitet hatte. Er trat ein paar Schritte zurück. Hatte er sich im Haus geirrt, oder hatte Liv Tessem diesen Ort tatsächlich längst verlassen? In Tromsø gab es keine Grabstätte, keine Erinnerung, und dass er, Jakobsen, erst jetzt den Weg hierher gefunden hatte, erschien ihm plötzlich wie Verrat. Hatte sie nicht ein Anrecht darauf, vom Tod ihres Mannes zu erfahren und die Dinge zu erhalten, die sie im Eis gefunden hatten? War es nicht seine Pflicht, sein Versprechen gewesen, zurückzukehren und ihr etwas in die Hände zu legen? Er zog die Schultern hoch und ging langsam den Weg durch den Garten zurück.

Vorn an der Straße erkannte er eine Gestalt. Sie stand regungslos da und sah zum Haus. Jakobsen nahm die Hände aus den Taschen.

»Sie ist nicht mehr hier«, hörte er eine Stimme sagen.

»Ich bin Kapitän Lars Jakobsen«, sagte er und trat näher. Der Fremde trug eine Fellmütze und hatte sich gegen die Kälte den Schal vors Gesicht geschlagen. Jakobsen sah nur das Weiß der Augen schimmern.

»Ich komme im Auftrag des norwegischen Außenministers.«

»Sie ist schon lange weg.«

»Wissen Sie, wo ich sie finden kann?«

»Sie ist in den Süden gezogen.«

»Wir haben ihn gefunden, wir haben Peter Tessem gefunden«, sagte Jakobsen und holte das Bündel aus seiner Tasche. »Das hier ist für Liv Tessem, es gehört ihr.«

»Sie will es nicht haben.«

»Sind Sie ein Verwandter?«

Der Fremde schwieg. Jakobsen wollte weiterfragen, wollte wissen, wer es war, der ihm hier von Liv Tessem erzählte. Jemand aus der Familie, ein Freund? Doch er fragte nicht, stand da, die Arme gesenkt und sah die Gestalt davongehen und im Dämmer verschwinden.

Auf dem Rückweg zum Hafen überlegte er, was er mit dem Bündel tun sollte. Hätte er es einfach vor die Tür legen sollen? Hätte er dem Fremden nachgehen und es ihm aufzwingen sollen? Mit welchem Recht trug er es noch bei sich? Aber vielleicht hatte Liv Tessem genau aus diesem Grund die Stadt längst verlassen, um nicht weiter warten zu müssen, um endlich Ruhe zu finden.

In der Wirtschaft der kleinen Pension suchte er sich einen Tisch, bestellte ein Bier und legte das Bündel vor sich hin. Nachdem er es eine Weile betrachtet hatte, umgeben von Stimmen, vom weichen Schein des elektrischen Lichts, wickelte er es schließlich aus. Er öffnete die Schachtel und besah die Uhr genauer; sie schimmerte matt, das letzte Zeichen eines vergangenen Lebens.

»Im Grunde wissen wir gar nichts«, murmelte er und trank einen Schluck von seinem Bier, »sie sind beide tot, und wir werden nie erfahren, was dort draußen im Eis mit ihnen geschehen ist.«

Er nahm die Uhr, fuhr mit dem Daumen über das Glas des Zifferblatts. Mit etwas Arbeit würde man sie wieder zum Laufen bringen, dachte er. Dann wäre nicht alles umsonst gewesen.

Er trank das Bier aus, stand auf, steckte die Uhr ein und nahm die schmale Stiege hinauf in sein Zimmer. Morgen früh würde er ein Telegramm nach Kristiania aufsetzen:

Liv Tessem hat Tromsø verlassen.
Weitere Nachforschungen zwecklos.

Die Uhr würde er behalten.

Danksagung

Ich danke Sebastian Richter und Andreas Paschedag, die diesen Text von Anfang an begleitet und an die Geschichte geglaubt haben.

Ich danke dem Hessischen Ministerium für Wissenschaft und Kunst für den Robert Gernhardt Preis 2018, mit dem die Arbeit an diesem Roman gefördert wurde.

Und ich danke meiner Familie. Sie ist der Ausgangspunkt jeder Schreibreise.

»Atmosphärisch und aufgeladen«

Rhein-Neckar-Zeitung

*Cover- und Preisänderungen vorbehalten

Florian Wacker
Stromland
Roman

Berlin Verlag, 352 Seiten
€ 20,00 [D], € 20,60 [A]*
ISBN 978-3-8270-1360-6

»Stromland« erzählt von Glücksjägern und Abenteurern in den Tiefen des tropischen Regenwalds – eine mitreißende Geschichte vom Sinnsuchen und sich Verlieren, von der Macht der Natur und dem, was das Menschsein ausmacht.

»Ungewöhnlich und originell im allerbesten Sinn: Ich hatte zu gleichen Teilen das Gefühl, etwas total Neues, Gewichtiges zu lesen und etwas wunderbar Leichtes, spannend Pageturner-haftes. Großartig!« *Kristof Magnusson*

Leseproben, E-Books und mehr unter www.berlinverlag.de